云溪间 YUNXI JIAN　　我 梦 想 成 为 一 个 自 由 行 者

钱立青

　　祖籍徽州婺源，生于扬子江畔书香之家，现居合肥云溪间。大学教授，硕士生导师，"江淮文化名家"领军人才，"安徽省十佳阅读推广人"，安徽省陶行知研究会秘书长。著有散文集《青轻行走》和剧本《赤阑桥》等。作品曾收录于《中国年选》等多部文选，并有作品入编于写作教材和高校、中小学朗诵读本，曾获国家教学成果奖、教育部征文奖和安徽省社科奖等多个奖项。首倡"阅+历"行知合一的述作模式，致力于全民阅读及徽派语文的创新与发展。

云溪间

YUNXI JIAN

钱立青◎著

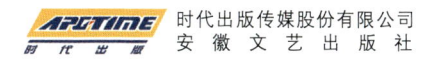

时代出版传媒股份有限公司
安徽文艺出版社

图书在版编目（CIP）数据

云溪间 / 钱立青著. -- 合肥：安徽文艺出版社，2025.3

ISBN 978-7-5396-7919-8

Ⅰ．①云… Ⅱ．①钱… Ⅲ．①散文集－中国－当代 Ⅳ．①I267

中国国家版本馆 CIP 数据核字(2024)第 025812 号

云溪间
YUN XI JIAN

出 版 人：姚　巍
责任编辑：柯　谐　　　　装帧设计：徐　睿　何　磊

出版发行：安徽文艺出版社　　www.awpub.com
地　　址：合肥市翡翠路 1118 号　　邮政编码：230071
营 销 部：(0551)63533889
印　　制：安徽新华印刷股份有限公司　(0551)65859551

开本：700×1000　1/16　印张：23.5　字数：270 千字
版次：2025 年 3 月第 1 版
印次：2025 年 3 月第 1 次印刷
定价：69.00 元(精装)

（如发现印装质量问题，影响阅读，请与出版社联系调换）

版权所有，侵权必究

目录

|辑一| 信 步

　　云水谣 / 003

　　湘西凤凰 / 009

　　九　份 / 015

　　阅微草堂檐前 / 021

　　崂　山 / 025

　　桃叶渡 / 032

　　丽江·雪山·东巴舞 / 039

　　禅窟听泉 / 049

|辑二| 卷 帙

　　漓江版年选 / 057

　　他乡笔记 / 060

　　氤氲芬香的词典 / 064

　　蟋蟀的鸣叫 / 067

　　《金锁记》的锁 / 074

　　温　良 / 080

　　架上添芸草 / 084

　　劝读《石榴树上结樱桃》/ 088

| 辑三 | 世　故

　　江南贡院 / 093

　　青阳腔 / 103

　　碣石沧海 / 111

　　开场白：致谢原住民 / 118

　　伏波将军 / 125

　　大通和悦洲，繁华逝水 / 132

　　一号别墅 / 148

　　南澳望东沙 / 151

| 辑四 | 阅　历

　　白描三国 / 161

　　手扶栏杆，一抹秋光 / 170

　　补　书 / 174

　　书香溢满庭 / 180

　　《汤小团》第一代阅人 / 183

　　狗市淘书 / 187

　　邂　逅 / 198

　　月朗花朝夜 / 202

| 辑五 | 牧　野

　　云溪间 / 211

　　端阳芦箬 / 217

樱　下 / 222

　　玄武湖赏荷 / 228

　　乌桕灿灿 / 232

　　栏蘺花 / 237

　　淮上柳编 / 240

　　园　野 / 245

|辑六| 心　弦

　　我的父亲，我的老师 / 251

　　中秋探母 / 255

　　父亲写春联 / 259

　　归　乡 / 263

　　父爱的守望 / 269

　　拉手的力量 / 273

　　春风一面 / 277

　　期　行 / 280

|辑七| 观　照

　　大繁至简 / 285

　　掬　春 / 291

　　天河坠玉 / 296

　　蓝月亮 / 300

　　冻顶乌龙 / 303

　　梅雨季 / 309

星光调频 / 315

秋至无言 / 317

|辑八| 见 微

惜阴亭 / 325

旦　晨 / 328

户部巷过早 / 331

曝头雨 / 334

包河晚霁 / 338

地图鱼 / 340

探行有我,不负今日 / 345

窗　外 / 349

附录

俊农之俊译 / 353

心灵内核中的行知精神——从《云溪间》书名谈起 / 358

后记

阅+历:求知,修身亦致远 / 363

辑一

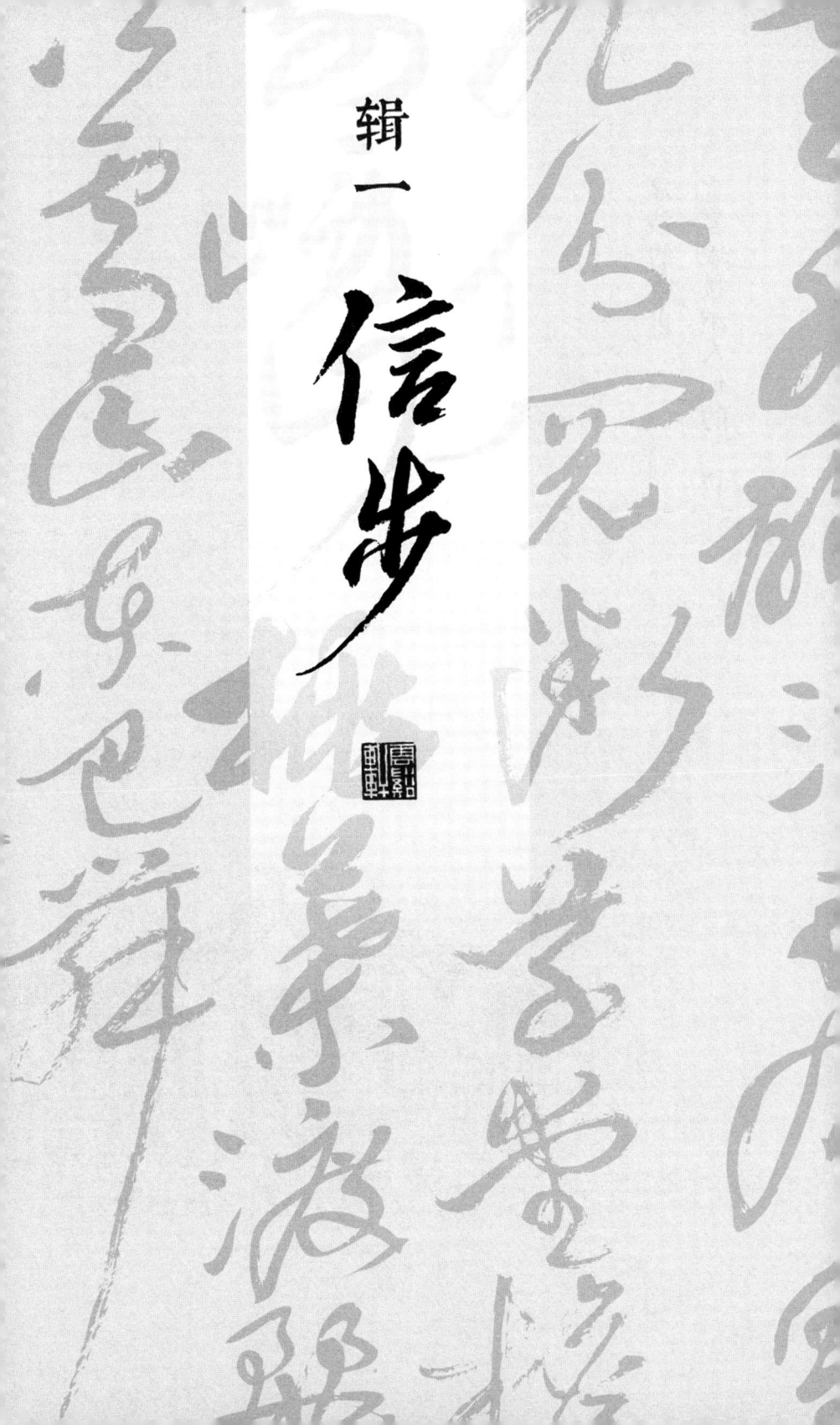

信步

净洁的雪山
宽容地接纳人们的一切

云水谣

南方的冬天确实比较温和。

清晨,我身着厚厚的毛衣乘高铁南下,跨过了雾霭弥漫的长江。窗外,重峦叠嶂的皖南一带,还闪现出白雪覆青松的景象。一到厦门,撂下行囊,随即就换了件长袖衫,外套一短风衣,迫不及待地赶到海边,脚踩在海浪拍打的礁石上,感受着习习晚风的清新。

此行赴闽,应邀出席一次学术会议,顺道前往闽南师大调研交流。有位学弟,博士毕业后投身漳州发展。他乡相遇,格外盛情,趁着周末,邀我同往南靖山区参访闽南土楼。

神州大地,不少地域文化是值得探行阅历的。如湘西文化、关中文化都极富内涵,不过以往我大都限于蜻蜓点水式的探访。闽南文化别具特质,在地域文化中独树一帜,其蕴含不是一语能蔽之的,容我等慢慢地体味与察验。

闽南土楼根植于客家文化,核心是凝内御外。这种以族群安全而自卫聚居样式的土楼，大多藏匿于山区，外人鲜知。我最初的认知来自一枚邮票"福建民居"，画面上的土楼造型宛若一处环形城堡，引人遐想。近些年入选世遗后，漳州南靖、永定一带的土楼名扬四海。本次行游原以为会着重解剖式参观一幢土楼，可是专业向导介绍土楼是系统文化，多元在呈现，要考察五六组代表性的建筑样本，行程单上还包括一个叫云水谣的地方。

云水谣，名字听起来蛮顺耳的，好像源自一部电影，一部前几年获奖的文艺片。电影不曾看过，但知晓些媒体宣传的剧情梗概，大致讲述一段横跨海峡两岸的爱情传奇。学弟解释，"云水谣"如今成了一个网红村落的代名词，今天要去的地方就是电影摄制的取景点。

漳州相对滨海城市厦门来说，气候略显得清凉些。时逢冬雨连阴，感觉凉风习习。为避开人流，我们一行起了个早，清晨细雨中乘车一路顺畅地盘旋于山路间。八点钟刚过，车子戛然停下来，年轻的司机，也是此行的向导为我开门，说目的地到了。我迟疑地问到哪了，他一脸诡笑地说下车便会认识。

我们将信将疑地走下车，第一感觉是脚踏安静之地。天空中依然飘着小雨，细细的，石板铺就的路面上早已水汲汲的，光滑可鉴。一行四人撑着伞，踩着水渍向前探行。远远地，听到了潺潺水声，横在眼前的是一条涧溪。隔水相望的对岸，水雾朦胧中露出高耸的榕树。最为显眼的，则是一辆缓缓转动的大水车，如同电影道具一样，置放在溪岸相接的地方。

溪上横跨着一座石拱桥。抚着清凉冰润的青石栏杆，站在细雨中悠悠地张望。许是近日冬雨绵延，脚下涌流的溪水略显浑浊，涧窄处看似激湍些,而缓流的水面与碇步桥的石磴差不多持平,远远望去,堤梁式的石磴与水亲拥,犹如一排钢琴黑键。戴着斗笠的村民穿行其上,好比在弹奏一曲山乡水韵。桥头的临水岸边,一座座土坯房子低矮拙朴,屋后古榕伟岸,树冠荫蔽。由于落雨,天色暗淡了些,作为背景的青山显得影影绰绰。村口小路上铺设的石块起伏不平,脚踩其上,体会山村野径的感觉。深入几步,忽见一条窄窄的清溪横向泻入,溪流淙淙让村口变得越发静寂。

由于天空的雨,由于行人的少,此时的云水谣几成我们一行的专属。扑面入耳是哗哗流淌的涧水,水汽氤氲,一番透析般的体验。溪水两岸,数十棵百年老榕连片组成蔚为壮观的榕树群,其中有株号称最大的老榕,树干之粗需十多人方能合抱过来,树冠几乎覆盖整个溪流水面,高低的枝丫上系缠着红绸布条,新陈相覆,密密匝匝,足以看出人们借此祈愿的信仰与坚持。

榕树下,由大小砾石筑就的古道幽幽地穿过古朴的山村,逶迤至远方。听当地人讲,这是旧时长汀府通往漳州的官道。道路的两旁林列着以木板代墙的老商铺,斑驳褪色的招牌下,店门虚掩,或斜挂着一把锈锁,仿佛收藏着岁月的痕迹,依稀可见曾风华百年的街市模样。

同行的向导介绍,此地原名"长教",是一处颇为古老的村落。村子背倚灵山,靠近碧水,古榕间生,游人至此即有一种入画仙境的超然之感。再细望,浓密的树丛中,隐隐露出略显诡谲的色泽褚黄的土楼,一幢、两幢、楼楼相望。土楼造型有圆形的,也有端方四正的,姿态各异,星罗棋布于村落间。据说电影《云水谣》拍摄前,这一带偏僻又宁静。后来,村口经常有一群学生有模有样地在那里写生。从业美术的人视觉确实高人一筹,如此藏匿于深山的美景,都被他们率先寻访而至。而后,学子们用一张张速写、水彩画或油画描绘了古榕和土楼的模样,村子的名声随之远扬。

雨不大不小,似乎没有间歇,而游人渐渐地多了些,一顶顶游走晃动的伞,让村野间的色彩变得流动起来。此时的村口,老街店面里传来了一阵阵热乎的吆喝,潮湿的空气里掺杂着浓浓的商业气息。没多作逗留,只因向导在一旁催促,说接下来要去的几处土楼才是今天的终极目的地。

本来以参访土楼的名义来到南靖,可细雨中蒙着云雾面纱的云水谣却吸引了我。看似一处寻常的临水村落,一隅静然。而一部影片的放映,彻底改变了一方水土的人文生态,让这里的一切都变得喧哗、热闹起来,更在纷扰、沓乱中见繁荣。

我想上网看看这部电影,思考究竟是何等力量促使这个村落竟然乐意"改名换姓"。但一路行色匆匆,一直腾不出完整的时间来观看这部电影。直到结束闽南之行,夜深人静端坐在书桌前,盯着屏幕专心地观看了一遍《云水谣》。

作为文艺片,爱情总是一个永恒的主题。《云水谣》呈现的是海峡两岸云与水的隔绝,一个在台北,一个在大陆,两位主人公历经几十个春秋,任时世变迁,任岁月流逝,依然执着、平静地坚守着自己的爱情诺言,默默地痛惜青春的流逝,永远用一段最美好的回忆支撑自己。云与水看似相依,可无法进入对方的世界。期望水天交接,就持久地陪伴着,凝望与等待。影片在"隔绝"段落中,对这份情感叙述显得控制而有力量,让人产生一种心悸的无奈。光影中呈现一份从容和自信的传达,从而成就了观者的一种美丽又凄婉的体验。

其实,编剧张克辉先生曾任台湾民主自治同盟中央主席。剧中人陈秋水的经历映照着张克辉先生自己的影子。他忘不了分水岭似的1949年,一切来得都那么突然。本来是离开台北到厦门念大学的他,却回不去了。海峡两岸分隔,台湾成了回不去的故乡,相爱之人天各一方,却无鹊桥可渡。一湾海峡浅浅,却咫尺天涯。几十年后,张克辉将这一段真实的往事融入了小说《寻找中》,寄寓海峡隔不断真情的守望。

我独自静静地看完,整部电影体现的文艺而浪漫的情怀着实让人感动,特别是剧中金娣改名王碧云在新婚之夜的那段表白,可谓字字动人,触碰心底的柔软之处。其实,心中知晓这本是导演刻意煽情的场景,但禁不住地泪流满面。之所以被感动,是因为自己内心还对现实生活充满了一些逸想,在我的心底依然潜在一丝理想的浪漫,冀望那种不可思议的爱情,在诗化的意识空间安排一次云与水的邂逅。

爱情的故事模式几乎被无数的电影穷尽。现代文明快餐化,让司空见惯的观众已经无法耐心地体悟一段段精致而细腻的感情,无法领略望穿秋水的爱恋情长。面对现实生活,多数人不知不觉地学会了麻木,瞪着一双板滞的眼睛,淡定地观望生活的寂寞与平淡。已经难以感动了,或是持怀疑的目光审视这一旷世奇恋,不相信真的还有这样穿透半个世纪坚守诺言的爱恋。只有当一个审美精神和浪漫情怀兼具的人面对银幕时,《云水谣》的魅力才如同大水车在缓缓转动,碇步桥的溪水在孜孜漫流。

云水谣,原本一含蓄、静僻的小村落,因为《云水谣》,延传了一段超越生死与时空的往事。此行匆匆,让人依依难舍,脑海里反复浮现出一幅幅画面：百年古榕拥溪成群，任凭风雨激流，晨昏中静然地与土楼相依，坚守一份平淡。村口溪涧如一地潺流，将一泓清波轻轻漫溢，让灵魂深处的触动坦荡于水面，映在心底。

二〇一五年十二月十日

湘西凤凰

谈及凤凰,自然会惦念起一位文学大师。只因凤凰那方土地上,曾经走出了一个沈从文,才敦促我等不顾旅途劳顿,跋山涉水,径直前往偏僻又神秘的湘西边城。

读,与读懂沈从文,注定是需要一段渐走渐近的行程。数十年的阅历,庆幸少时的遇见。回想当初一册薄薄的《辽宁青年》,其中一篇小说缩写《边城》把我引入了沈公的世界。尔后,零零碎碎地阅读他"乡土抒情诗"般的小说,以及"生命的记录"式散文,每次都以一番拍案惊奇来了结无序的续想。我的文学图志里,作了一个显眼的标注,一定要置身于那个山水诗和物产志的文字原产地,寻根探究那是怎样的一种人间生态。

一

查看沈公故乡的地理方位,那个早先名叫"镇筸"的,不过是一座地处边疆的孤城。那片土地一直是苗、土诸族聚居地,自古民风剽悍,素称"武山苗蛮"之地。元代始设五寨长官司,宣慰守备一方平安。到了嘉靖年间,官府顺江以粗糙、坚实的红沙条石筑砌了凤凰营,加强军事防御功能借以威镇周边的数百个山村苗寨。清廷专治凤凰厅,驻军以镇边苗叛乱,时不时上演角鼓火炬传警告急的场景。这为名副其实的化外之地"边城"增添些许神秘的色彩。于我和万千读者来说,眼前总是浮现一个亦真亦幻的猜想。

凤凰,坐落在湘西群山间,如同朝圣。以一颗虔诚的心,一路辗转奔波于湖湘大地。跨过湘江西行,山愈高,水更长。许是青山连绵相映,沿途的水色一律清涟发翠。放眼四周群山环嶂,峨黛之背景,直到望见标志古城垛堞的一刹那,疲惫的心渐而安宁下来。

遇上了一"晴"如洗的好天气,深秋的晨光朗照着恬静的凤凰古城。站在临江客栈一处观景阳台上,举目可见南华山底衬的城门楼,一条沱江穿城而过。江之南岸,近树掩映着砂岩垒砌的城墙,斑驳沧桑中不失雄壮之势。

穿过古老的拱形城门,眼前横竖几条铺着青石板的街道,窄长幽深,统统被如潮的游人拥塞而举步维艰。新旧相间的各色铺子前,店家扯着嗓子叫卖的,多是苗族特色的银器、刺绣或扎染。最多的是一条条黑乎乎的烟熏腊肉,有的高悬在店门口,有的成堆成捆地摆放在铺面上,吸引了游人的目光。走过几条街区看似雷同,游人却愈行愈密。我等一行近乎逃避之状慌择小巷而行,不巧却又误入一处民宿的后院。原本想此番能否感受一下沈从文先生信步小城的那份静僻与自我,失望的是景物依旧,举城商业弥漫了所有的视听与猜想。

百年已逝,民风难续,大约沈公笔下淳朴之景象早已淡化,甚至消弭了。穿街走巷大半天,累了,找个拐弯处坐下来歇歇脚,感觉空气里飘忽着一种甜丝丝的味道,有人猜是镇筸姜糖的气味。不远处果然有店家在现场制作,一番互动观赏后,喜得一粒姜糖入口,品尝到微微的甜中渗辣,恰到好处,令人唇齿留香。这股提神的辛辣醇香,补丁般回味了古城的一种别致味道。如今这"远去的家园",也许只有这种味道尚且弥留。

二

绕出了古城,仿佛背离了喧嚣,霎时安静了许多。驻足沱江的岸边,偶有微风轻轻吹过,虽缭乱了头发,却倍感清爽,即使心思有些寂寥,此刻嘴角也许会泛起浅浅的微笑。沿河岸的青石板路,看上去不算整齐,却可由一个个相连的窄巷穿插至民居人家。一位矮墩墩的妇女肩负着一只大背篓,牵拉着一个六七岁女孩的手,笑吟吟地走过。不远处随风传来的,有捣衣棒槌的连续击打声,在江面上回响不绝。此时可深深地吸上一口气,打量这古城的背面,算是一瞥此地旧时的生活风习。

阳光漫洒在流淌不息的沱江上,水面氤氲,光影自然。沈从文曾说"我感情流动而不凝固,一派清波给予我的影响实在不小。我幼小时较美丽的生活,大部分都与水不能分离"。这大约归功于眼前一江清水了。沈公深情于水,认为是水让他认识美,让他学会思索,他还能"一面看水,一面想你"。倚靠在虹桥的长廊檐前,俯观流水荡荡,这本源自湘西深山清莹莹的水波,一路倒映着沱江两岸的风光。往来的渔船不疾不徐,行舟荡处,邻波深深浅浅。若立在乌篷船头,撑着一支长篙漫溯,可以看到柔波里招摇的水草和游动的细鱼。不经意间,望见一只旧式的烟船,缆绳拴系于吊脚楼栏杆上,远观貌似《丈夫》中描述的老七陪客烧烟的那种,只是残破不堪,泊在水汊里随水浪荡漾,无人问津。

人言道,凤凰古城之美,美在沱江水,美在吊脚楼。沱江两岸集排着穿枋承挑的吊脚楼,尽以纵列有秩宽宽的杉木板作壁,飞檐相勾,灰瓦淡墙,半悬半依,如油画般贴挂在堤岸边。壁挨连着壁,檐衔接着檐,一眼望去,顺江绵绵不断。然而这些细长的木柱立在沱江里,留下斜斜的倒影,怎么看上去,都似一幅湘韵十足的山水长卷。江水深流,渴望如同舟行漓江一样,对唱清快悦耳的山歌,让绵绵的情意回荡于山水间。

其实,入耳入目的这些不过是物化的外在感受,而凤凰的独特,则是一种清悠,一份淳朴,还夹杂着湘情……而这些景观古韵,又差不多都印在黄永玉先生的一笔淡一笔浓的水墨画里。黄老笔下一张张笑吟吟的面庞,寓指人性皆善、质朴而清纯的凤凰人。伫望沱江,吸一口山间的空气,默忆《湘西散记》中某段文字,才算是选择走近沈从文较为切合的方式。也许,只有置身于沱江两岸灯火中,踮着脚,小心翼翼地走过江中那几块红色砂岩堆砌的跳岩时,才慢慢领略了交织其中的"浪漫与严肃,美丽与残忍",也才豁然领悟到这样愁绪缥缈的人间爱与怨。

凤凰的夜色首推倒影之美,水天霓虹的画面令人陶醉,然沱江的喧嚣则出乎我的意料,两岸映染着灯红酒绿的歌声与啁嘈,无法稀释于滔滔的江流。江面如一条宽幅、绚丽的绸带在轻轻抖动,夹着鼓点的乐声而浮旋于水上,随风荡漾。时至子夜,幸得一场蒙蒙细雨,算是扑灭了浓情之众的那份炽烈。待到灯火阑珊时,光晕的江面呈亮白色,开始滋生些凉意,才有了声色褪去,才有了歌舞渐歇。夜色轻轻笼裹过来,黯然中的古城隐约一种沦落的美。

三

沈从文十四岁时便离开了湘西凤凰。古城给予他的,是一往情深、无穷滋养的质朴,还有那些璀璨的古楚文化的浸染。沈公出生于窄窄小巷尽头的一座四合院,藤萝交织的百年老屋如今已挂上"沈从文故居"的牌匾。房子大小九间,别致小巧,镂花的门窗,还留有一把老旧的藤条躺椅,体现了主人的朴实和醇厚的乡情。

凤凰城里城外都留下了沈公少时的印迹。凭着年少的记忆积淀,他率性地摹写了大量湘西传统习俗和原始生命的作品,树立了乡土文学源起的地标。这些文字,描述和发掘着未经"文明社会"的组织羁束和污染的边地社区生存形式,又在山灵水秀、人性淳朴中散发着悠远的忧郁气息,把一切消融在静观淡泊的超越之中。许多作品里,多以追忆方式,让蛮荒的湘西多了一份温情。他把这些款款温情,寄落于渡口的船夫、出嫁不哭的萧萧、一双眸子清明如水晶的翠翠……置身于碧水静流的沱江岸边,心底油然地崇敬沈从文,难得他历经岁月的磨蚀,依然能坚守自己的率性,也锻造出与行吟泽畔的屈子傲然风骨的一脉相承。

如若由北门码头乘船溯江而上,可以前往听涛山。沿着山茶花相伴的石板小路拾级而上,会见到一块状如云菇的天然五彩石,这里便是沈公的归宿之地。没有墓圈,没有坟丘,一片杂树绿竹和虎耳草相伴的五彩石上刻写了墓志铭:"照我思索,能理解我;照我思索,可认识人。"先生昭示自我、铭示后人的话语,憨厚纯正,简约又富张力。有人说,这块五彩石,凝聚了先生的智慧、坚强、勤奋、梦想和仁爱。在其背后,还刻着张允和女士撰写的一首诔辞:"不折不从,亦慈亦让,星斗其文,赤子其人。"研读后发现,诔辞就是一首"藏尾诗",句尾四字"从文让人"。确实如此,沈从文一生秉承一个"让"字,默默地承受着一切的不幸。坚忍中他以一支笔闯出一片灿烂的文学天地。他的笔下,描述湘西风情,讴歌大自然赋予这方水土原始、粗犷的生命力,礼赞那炽热、朴素的人性之美。篇篇锦绣文章,体现了"博大坚实富于生气的人格",而这一切,都由于他将自己完全融入了这山、这水、这座城。因为他是"凤凰之子"。

凤凰之行终究是要告一段落了。心里早有准备,所谓寻找沈从文,那只是一厢情愿,就好比追寻一个传说,哪怕只是一丝雪泥鸿爪,但这样的步伐不会停止,也从未停止过。转想我不过是万千行者中的一分子而已,步随其后的还有更多翻山越岭而来的信徒,他们能否遇见心仪已久的壮景,取决于自己的造化。但我想,每位行路人,都乐意选择在宁静人稀的晨昏,立于虹桥廊间,深情地望一眼清水浮动的沱江,静守山间的古城。注目于江水氤氲中,一瞥行船划搅起淡淡的水墨湘味,如同绵绵思绪,荡漾许久许久。

二〇一三年十一月二十六日

九份

九份,台湾岛东北丛山间的一座小镇,名闻遐迩。

旅台学习期间,铭传大学的朋友极力推荐去趟九份。说那是一个充满故事的小镇,也算访古怀旧的好去处。我哂之,既然名声大,闻不如见,去看看热闹也好。

九份坐落在临海的半山腰上。从山脚远远地仰望,一座座石头房子贴着陡斜的山坡筑建,高低错落,间拥绿荫,形成独特的山村聚落景观。又好比船过三峡之夔门,仰看临江的奉节山城一般,层叠有序。

山脚下建有一座金矿博物馆,透过墙上泛黄的照片与陈列的一些简陋的采掘物件,可以先行了解九份的百年发展史。从寂至繁,由盛转衰。今天来此,不过是亲历回味一段岁月的沧桑。

九份相对于山脚,高度落差较大。一路步行,抄近路得需拾级而上，似有探走迷宫之嫌，东拐西绕的，不知爬了多少级台阶，且横竖的每级台阶都是那般陡直的。而路过的人家房屋估计有不少是舍弃不用的，在岁月中渐显斑驳颓圮。但若细心，会发现这里人们喜欢在门檐、阳台上采用花木盆景或色彩明艳的装饰，抑或只是一句温和的彩色提示标语，两盏通红灯笼的高挑点缀，一下子就让底色灰旧的老宅柳暗花明，顿现生机。同行一群人气喘吁吁，待踏上窄窄的石板老街时，免不了都在歇步稍息。

回首一看，九份密集的房屋顺应山势，如同镇江金山寺的寺裹山之状，屋宇鳞次栉比，家家棚檐相接。而早先时候，九份一带还只是一处偏僻、无人问津的小村落，房屋零散，孤寂难当。据说上上下下统共只住九户人家。由于地处山腰，出门购置油盐诸物交通不便，于是九户人家每次就委托一人外出购置，将所需的物什购置九份，以供每家一份。周边市集上的人们一看每次来购买九份物品的，就惯称他们为"九份"，村名由此而得。这个名字简约含蓄，也别致。

这个富有诗意的小山村，人们世代默默地耕作。直至光绪年间，一群铁路修筑工人无意间在基隆河中发现了沙金，于是溯源而上，渐渐在九份、金瓜石一带发现了真正的金脉。消息传出以后，大批淘金者蜂拥而入，很快山上山下聚集了三四千户淘金人家，小山村一时膨胀起来，九份随之结束了平静的农耕时代。《马关条约》台湾岛被割让日本以后，九份金矿被大肆开发，冶金量达到巅峰，采掘来的大量黄金都输往日本，此地成为东亚闻名的金都，名不见经传的小村落一下子就嬗变成为人烟浩穰的集市，以致辉煌极盛之况。抗战胜利后，金矿因前期过度开采，矿藏渐渐枯竭延至20世纪70年代彻底关闭。今天的九份，是承载了一段先民的采金史，记录了小山村随采金人潮的拥入而繁华，又随采金业的没落而褪色。

狭窄的街道上游人如织，面对缕缕行行的人群和横竖交错的店招，我感觉这里不过是一座区位特殊的商业街。可能是各色店铺里售卖的食品、玩具等物什没有激起我的兴趣。相对于台北周边的大溪、莺歌等古镇，这里建筑拥挤，显得零乱、散漫些。随着人潮拥进街口，就看到许多年轻的茶妹在满面春风地兜销包装精致的高山茶，不论游人关注与否，她们都热情地奉递一小纸杯新泡的茶。我接过一杯品了一口，也许是刚才爬台阶累得口干舌燥，觉得这茶汤色澄亮，清香沁脾。

九份的街道大多是顺着山势坡地而建，两边保留了不少日据时代的旧式建筑。尤其是基山街，由于地势受限，道路逼仄而弯曲，店家们都一一撑起了各式顶棚，头顶上的阳光基本照不进来，几近遮天蔽日，因而又称"暗仔街"。置身于此，极易让人感受一份老街的怀旧气息。据说，日本动漫画家宫崎骏钟情于此，多次钻行其间寻找创作灵感。这原本是片近乎废弃的沉寂之地，20世纪90年代，却因一部台湾电影《悲情城市》一夜暴红。只不过这一回吸引人们的不是黄金，而是这里散发的文艺气息。走在起伏不平的基山街上，满眼尽是音乐、咖啡和文创产品，据说有不少艺术创作者进驻这里。这样的九份，已经成了一种文艺怀旧聚集地和文创周边的展示空间。

顺着路边招牌的引导，曲折地拐入了一条小支巷，这里并排挨挤着两三家旧书店，都属门面不够光鲜、室内灰暗的那种。可能交易旧货之缘故，一般的旧书店都不怎么讲究店面形象。书架上书册密密麻麻，多半是华文书刊，台湾、香港的出版物居多，也有少量的日文、英文书册。这些书的品相一般,且隐隐感觉这里弥漫着一股霉味。但我每入书店,心中总是怀揣一种美好,也许乱书堆里裹藏有自己心仪的资料,因而不太在意这种环境。当我弯腰淘书时,突然发现身后是戴着厚厚镜片的女店主,始终都在监视似的。刚才我们一行走入书店时,也是她站在取书架上发声警示,店内不准喧哗、不准喝饮料、不准吃东西云云。这些姑且当作没听见,希望不影响淘书好心情。可当我举起一本小画册询问价格时,她那不屑的表情和不友善的语气表现得极其傲慢与市侩,似乎一眼就能瞧出大陆来的游客多半是不买书的,只是喜欢问这问那,看看热闹而已。我没有多说,轻轻放下手中的书,快步撤离这处阴暗的地方。其实,像我等类型人群出行,最大的消费莫过于文化消费。来台湾一周时间,就去过了诚品书店两三次。而我的回程航班行李超重,也是因为购买了太多的书刊。如今,这个商业气息弥漫的九份,这种自以为是的经营架势,一扫我对台湾服务业的好感。

心情怏怏,懒得再去逛那些装扮现代主题十足的店面。向前拐了一个弯,顺坡而下,在面向大海的一条横街边逗留了一会。九份以高山为屏障,与基隆山遥遥相望,面对辽阔的海洋,蓝天白云,宛在画中。抬起一只脚踩在高高的石蹬上,用手托着下巴,远眺碧海青山。相对乱哄哄的老街,这里人流要缓和多了,更安静些。

同行人催促我,方才起身漫步,打望。路过一家刻印社门口,我的目光顾及了玻璃柜台里大小不一、排列有序的印章石料,脚步缓了下来,一位年纪五十开外的女店主站起身来,格外热情地邀请入店看看。店面不大,前后两间,三四十平方米,但上上下下被打理得整齐洁净,墙上显眼的位置挂着一张证书,细看才知,原来是由马英九先生亲笔签名褒扬作品的奖状。女店主轻声细语地邀我入座,双手递过来本店的印谱。我随手翻看,这家刻印社以刻印一种三维汉字为特色,构图设计富有创意。我仔细地看了看,委实不错。接下来与她相聊,悉知她母子二人打理刻印社,先生在家刻印,实行街店家坊的经营模式。桌子上摆放着手抄经帖,她解释平时客流稀少,在店里无事,就静心抄经来消磨时光。我瞅了一眼她誊抄的经文,一竖列一竖列地写得颇显娟秀,至少说是用心的、专注的。她说抄经时心是可以静下来的,默念经文,心领神会,浸润其间,自然是一种受教体验的过程。

谈到刻印,女店主说可以定制,先收定金,刻制后再用快递寄出,不论是大陆,还是欧美地区,三个礼拜一准到货。她担心我不信任,于是从抽屉里拿出了一沓以往与客户交流的信件给我看。我觉得眼前这位平日抄经的店主确实是一片真诚,就决定刻一枚个人名印。挑择一方印章的石料,这只透白的章坯里如钻入一团赭黄的云絮,料质手感冰润。

支付了一笔定金,互留通讯地址,也得悉他们原籍上海,经常回大陆访亲。说话间我观察到她儿子在一旁收拾行李,她解释说准备下班回家。其实那时才下午四点多,女店主说这里有不少店面下午五六点就打烊下班了,因为大多经营者并非当地人,九份不过是因为谋生租用一处店面而已。告别刻印店,这母子俩随即也拾掇闭门,各执一把雨伞,径直朝山下走去。听说他们途中换乘公交回家,差不多需要一两个钟头。我看着山路上一辆辆摩托车载货沿着弯曲的山路呼啸行驶,心想这些生意人也委实不易。

以此管窥，所谓文化名镇的九份，实为一个彻头彻尾的打着文化招牌的商贸市场。尽管这里以怀旧聚人，吸引南来北往的人流，在其背后，不过是商业集散地而已。九份自身的文化特色早在商业大潮中湮灭了，佚消鲜存，或者仅落于史料之中。据说，租赁门面做生意的大都是外地人，还有很多日本人、东南亚人，真正的当地人极少。我好奇地想，早先的九户人家如今去哪了？挨到晚间，九份的商业气息会淡化许多，人流顿稀，除了几家民宿旅店，不少店面都早早关门熄灯了。

　　九份老街上，随处可见的是咖啡店或奶茶店。正是下午茶时光，踯躅于一家香气浓郁、颇具特色的咖啡店门前，取了杯奶茶边走边喝。一路上又遇见几家刻印社，各具特色。发现有家以实木为坯的，且能现场制作，立等可取，于是商请刻制一枚木质的藏书印。店主让我稍坐一会，就依我在字片上写好的字开始刻制。我倚在门口，看动作娴熟的店主，从设计、手绘到机器辅刻，手中的一杯奶茶尚未喝完，一枚鸡翅木"靖子藏书"的繁体阴文印就已告成了。再细瞅试印在宣纸上酱红色的印模，颇具古朴味。

　　自台湾归来不久，那枚定制的三维印章的包裹快递就送到楼下了，我带着期待的心情打开。自然还是我选中的那方石料，拓印一张，发现姓名字体设计与刻印都相当精妙，不少朋友睹之称奇。

　　九份之行论印象，无须更多描述。以物为证，探行的那片土地上，曾以文化互鉴的方式，存留两枚印记，一石一木，一阴一阳，七个方块字，铭记九份。

二〇一五年七月二十日

阅微草堂檐前

前门珠市口一带有家宾馆,名曰"丰泽园"。说实在的,常来常往北京城,还真没住过像这样热闹的地方,若非朋友杨君推荐,乍一听这仨字,还以为那是中南海里的一去处。

酒店不大,属轻奢典雅型。推开窗户,可远眺前门高耸的箭楼,俯望大栅栏的几条街巷与胡同。而出门随便抬步走走,几树老槐绿荫下,便是一处处四合院。静心居此,确实可领略一番老北平郭城文化。

次日中午,杨君一行从西城赶来看望我,并执意设宴一聚。其实,他虽然推荐我入住这家酒店,但对这一带餐饮情况并不熟悉。只是听说附近有一家京城老字号饭店,可又一时说不上名来。于是,在路边询问了一位年长的大爷。这位老北京满口皓齿,相当自信熟悉这一带,张口就是"晋阳饭庄",说那里以经营山西风味菜肴为主,烹制的香酥鸭享誉京城,可有名气了,还热情地走到大街上给我们指路。

距离不远,驱车几分钟就到了。远远地就望见郭沫若先生题写的"晋阳饭庄"四个大字,与藤萝交攀的百年老店交相辉映。同行有人去停车,有人去订座。两天前北京下了一阵雨,雨后的阳光相当骄盛。我先是站在路边树荫下,见饭庄西边有一簇绿荫,向前走近一看,门楼檐下的横匾题写着"纪晓岚故居"。原来两百年前,传奇的河间先生府上在这儿。我定了定神,那这应该就是传说中的那个阅微草堂吧。

知晓纪晓岚为乾隆时期进士出身,官至礼部尚书、协办大学士、太子少保,曾任《四库全书》总编纂官,编辑《四库全书》总目提要两百多卷,时为名副其实的大学者。其实,除这些丰功伟绩之外,我更看好的是他晚年著写的《阅微草堂笔记》,梨枣屡镌,久而不厌。鲁迅赞其"雍容淡雅,天趣盎然"。河间先生以学问文章负天下众望,然而天性孤直,不喜以心性空谈。闲暇时喜欢随手翻读这本笔记,篇章不长,简短数言,却自然妙远,读起来顿感质朴简约,颇显魏晋风流。

既然到了阅微草堂,我得仔细瞅瞅。走上台阶,张望打量,房子坐北朝南,临道而建。木棂花窗,围以砖雕,显得古朴素雅。庭前东边有一架紫藤,老藤曲曲,枝蔓盘绕房前的廊棚,绿叶满满地遮覆一处阴凉。浓密的藤叶向四周延展,藤蔓间垂吊着一串串长豆荚似的果实,在微风中似同频摆动,足以让人好奇地盯看一阵子。透过立于一旁的铭牌,知悉此为房主亲手栽种的,从清朝延至今日,这株紫藤经历了三个世纪的阳光风雨,依然虬枝盘空,绿荫匝地,阳光下更是生机盎然。常居京城的老舍先生曾用"庭前十丈紫藤花"的诗句来赞誉这紫盖如云、香盈庭院的藤萝。

紫藤叶形美丽,穗状花串,算是京城四合院里常见的植物。寻常百姓喜将紫藤植种于庭院的廊前、亭侧或塘边,自由攀展于花棚、井架、女墙、拱门之上。也有制作成盆景的,选一截以苍劲古朴的老藤栽入小盆中,藤条悬垂式倒挂下来,年年开花,自然之趣可不必远求了。紫藤花含芳香,老北京人还习惯采藤萝花以糖腌渍,制成藤萝饼糕点,颇具京城风味。据说,每到紫藤花开的季节,晋阳饭庄也用新鲜的紫藤花制饼,但这份时令点心,不是人人都有口福的。

紫藤适生于大江南北,江南的紫藤也是让人见之难忘。苏州博物馆的后庭院里,有一株颇为传奇的紫藤,据说是吴中才子文徵明先生手植,雅称"文藤",树龄已逾四百六十岁。其干形同虬龙,侧枝盘曲,古趣盎然。枝藤牵引至棚架上,绿叶浓密,"蒙茸一架自成林",给偌大的庭院架设一幅碧绿天幕。尤其暮春时节,繁花盛开,紫穗悬垂,一串串淡紫色水晶似的蝶形花,或紫花漫天飞舞,使满院弥漫淡淡清香,令人陶醉。

目及眼前的旧宅枯藤,倒是透显旧日士族门户的气度,只是人去楼空,繁华逝水,徒生寂寥。遥想月华当空,河间先生独坐藤下,一壶清茶,蒲扇轻摇,双眼迷离间,就有了一则则"阅微草堂笔记"。

流连于如盖的藤下时,杨君却走过来,一脸歉意地嘀咕了一句,意即晋阳饭庄已客满无座,得换地方吃饭。我倒有些不情愿,说上哪吃、吃什么都无所谓,只是想在阅微草堂门前多待会儿。但终究难违杨君的盛情,正是吃饭的点,回头再来慢慢看也不迟。

即将离开纪昀先生长居六十多年的老宅子,我潦草地观看一遭,后院里有株海棠,枝干粗壮,繁花似锦。据旁立的《海棠碑记》,悉知此树为纪公亲手所栽。据说纪晓岚与婢女文鸾少时相恋,曾在家乡河间的海棠树下私订终身,但文鸾的哥哥硬生生将两人拆散,文鸾忧伤过度,不久香消玉殒。而后,纪晓岚纳妾明轩,且明轩相貌酷似文鸾。他种植了两树海棠,一树纪念文鸾,一树视为明轩。年近半百时,纪公梦中与文鸾相见,醒来在海棠树下伫立许久,吟诗一首,后录记为《题秋海棠》:

憔悴幽花剧可怜,斜阳院落晚秋天。
词人老大风情减,犹对残花一怅然。

原本两树海棠,如今只存留东侧的这株了。究其此株是纪念哪个的,想必众人是向着文鸾的。

胜迹当前,让人流连忘返,无奈饥肠辘辘,只好悻悻离去。随后我等一行落座于不远处的"湖广会馆",一边聆听戏台上一段段折子戏,一边慢悠悠地品嚼着几道京味鲁菜。看着四周墙上挂着不少泛黄的京城老照片,席间自然又提及前门的掌故。吃了几盅通州老窖,感觉眼神迷离,我的心又折回到了阅微草堂檐前,那一架紫藤、一树海棠和纪昀先生的一生聪慧、一世幽默,加上一腔真情,又是一则新笔记。

二〇〇八年六月二十五日

崂山

暑期工会组织去海滨城市青岛度假,我欣然报名前往,此行可以与一别多年的陶君相见。

陶君乃高中同窗好友,可谓患难之交。奋战高考时,我俩唇齿相依,每遇顿挫,必彼此宽慰,提携互助。那段成长的岁月铸就的深情厚谊,让人难以忘怀。

抵青岛的次日傍晚,陶君携女友与我相见。女友是一青岛妹子,快人快语,直言道出她的出生地青岛不过是座海滨城市,所谓的名胜古迹大都有些言过其实,要说值得一看的地方就数崂山。

当晚我们临海品尝海鲜,青岛妹子端起一杯清澈透黄、泡沫白腻的啤酒敬我,并说青岛啤酒就是选用软硬适度、洁净甘美的崂山泉水酿制的。喝干这杯酒,她再一次叮嘱,来青岛一定要登崂山。

内陆人来青岛,大抵第一愿望就是看看大海,沾沾海腥味。至于山,我的家乡也不乏雄伟峻峭的峰峦。尽管青岛妹子几番谏言,可内心一时并没有打算前往崂山的计划。

接下来的几天,随团行游了海滨的栈桥、小青岛、八大关,岛城的美景算是统统览了一遍,除了在海滩赶海浴海颇觉一番情趣,其他的景致确实没有多少令人心怀激荡。

假期临近尾声,我突然做出决定:登崂山。

崂山耐冬

资料显示,崂山是祖国万里海岸线上的最高峰。远望峰谷幽壑,云腾雾绕;近观溪潭清澈,空灵如幻。置身于谷涧石上,溪流活泼,跌宕奏响,令人顿觉身心轻盈,俗虑全无。古人称崂山"神仙之宅,灵异之府",此为道教的重要发祥地。这里自古就云集一批修身养性的方士之流,他们餐霞饮景,克己求真。自金元以来,道教全真派兴起,特别是邱处机受敕封之后,崂山道教大兴,长盛不衰。延至明清时期,山上道观多达百处,遂有"九宫八观七十二庵"之说,形成了"东海仙山"。

崂山南麓老君峰下的太清宫,算是崂山道教的祖庭。宫中以宋式建筑的风格为主,千年道观的庭院内尽植银杏、紫薇、牡丹等古木名花。人们说,这里每一株老树的背后都有一段历史,延伸着一个故事。看着高耸入云的银杏、生机依然的老榆、清香扑鼻的银桂、盎然向上的古柏,即便不是来修身养性的凡夫俗子,也会在不知不觉间淘洗郁积的烦恼,摒弃不应沾染的浮躁。游人簇聚围观的自然是三官殿前那株山茶花,相传此为高士张三丰渡海从长门岩上移植而来,是本地唯一能在冰天雪地的隆冬季节开花的常绿树种,故又称"崂山耐冬"。

仰首瞻望这株合抱之木,年逾六百,却通体郁郁葱葱,令人咂舌称奇。通过介绍与资料照片,眼前仿佛呈现出山茶花红如火,蕊黄如金,树身像落了一层厚厚的绛色积雪之景象。即便在南方云贵地区,此等树龄与盛开之状也极为罕见。

同行有人感叹,说此山茶树一定沾上了道教的灵气。其实,何止是这株山茶,整个太清宫都占据了仙山宝地。

仔细分析,不难发现太清宫的区位特别。宏观来看,太清宫三面环海,一面靠山;微观来看,则是三面环山,一线临海,形成海抱仙山山抱海,山海相依、负阴抱阳独特的地理景观。虽然地处北纬36度以北,但由于群山三屏迭次环抱,阻挡了北来的寒流;南向大海,保证了气候的温暖湿润,夏纳清风,冬阻朔气。小气候区明显,因而营造出独特的近似江南的气候环境。据说这里冬无严寒,夏无酷暑,地表植被也耐冬常绿。看来,这便是世人适宜居住的风水宝地,无怪乎西周以来,大批修身养性的方士都爱择其地而修行。故而太清宫的香火兴盛,高士辈出。

崂山道士

山是名山,宫为神殿。有点纳闷的是,大殿里进进出出的小道士,个个披长发,着黄袍,虽表象温和,却无从焕发出那份道家的俊逸神采,难以与小时候脑海里定义的形象相对应。眼前这些年轻道士,装束统一,一个个俨如服务生,都乐意忙于接待游客,有引导捐献的,有兜售商品的,自然见不到想象中的运气习剑、打坐练功的场景。感觉一个个得鱼忘筌,哪还有心思完身修道? 有甚的是,这些小道士以直勾勾的眼神阅视过往的行人香客,背后还嚼舌指点,说三道四。看着他们的形象,脑海里蹦出了年少时让人讥笑的"崂山道士"四个字。

三百多年前,年过而立却乡试未中的蒲松龄,与淄川乡贤八人同游崂山。崂山之行,为蒲松龄创作《聊斋志异》提供了丰富的源泉。想必他目睹道士的种种行为也感慨万分,而聆听白牡丹的传说又激发了他创作的灵感,于是,基于崂山,柳泉居士留下了脍炙人口的小说《崂山道士》《香玉》。一篇写道士的方术变化,叙述年轻慕道的王七,自己躺平,却苦思不劳而获,投机取巧,颇具讽刺意味;一篇讲述花仙子的故事,富于人情,充满神话色彩。两则文字都为崂山蒙上了神秘的面纱。《崂山道士》直接关联太清宫,而《香玉》中的"绛雪"花神喻指三官殿的山茶树,一直被视为守护太清宫的女神。

崂山属道教名山,山上常年云雾缭绕,颇显仙逸之气。柳泉居士此行文思激昂,他仰看白云苍狗,观沧海潮起潮落,于是挥笔留下《题白云洞》:

古洞深藏碧山头,羽士一去白云留。
愿叩柴扉访逸老,不登朱门拜公侯。
砚水荡净海底垢,笔尖点消九天愁。
不求人间争富贵,但做沧桑一嘹鸥。

借此可窥知柳泉居士的志趣。崂山行游期间,适逢一场大雨,雨后新晴,他又有幸记录了难得一遇的海上奇观——海市蜃楼,并为崂山观海市作歌。这番神奇的经历,可遇不可求,令人回味无穷。当然,以聊斋叙事体的文字记述,为崂山增添了一份仙山的色彩。

山海奇境

聊斋先生崂山之行不虚,且行且思,拓展见识,又收获奇遇。今日我等步其后尘,既然登上了崂山,就该以研学之精神,饱览山景,力行问道。于是轻掩宫门,背起行囊,迈步向山上进发。登高西北一望,尽是层叠而起的石崖,雄峙如城。查阅地图,才知高矗极目的便是崂山制高点巨峰。经过多少年风雨的侵蚀,"崂顶"的峰峦都风化为磊磊巨石,呈现一派雄壮粗犷的面貌。

环山绕行,远处是狮子峰,数块巨石相叠,成岭成峰,状若雄狮横卧于苍茫云雾中。阳光朗照,山石与蓝天相衬,景色绚丽。但有人说狮子峰最壮美的景色数"狮峰观日",趁晓雾未开,方可尽情地领略"狮岭横云"的妙趣。明人黄宗臣曾夜宿狮子峰,留有"夜声时到秋山寺,半是风声半是涛"之句,颇有意境,只不过生了一些空旷寂寥之感。

行前听人说,如若能在太清宫观海上月出,别有一番情趣。当万籁俱寂时,光洁的月亮被一抹金辉托出海面,溶溶月色倾洒下,浮光潋滟,上下空明,如置身于玉壶冰镜中。"太清水月"的景色幽奇绝伦,可惜此等美景于我只能映于图画中。此行登崂山,时不凑巧。一为季节不巧。看不到崂山耐冬满树如覆白雪,花叶互相映衬,所谓的白里镶绿、绿中嵌白的景象。二为时候未值。倘在晨昏时分,要么可观日出,要么可赏月影,只因行色匆匆,夜不宿山,且时下又逢月晦,无月可升,唯可张开思想而已。

复前行，山间远闻水声激荡。顺着指示牌绕行寻觅，原来此为八水河跌落的"龙潭瀑"。举目望去，一水天降如玉龙吐雾，飞溅的瀑水激撞于玉龙潭的岩石上，声若龙吟，气势雄伟。走近潭边，倾泻而下的瀑流形成蒙蒙细雨，仰观如一缕薄纱依山而坠，落入潭中激起满谷霭雾，行游之人都仿佛置身于纷纷春雨。今人将"龙潭喷雨"列入崂山十二景，果然名不虚传。

潮涌崂山

空山鸟语，转了大半天，方知不过是在太清宫周边一带打圈。时候不早了，准备顺路下山，忽闻阵阵巨响。绕过高树巉岩，朝前一望，前方正是蓝蓝的一片海，肆意地铺陈于眼前。这是开阔的海，如此之蓝，如此广袤，让人可以尽情地张望。即便游人如何随意看过去，都是无边无际，感觉眼睛根本不够用。不知此时，我的脸是否也被海水映蓝。

崂山拔地而崛于海边。放眼山海相连，海天一色。崂山壁立的山体延伸入海，构成了滨海一带的陡壁、岬角、岛礁和潮滩。波澜壮阔的大海与崇山峻岭交相辉映，多少年来山与海相辅相成，使得崂山有了"一山镇海，万象归怀"的气派。远望水天之际，巨大水幕铺天盖地压来，彰显磅礴气势；跌落时，惊涛浪涌，又似万马四奔，天地为之轰鸣。静观梯次海潮的起落，不由得感叹人世沧桑，白云苍狗，潮起潮落恰若人生之沉浮。

向前急行几步，伫立一处高岗，俯看足下海水涌浪，似三面包抄而来，白白的浪头，触岸又激卷起万千雪沫。伴着沙沙的配音，连绵而至,不绝于耳。一边是碧海连天,惊涛拍岸;另一边是奇松怪石,郁郁苍苍,让人一时心胸开敞,气舒神爽。海水滚滚,长年累月的冲洗,把崂山临海的大小岩石冲刷得一尘不染,也涤荡了人们的视域。

海之崂山,虽无岱岳之巍峨,无黄山之秀美,但其坐拥海光山色之独特,山海相连,山中俯瞰海,海中可望山。眺望远处,潮涨潮落,白浪连绵起伏,轻巧的海鸥在海岸间上下翻飞……置身于崂山,海风拂面,白云相伴,心静神仁,惬意无限。海浪依节奏地撞击山脚下的礁崖,巨浪排空,迸珠溅玉,咆哮轰鸣,惊天动地,赛过古战场上金戈铁马的搏击声。这种自然的天籁,确是远离都市的喧嚣,直到回首看崂山,不过汪洋中一山岛而已。

山之奇伟,海之壮阔,伫立于此不得不深情一叹。千百年来,海水依蓝,山体尤雄,这是自然的合拍,刚柔相济。汹涌的海浪轰隆隆,冲响了"海上名山第一"崂山,冲响了一座滨海的青岛。

二〇〇一年十月十六日

桃叶渡

六朝古都,留在人们的印象里,少不了的是金戈铁马、荡气回肠且壮怀激烈的场景。但金陵之韵,终究是与诗情分不开的,偏安的江南,更为擅长的是铺陈一件件风花雪月、缠绵悱恻的往事。若闲暇时行走于城野,访古穿越,无意间发现许多史迹旧闻,关联着这片土地上的一个个隽永、朴实或诗意的地名。一时脑海里闪现出浸润诗词的乌衣巷、凤凰台、鸡鸣寺,还有一处桃叶渡。

秦淮河上桃叶渡,桃叶渡上有桃叶。十里秦淮与古青溪水合流交汇,从河岸沿台阶而上,迎面矗起一座双柱石牌坊,青石横梁上镌刻"古桃叶渡",两边的立柱历历可辨两副坊联:"楫摇秦代水,枝带晋时风""细柳夹岸生,桃花渡口红"。瞻景溯古,仿佛可见当年渡口船只络绎不绝的景况,眼前恍惚一股魏晋风流。

此渡原名南浦渡。关于桃叶渡,坊间津津乐道多种传说,但都关涉东晋大书法家王献之。与父王羲之并称"二王"的王献之,少负盛名。传记描述他曾以十八缸水练字,笔下书法"如丹穴凤舞、清泉龙跃,精密渊巧,出于神智"。他以行草著世,尤敢创新,不为其父所囿,赢得书界的"小圣"之誉。王献之以翰墨留名青史,而他的半生蹉跎、欢情转薄的情感经历也留给后人无尽的感慨与唏嘘。

出生于东晋首席门阀"琅琊王氏"大家族,王献之自幼生活优渥,事事顺心如愿。他的初恋是略长他一岁的表姐郗道茂。郗氏为献之母舅的女儿,端庄娴静,两人青梅竹马,情投意合。有情人终成眷属,王献之与郗道茂婚后共度一段幸福美好的时光。夫妇二人相濡以沫,流连山水,潜心书法,生活平静。无奈节外生枝,一位女人的念想改变了他们的人生。

这位女人就是当朝的新安公主司马道福,她一向倾慕王献之。但由于权臣桓温得势,皇帝为她安排了政治婚姻,新安公主司马道福别无选择地嫁给桓温的儿子桓济。后来桓济被贬长沙,新安公主与之结束婚姻,此时她恋想起了心中的王献之。公主恣意任性,根本不顾及献之的婚姻现状,央求皇太后非王献之不嫁。于是,新安公主的弟弟,晋孝武帝下诏命令王献之迎娶公主。

王献之起先并不乐意当驸马,甚至为了避婚,竟然自虐式地用艾草烧伤了脚,落到只能拄着拐杖才能走路的地步。但即便如此,也没有撼动公主爱之入骨的决心。

宫廷与家族双重压力之下,王献之被逼痛苦地休了郗道茂,迎娶司马道福。而此时郗道茂的父母已经过世,走投无路的她只能寄身于叔父檐下,并表示终身守节,誓不再嫁。

一段玉成良缘被强行拆散。真是一出祸从天降的爱情悲剧,令人为之叹息。千年之后,画家唐伯虎据此绘制了一幅《王献之休郗道茂续娶新安公主图》。画面描绘休妻的背景为垂柳临河随风,山峦叠嶂,而王献之面色凝重,与郗氏及侍女隔步而立。虽未做缠绵伤怀之状,却不得不各奔东西,止步话别。献之貌似神态自若,实际心里充满了苦楚与辛酸。

王献之天性淳厚朴实,娶了公主之后,两人倒也相敬如宾。但他心存愧疚,深情地为前妻写了一封书信,即《奉对帖》:

虽奉对积年,可以为尽日之欢。常苦不尽触额之畅。方欲与姊极当年之匹,以之偕老,岂谓乖别至此!诸怀怅塞实深,当复何由日夕见姊耶?俯仰悲咽,实无已已,惟当绝气耳!

献之本欲与郗氏白头偕老,却又不得不分手,每念及此,"俯仰悲咽"。愿岁月无可回首,且以深情共白头。这是无力回天的男人表白,面对巍巍皇权,不过是以卵击石、发发牢骚而已。这份出自良心的谴责,体现一个暖男的情义和抚慰。曾经欣赏过收录于《淳化阁帖》的《奉对帖》,笔法流畅,虽无头无尾无落款,但不影响成为王献之传世的书法佳作。之所以后人将此比肩于其父的《兰亭集序》,是因为王献之将内心浓情倾注于笔,心怀畅释,跃然纸上。

一生耿耿于怀的过错、憾事便是休离郗氏,弥留之际,王献之仍旧难以忘怀。《世说新语》有载,献之病笃,自觉将撒手人寰,请来道士祈求神灵除病消灾。按照道教的规矩,应该首过,也就是忏悔。道士窃问献之由来有何异同得失。献之回答"不觉有余事,惟忆与郗家离婚"。

献之一生官至中书令,位极人臣,且背靠皇室,荣宠加身,又兼书法传世,蕴藉风流。但人生骤变,任人操控的悲剧命运,却是他身不由己、无法抗拒的。

人生的最后几年,王献之可谓神情寂寞,内心挣扎。他直面现实,渴望有一份情感的寄托。就在陷于郁郁寡欢境状中,王献之遇见了和前妻郗道茂神似的卖砚女桃叶,便对其滋生了好感。斯时,王献之已四十一岁了。

嗣后,桃叶成了王献之的爱妾。略有才情与姿色的桃叶家住秦淮河南岸,俩人常渡河相会。那时的秦淮河、青溪水一带遍栽桃树,阳春三月,自然是一派桃之夭夭之景象。春风轻拂,桃花桃叶漂落于河面,往返的渡船艄公以楫轻划满河点点的花叶。只是河水敞阔,偶遇风浪,渡船拥挤,常有人不慎落水。桃叶瘦弱、胆怯,每次过渡时心生害怕。王献之亦放心不下,时常亲自迎送于渡口。日久天长,许是真情流露,一向少有诗作的王献之竟然为之作《桃叶歌》。据说,王献之一生只留下三首诗歌,皆为桃氏所作。

其一

桃叶复桃叶,桃树连桃根。

相怜两乐事,独使我殷勤。

其二

桃叶复桃叶,渡江不用楫。

但渡无所苦,我自迎接汝。

其三

桃叶复桃叶,渡江不待橹。

风波了无常,没命江南渡。

言情浪漫的《桃叶歌》可唱可吟,深情写照了情人同渡一河水、共赏两岸花之蕴涵,也表明了一位中年男人爱妾如子的心声。而知性的桃叶没有辜负献之的厚爱,以身相许,使得二人的旅途不再寂寞冗长。桃叶有幸得遇献之,可以期待一个温暖的终点。据说桃叶感恩,复一首《答献之歌》。

桃叶映红花,无风自婀娜。

春花映何限,感郎独采我。

正因为桃叶的相随相伴,举案齐眉,王献之一生最后的两年时光,才不再那般凄凉难熬。温柔善良的桃叶,让心怀疾苦的王献之一时得以情感上的慰藉。

一生所爱,情劫难渡。王献之与桃叶的这段爱情虽无从详考,但这段美丽的传说,凄美悲情,催人泪下。不论是否确有其人其事,最终都化作一段风流佳话,悠悠荡漾于秦淮的桨声与浪花里。

因为王献之,这个渡口名声大噪。此渡名唯桃叶留,往后就有了风雅金陵的"桃叶渡"。然而,这段爱情故事在当时并未为世人熟知。据《隋书·五行志》载,南陈人将《桃叶歌》收录于《古今乐录》,以乐府吴声流韵,致使江南"盛歌"之。"桃叶临渡"之典久传不衰,桃叶渡的背后故事也解密式风靡江南。

水送横波山敛翠,一如桃叶渡江时。千百年来,桃叶渡口好像蕴藏着巨大的磁场,不论亭圮渡废,胜景凋敝,那些墨客骚人、浪漫情侣依然纷至沓来,临渡瞻景,挥洒才情,激扬的诗句,或吟之,或叹之……皆为十里秦淮增添些许诗韵华章。

著写《儒林外史》的吴敬梓,曾寄居秦淮河畔的文木山房,毗邻桃叶古渡。此地相传千年的这段风雅情事,想必他一定耳熟能详,每日出行经此,临渡感怀,于是挥笔写下一首《桃叶渡》:

花霏白板桥,昔人送归妾。
水照倾城面,柳舒含笑靥。
邀笛久沉埋,麈扇空浩劫。
世间重美人,古渡存桃叶。

这首五言律诗,吴敬梓用典贴切,风韵溢彩。字里行间,情真意远,赞扬了王献之和桃叶之间纯真的爱情。而南宋的情词高手姜夔,他也谙知桃渡旧闻,将其几度引入恋情的辞章之中,借此寓媲自己与琵琶女之间的合肥情事。《杏花天影》中的"想桃叶当时唤渡",《琵琶仙》中的"有人似旧曲桃根桃叶"之句,都诗意地点化了桃叶之爱的纯情。

又是一季桃花满岸时。暮春,我闲步于秦淮河畔。本想自由行踪,避之喧嚣,竟"误入"桃叶渡。如今,渡口早已架桥无渡,两岸屋舍俨然。

白日人迹罕至，入夜更灯火阑珊，远不及一水之隔夫子庙场域的浮华张扬，像是被岁月过忘，低调、安幽中反显一份遗世独立的意境。

借着路灯夜色，认真打量这曾守望真情的古渡口。桃渡临流，牌坊寂寂。渡前遍植的桃树，暮花式微，已疏影落落、青叶萋萋。树梢间升起了一轮春月，亭角飞檐在横逸斜出的桃枝绿叶里若隐若现，似近弗远，犹现桃魂。不远处，一对对游人手扶栏杆，相偎轻言窃语，或指认对岸。此时，可以席草地而坐，静看河中缓缓而行的游舫，听南岸有人月下吟唱。依稀溯瞻千年之前，才子佳人共步渡口，执手相依的身影，而桃叶清丽的唤渡之声仿佛弥留耳际。故人已去，风景旧曾谙。古渡的温润与浪漫，想必正是桥上来往行人争看的风景，引得无数有情人之羡恋与追忆。眼前落花漂流的桃叶渡，曾经渡引和拉长了献之的暮年人生，虽短而不虚。细思量，独拥桃叶之爱，献之也就心满意足了。

晚风习习，吹皱了一池春水，也吹散片片桃花，轻逐流水。年年岁岁，秦淮夹岸的花开又花落。桃朵看似卑微，却生长得纯粹。自古诗篇多将桃花寓意为爱情幸福，这是岁月的解读，更是文化赋予桃花的禀性。桃树或生于园圃，或长在山野，不具傲娇的矜贵，也没有怯懦的拘谨，自由绽放的尽是世间平凡与朴素的爱。唐人李贺诗称"桃花乱落如红雨"。细量朵朵桃花，粉淡的花瓣嫣然含笑，纤纤的花蕊俏巧灵动，风过起落红，簌簌夜生香。倘若当属桃之季节，灼灼其华，必盛开到极致，绝非存有半分羞涩与藏匿。其实，桃的热情之态，恨不能将整个春天都献给心爱之人。

二〇一九年四月六日

丽江·雪山·东巴舞

丽江的第一印象,是午后云贵高原的一丝凉风扑面而来,倍感清爽。刚刚踏上这片向往已久的土地,天空中飘起了星星点点的细雨。这个头开得令人窃喜,边陲的丽江古城,竟如此诗意般地礼待远方游人,那份热情化作了一份缠绵的意味。这种江南式的杏花雨,一般落一阵子即会消停。然而丽江的这方天空,非我所愿,紧接而来的却演绎成了一场雷暴,雨水银河倒泻般地从天而降。高原的骤雨与昼日犹昏之景象,让人真切地领教了何为猛烈与急促。只好躲进车子里,隔着车窗水幕,窥望古城被雨帘模糊的街景。

暴雨狂泻一番,又戛然而止。缓缓而行的车子忽地停下来。因为积水如渊,四方涌至的流水淹覆了前方河面上的一座石桥,眼前白茫茫一片,车子无路可行。我等望水兴叹时,无意中发现不远处有一个肩背竹篓的瘦小身影,挽起裤管,正蹚水而行,那稳扎的步履与动作丝毫不露惊慌、犹豫之色,从容笃定而过。当地导游说,看装束与神态，雨中人应是一位纳西族妇女。

雨中的丽江，和丽江人，让我有了一番新认识。

好在时隔不长，路上的积水渐渐退去，车子小心翼翼地驶过石桥，进入经雨水漂洗后的古城。

嵌雪楼

庆幸的是，准备下榻的客栈地处狮子山巅，雄峙于丽江古城。这是一处绝版的建筑群，还冠以一个诗化的名号：嵌雪楼。

据说，嵌雪楼始建于明代，早先时候原为一座净莲寺，后毁于兵燹。道光年间，妙明法师化缘筹资，本着纳西族的建筑风格在旧址重建。这组楼宇依山傍崖，顺就山势而筑，层叠贯通，错落有致。游人一步步顺坡拾级而上，立于斗拱的寺门前，也算是登上了狮子山的一处制高点。抬头北望，遥对巍峨的玉龙雪山，单耸的楼体如同嵌在远方的雪峰之间。此时此景，自然会臆度古人题化"嵌雪"的缘由了。

嵌雪楼属单檐硬山顶式，统共由大小七个院落构成。院内亭台楼阁，古树名木，跑马转角楼、回檐、漏窗……无处不彰显区域文化特色。居住几日，发现纳西族的建筑追求真切朴素的风格，外拙内秀，裸露的木结构大都不刷油漆的，保持原色。如门窗雕刻图案清晰，还散发木质的清香。留心庭院的地面，大都是采用五花石或鹅卵石铺就而成的花鸟图案，手法拙朴，布局井然。再察看每一处花台、水池，都小巧而别致。

嵌雪楼一直为八方名士登临赏游的好去处。蓝天白云下，遥想过往的文人墨客倚廊执扇，聚此吟诗作画、抚琴和曲，想必也是件惬意之事。据说辛亥革命前后,纳西人以士绅阶层为主体的文学团体"桂香诗社"就设在这里。古寺尚存三块残碑,凹凸不平的镌刻和几副楹联留下了诗韵笔迹,"霜雪飞时挺骨力,风尘静处养精神""几枝独占江山暮,数点仍开天地春""玉水弄琴弦白发红巾歌盛世,黄山荫古柏清风明月净莲台"……字字珠玑,为嵌雪楼平添了几许风雅。

我所居的院子靠东,可谓曲径通幽。庭院不大,大体由两幢厢房,与一条因地势而建的弧形长廊围成。庭前花木盎然,清风徐徐,落英缤纷,显得格外雅静。每间屋子里的家具与饰品尽显纳西风格,让人颇为新奇。廊檐上挑起一盏盏红灯笼,映照古色古香、整洁有序的老院落,也透露出纳西族人的淳朴与热情。

黄昏时分,天晴了,淡亮的阳光斜照过来。欣欣然推轩凭眺,天边是一大片青墨色的云朵,早被云后的阳光镶上了一道金边,而晚霞正悄悄地布满天空。仰望远处,雪山屏列,宛然玉笋斑立,一份永恒的秀丽厮守。居高俯瞰,玉水潆洄,青町绣错,这座古城风貌尽收眼底。玄黑的屋顶鳞次栉比,错落有致,虽不及皇家宫殿的雄伟壮观,但让人感受到一种沉稳与素净,一份内敛却又不失其魅力。丽江的古民居,一律呈现纳西人家高墙深院的样式,而院落结构多为"三坊一照壁、四房五天井"的格局。但在层层叠叠千万屋宇中,又找不出两处雷同的模样。

大研古镇

雨后傍晚,丽江的空气清新怡然。带着一番欣喜与好奇,悄然拐出嵌雪楼的后门,就顺着坡路石阶直通丽江古城——大研古镇。

不宽的街道顺依山势,路面铺着红色的角砾岩,雨水尽情地冲刷后,显得相当光洁。经年的踩踏,地上的花石纹路更为明晰,朴素中透出雅致,与整个古城风貌相得益彰。街边店铺陈列的商品琳琅满目,手工扎染、木雕、银饰、葫芦丝……民族特色与时尚元素交融共生。

为避开人流熙熙,我刻意挑了小巷子穿行,尽量少一些纷扰与喧嚣。古城的布局有序,巷陌互通,桥桥相连。大户人家和寻常百姓的屋宇相间,俨然有序。一位坐在门檐前竹椅子上的老汉,年逾古稀,牙齿都落光了,却侧着耳朵以方言回答我的问话,话语里中气十足,那坚毅的神情丝毫不显经历沧桑后的无奈,更多的是乐观和豁达。

一条如绸带的玉河自北向南,分为西河、中河、东河三条支流,每条支流再一分为三,三分成九,形成无数条圳渠穿街绕巷,贯城而过。水口处竖起一架大水车,吱吱声中缓缓地转动,与之相守的是河岸边几树成荫的烟柳。这条玉河据说源自城北的象山之麓,许是山上积雪悄然地融化,渗透到地下汇集成溪,顺着玉河水系流入古城的千门万户。玉河缓缓流淌的是巍然雪峰上经年陈积的雪水,清澈缥缈,时而见到几条小鱼竭力地逆流而上,或悠然自得戏于水草间。侧耳细听,那涓涓的流水声就在脚下。

漫步大研古镇,这条水系发达的玉河,斗折穿行于密匝的民居间,迂回反复,一座座形制别致的桥梁横跨其上,锁翠桥、大石桥、万千桥、马鞍桥、仁寿桥,这些明清老桥,不论是石桥还是木桥,其背后都有那么一段美妙动人的故事。流水、小桥、石板路和纳西老人构成了这里一段平和、安逸的黄昏……

夜色下,古城别有一番风味。

华灯初上,丽江即以炫丽的霓虹灯给自己装扮成新的模样,不似白天那般矜持,宛若转入了另一个世界。人群的喧哗渐去,耳畔传来的尽是绵绵的音乐,而夹杂其间少的是极易辨识的手鼓声,这种击打节奏的交融表达,仿佛与行人的步点相和。热闹的店铺,和大门紧闭的居民檐前,都悬挂着一串串亮通通的红灯笼,有的从高墙一直拖到地面。灯光倒影在河面上,好像羞涩的少女泛起的红晕。偶尔有几人俯身水边,静悄悄地放逐着一盏盏精致的河灯,摇摇摆摆中承载着自己的心愿,水中央忽明忽暗地闪着光晕,让古城更添一份神秘又浪漫的色彩。

无须理会远处的光炫和尘嚣,挺身走进一家滨水的酒吧,挑一张高背的藤椅,静静地靠着。品一杯果酒,聊一通趣事。任霓虹灯幻变,河面掩映月色,更不需要刻意聆听高台上披着长发的小生在卖力地演唱,只想端着一副笑脸,闭目静心,循着乐律回忆一段往昔。原来生活可以如此简单,如此惬意。朋友说,在丽江,可以远离生活中难以避开的慌乱与压力,在这个可以包容一切的地方尽情地释放自己。静看这里的人们在放肆地笑闹,在嘶哑地歌唱,不作世故与伪装,仿佛回到自己生命中最自然的状态。

丽江的夜,丝竹声声,喧闹了些,嘈嘈中包容了游人的愤懑与任性。换一种思考,无论外面如何改变,可依然不改初衷,潇洒自我,怡然自得。

这便是丽江,似乎与土生在这里的纳西人性格颇有相似之处。他们在特殊的地理环境中,磨炼了纯朴、坚忍的品质,也培育了纳西人的想象与创造,他们努力让一切如玉河流淌的水一般,得以清澈自在地生活,回归纯真。

夜深了，作别乐曲荡漾的古城，折回嵌雪楼小院子里，拴上门闩，侧卧长廊茶几旁，就着一杯清茶，居高凝望夜色中隐绰的山峦和雪峰，思想白天所听说的纳西人用情专一的传奇究竟是为何。也许，相伴经年的玉龙雪山那里会有一个答案。

玉龙雪山

绕出温软旖旎的丽江古城，车子奔跑在曲折回环的山路上，朝雪山而行。途经一处牦牛坪时，眼前美丽的视感一下子便次第展开。

一望无际的高原草甸上，繁星点点般，尽是一簇簇绽放的野花，如五彩绚丽的锦缎缓缓地摊铺开，一直伸至天地相接的地方。驾驶车子可径直飞奔，不经意间，发现窗外有一棵、两棵孤独伫立的树。这些不结伴、形单影只的树儿，就那么苍茫地处于独立的状态。又好像执着于某一句诺言，你来，与不来，我都如一地在此静默地守望，无悔地在等待心中之爱。而具动态的则是无人放牧的牦牛，它们群组行动有序，安详地吃草、踱步。远处的雾气氤氲，在地平线上翻腾着，又从草色深处飘来，浅浅地在原木栈道上浮动。草丛深处散布着一处处拙朴的木楞房，外围或疏或密的原木栅栏，猜想那是几户驻留的游牧人家。

走下车子，无论处在哪个角度，远处背景皆是横断山脉绵延的山峰。而披云戴雪、圣洁巍峨的玉龙雪山，就是纳西人崇拜的神灵居所，仪态雍容屹立于丽水金沙之畔。时值中午，一条蚕丝般柔滑的云带环绕在雪山的肩头，神的容颜在若隐若现中是那样让人憧憬和期盼。

雪山的景致,是随时令与阴晴而变化的。艳阳高照,山体晶莹剔透,熠熠闪光;碧空如洗,蓝天作衬的雪峰,皎洁耀眼;云蒸霞蔚,又会呈现云带束腰,时隐时现。雪山宛若一条玉龙,静穆的山体与白云相依。一番努力攀爬后,闯入大山腹地,触目的是白与黑的交融,山间林木郁葱,底衬岗峦碧翠,极像连绵无边的巨幅水墨画。

面朝雪山,眼前的美无须任何修饰,无须任何言语。细看,白雪皑皑中露出些许岩石的深颜,仿佛是雪山露出的一抹微笑,温暖着所有凝视她的目光。那湛蓝纯净的天穹为背景,霞光辉映,反射出圣洁的光芒,显得那般博大、气势磅礴,犹如雪山张开宽阔的臂膀,拥抱所有陶醉在这风景中的人和一切。

许是玉龙雪山的风貌高洁,在当地纳西人的心目中,视其为伟大的神灵。他们认为,玉龙雪山是庇佑世人而存在的,这种存在就像神一般的神秘。身临其境的游人,自然心存几分敬畏,一种对自然应有的敬畏。

这便是玉龙雪山的魅力。远看优雅巍峨,青天碧透,宛如一泓秋水。走近触摸到她的深厚雄伟,像母亲般圣洁,像父亲般坚强。面朝雪山,每个人都不由自主地顿感心潮澎湃,可能感触程度不一样,有一点却是相同的,那便是每个人的内心那时那刻都是温暖的。感觉面前的大山像一尊静静的守护神,离我们如此之近,仿佛你怀揣什么心事,都能向她尽情倾吐;有什么愿望,也能与她悄声诉说。而净洁的雪山,宽容地接纳人们的一切。

面向苍茫的雪山之巅,面向天和地的尽头,双手合十,伴着每一朵鲜花的呼吸,每一丝风的呼吸,展开双臂,高举过头,在神奇的雪山脚下,对着浩浩苍穹,对着莽莽高原,对着虔诚的万物精灵,用心祈福纳祥。雪山在上,所有人间的爱与善良,都与碧水一起荡漾,源远流长,宁静、平和地流进每个人的心里,一种特别的温暖。

东巴文化

走进丽江的这段日子里,让人领略了土生在如此的纳西族的个性与特别。

丽江是纳西族人的大本营。印象中,那个从母系社会"女儿国"走出去的杨二车娜姆,就是纳西族中的摩梭人。这个敢爱敢恨的女子,书写了一段少有的人间传奇。而真正理解纳西族的风情与文化内涵,是要从一场印象丽江的实景演出开始。

披上潮叽叽的雨衣,坐在海拔三千多米的看台上,细雨淋淋中,众人安静地观赏一场精彩的演出。以高耸的雪山为背景,一群纳西族姑娘背负着竹篓翩翩起舞。看似寻常生活的场景,折射出这些勤劳的女子披星戴月,终日辛勤耕耘在丽江这一片神奇而古老的圣地上,她们任劳任怨,用双肩背负了一个民族的命运,用双手织就了纳西人的未来。

一阵阵马铃声急促而来。像在熊熊燃烧的红色岩壁上,轰然冲出了无数的马帮,他们从天而降,在绝壁上奔跑着、呐喊着,矮脚的滇马耐力好,奔跑在山路上腾起了一阵阵激昂的烟尘和水雾。马帮穿行于彩云之南,沐浴茶马古道的风雨,承载了纳西人放眼世界的渴望。随即传来的歌声是那么嘹亮和粗犷,他们唱出热情好客的浓浓情谊,自然纯朴的天然个性,更是对生命的热切拥抱。一条条纳西汉子是马背上的精灵,如英雄般在人们羡慕的目光中昂然走来,在姑娘崇拜的欢呼中走来,那份自信的张扬,喻示着民族的蓬勃向上。

都说快乐永远是纳西人的本色与追求。偌大的广场上突然四面涌现出数百名纳西青年,他们围成大大的圈子,手拉着手,唱着抑扬顿挫的曲子,旋转着舞蹈起来。同行人告诉我,这便是传说中的东巴舞,既有祭神禳灾祈福之意,又是当地传统的跳神表演。

纳西族创造了民族独特的东巴文化,并形成了包括东巴文字、东巴经、东巴绘画、东巴音乐、东巴舞蹈、东巴法器和各种祭祀仪式等一个文化体系。据说,一千多年前纳西人就创制了象形表意的"东巴文",还有音节文字"歌巴文"。东巴文是一种原始的图画象形文字,纳西话意为"木迹石迹",见木画木,见石画石。但其词语丰富,能够表达细腻的情感,能记录复杂的事件,亦能写诗作文。东巴文是一种世界上唯一存活着的象形文字,被誉为文字的"活化石"。

当地人用东巴文记载经文,描述有关的舞蹈形象和跳法,着实令人惊奇。丽江这一带经常举办东巴仪式和道场活动,吸引着远村近寨的男女老少赶来,无异于一场盛大的庙会。今天的东巴舞与时俱进,体现了将纳西族传统文化与宗教意识不断融入生活的感受,以及艺术形象的创造。别具一格的跳神舞蹈,充满了纳西人生活的元素,手臂扬起落下,脚步前转后飞,展现了民族的自信和洒脱,酣畅淋漓地体现了天真与率性。

鼓声,轰隆隆的鼓声,像是传播着天际神灵的呐喊,似乎在鼓动着风云雷电。一群肤色黝黑的纳西汉子,身着玄黑的衣袍,其意为虔诚的崇拜,对山神的敬畏。外披红色的短襟,体现炙热的激情,对生命的喝彩。鼓声就如大海扬波的狂澜,一排接一排地翻滚着,咆哮着,一浪高过一浪,有着摧枯拉朽的张力,又像是岩浆从地心深处迸发出来,直冲到九霄云外,这是一种让整个宇宙不能平息的躁动。鼓声里,激荡着源于自然的力量。鼓声里,宣誓纳西人不屈不挠自由向上的魂灵。而和着鼓声互相唱和的,就是老东巴的唱经声,它在这鼓声中悠然四散,浸入每一个角落,每一寸土壤和岩壁,也融入每一个人的心灵。

旷野上,瞩目可见石堆上插着高高的经幡,正随风猎猎飘动,那多是纳西族的祭风道场,祭奠那些因殉情而失落的灵魂。纳西人传说里,在这样美丽的地方,既孕育生命,又终结生命。他们认知中,纯洁的雪山既是快乐的源头,也是悲伤的终点。大山曾经见证了多少纳西恋人坚贞不屈的爱,在山的怀抱中找到了爱的极点,维护爱的尊严。如同山顶雪线上的雪顶一般,纯净洁白,也像群峰一般的坚守相依。在这片土地上,所有的爱情就如长年不谢的鲜花,灿烂绽放,让人抛弃所有的忧伤和疲倦,不离不弃,得以快乐地永生。千回百转,缠绕在世俗的礼节和目光中。

也许,这就是纳西人对生命和爱的理解。

二〇一五年八月十七日

禅窟听泉

不曾想到,淮河沿岸的凤阳却是因山得名。铺开凤阳舆图,察看其南域皆是群山绵延,旧称凤凰山。相传明太祖朱元璋曾为此御书立碑"第一山"。得悉这些,我对向以龙兴著称的中都凤阳有了新的认知。

初秋时节,随同"大家写凤阳"文化采风团,从淮河之滨一路向南,前行探秘凤阳山。赶上了一个晴朗的日子,以一路飘蓝的天穹作背景,外延入目的是峰峦叠嶂,湖光山色。山壑间岚气缥缈,秋意乍显。渐入山中,更有幽谷深邃,溪流潺潺,苍劲朴野让人深深体会大山的静幽与寂然。

此番前往的是沉静山间的一座千年古刹。

穿过茂密的林间谷地,前面矗立一座禅窟古刹的牌楼,我以为到了香烟缭绕的莲花佛国了。可移步跨入山门,却不见寺庙建筑的踪影。扑入眼帘的尽是参天的古树、葱翠的青松和如茵的草地。沿着林间逶迤的小径漫步，发现浓密的树林里盛长野藤，粗细不一的藤条有如巨蟒一样缠绕于枝干之上，有如麻花般互相扭结在一起，甚至如飞梭一般在树与树、藤与藤之间来回梭织成了一张疏疏落落的网。试想，这些纵横交错相互缠绕的藤条，倘若在叶绿花开的季节，又将铺陈出何等壮丽的景象。

沿着曲曲折折的山路行进，不时见到道旁岩壁上的一处处摩崖石刻。路过了亭台、石桥和草屋，而迎面的山坡上，仿佛是高高竖起且仰望不到尽头的石梯。踏着石缝间细草丛生的陡峭台阶，缓缓地一步步向上攀登。人随阶升，虽有微风轻拂，但额头上都沁出了汗珠。拭汗而歇时，静听林间枝叶在山风中哗哗作响，偶尔几声怪异的鸟鸣，这是远离喧嚣山林回报的清静。

不经意间，眼前闪现出一抹飞檐翘角，无疑是庙宇殿堂掩映于浓荫翠盖间，这种黄瓦青砖相搭在一起颇为醒目，想必这就是此行探幽的禅窟寺了。我理了理领袖，慎怯地点着脚步，环视这座禅林道场，人境殊清，檀香袅袅，庄严肃穆，颇有"深山藏古寺"的韵味。

众多的文献表明禅窟寺始建年代久远。近年来发掘了一截印刻《禅窟寺源流碑记》旧碑。成于康熙年间的碑文，虽有些斑驳模糊，但可辨其为律范禅师自述禅窟寺历代住持僧人以及师承源流，并清晰地梳理了禅宗发展的脉络，文辞古朴，用典精准，叙事分明。最引人注目的是载述该寺肇建于西汉武帝时期。相传当年西王母赐给汉武帝蟠桃时，途经此处撒下遗种，寺成之后，因满山桃花，故取名"桃花寺"。如此算起来，这座寺院要比号称"天下第一寺"的洛阳白马寺还早二百年。

关于"桃花寺"改名而来一说,自然引起一些学者的质疑与深究,同行有人也在暗自点评其考据。历史考证不是简单的主观臆测,而讲求的是谨慎理性的事实评判,但这些都留给史学界去争论吧。我想表达的是一些共识:大凡认为源自印度的佛教传入中原,是起于东汉时代。史籍记载,汉明帝刘庄由于"夜梦金人",派遣使臣出使天竺寻佛取经;永平十年,印度僧人迦叶摩腾和竺法兰随遣使以白马驮载经书回到京城洛阳,开始汉化佛经。同时在洛阳城外建造了中国第一座佛教寺院,即今之白马寺。由此可见,佛教作为宗教得到了政府的认同与崇信,应该说始于东汉明帝年间。而佛教的盛行则是在几百年之后的南北朝,特别是梁武帝主政,笃信佛法,且舍身出家,成就了"南朝四百八十寺"。南梁光复淮南钟离后,凤阳山一带的寺院兴建如雨后春笋,与禅窟寺山脉相连的金山滴水寺、能仁寺都兴建于此时。若历史上溯一千四百年,凤阳山上处处尽是僧众合聚的精舍丛林。

岁月轮回,禅窟寺名也屡屡变更。隋代钟离郡刺史目睹"僧方唐持律甚严,每行路有虎随之",将寺名改为虎窟寺。李唐建国后,因高祖李渊的祖父名虎,为避讳更名为"蝉窟寺"。之所以名为"蝉窟寺",有载源自此地山林间盛生一种只有指甲盖大小的蝉虫,叫声奇特。其实,当时有僧大安,戒律精严,尤以《楞严经》见长。作为寺内住持,大安在寺内设道场授义于天下,由此遂为僧侣、居士心仪之地。因大安改法号为"禅窟汝尊",世人于是就改"虎窟寺"为"禅窟寺"了。

让禅窟寺声名鹊起的是北宋熙宁四年。那年深秋,仕途不顺的苏轼由汴京赴杭州就任通判,他由淮河转经濠州,一路行游山川消遣,在此留有《濠州七绝》。这位以居士自称的大文豪,走进凤阳山里,借取"参禅旁窟居"之意,正名禅窟寺,并挥毫题写了寺名。如今寺庙门楣上悬挂的正是东坡先生题写的"禅窟寺",字体洒脱,禅意十足。

然而,真正的寺名是源自洞窟。寺后的禅窟洞是一个天然溶洞,口狭而中宽,有人燃灯探入,深不可测,故"人不能尽窥其奥"。康熙年间钟离人朱轮在洞口题刻一诗:

三月莺啼花满山,天风飞暖树无间。
不知洞内何年月,石自嵯峨水自潺。

世人尽道天下名山僧占多。洞天福地,幽深的禅窟亦是弘法利生的好去处。遥想当年,周遭的高僧经常在此坐禅诵经,久而久之成为祖师们用来修身养性、传经布道的佛窟,如今洞口石壁上尚阴刻篆书"禅宗第一窟",留下"八相成道"的传说和达摩画像等诸多遗迹。洞窟里熔岩景观千姿百态。鬼斧神工的钟乳石,有似佛祖,有似祥云,又似骏马,又似巨龙。令人叹为观止的还有岩壁上巧夺天工的三十六祖像,或喜或怒,或静或动,姿态万千。也许,这些形态表现力求还原德才超群的高僧当年坐禅与生活的场景。

顺着足下纤纤律动的水流钻出洞窟,洞外石级边正缓淌一泓溪流,虽水面上偶漂几许枯叶,但清澈见底,尤其是淙淙的细流叮叮作响,如天籁,浅吟山间。斗折的小溪活络了这片寂静的山林,迂回点缀了壑涧的闹意。此时好奇的是想知晓水源在何处。

沿溪而溯,渐行渐上,前方峭壁底部现出狭窄的洞眼,有泉穿壁而出,涌声泠然若弦奏。泉潭四周树木繁茂,疏密有致,成就了清泉映树深的景致。正午秋阳澹澹,光影之下一泓澄碧,天影空涵。传说水源处曾生长一种小白蟹,莹洁如玉,许是经受清水之浸润吧。一千年前,同样是秋天,东坡先生漫步至此,俯身彻心地欣赏泉涌之奇妙。螃蟹之润透。眼前如此灵动的物象,想必如滴水荡起涟漪般,循循激发了东坡心中的雅意,于是欣然为泉题名"玉蟹泉"。不妨畅想一下,风雅的东坡先生会展现掬泉即饮的豪迈,或烹茶煮茗的耐心,收获的自然都是芬芳清冽。

玉蟹泉旁侧有亭翼然。造型别致的六角飞檐"贮岚亭",据说最早是康熙初年由本地知县徐杆筑建的。岁月流连,砖木的亭台屡遭毁堙而屡建,但不变的是其独占这一泓清泉、一处风水。驻亭而坐,临流听泉,让人由表及里地沉静下来,于是邑人笔下便有了"泉飞半岩晴亦雨""壁冷飞翠落眉宇"之类的佳句。其实,自隋唐以来,历朝达官显贵、文人雅士慕名行游于此留下了诸多摩崖题刻。虽多为纪游或题咏之作,但书法风格各异,流派纷呈,为静寂的古寺山林增添了一派文气。

时值午后,游人渐渐散去,笑语喧闹声亦随风消遁,留下的只有叶落秋风。隔溪而望的禅窟寺香火缭绕,玉蟹泉在水流声中回归了本有的那份静寂。贮岚亭檐角飞翘凌空,只剩我独自身影。倚栏而坐,借着温温的秋阳静听泉声,深感此刻心若清泉一样净洁,一路畅流。

大约是此行领略了自然的神奇,又在岩窟中礼佛寻根,让人一下子轻松飘忽、怡然自得起来。除了风,泉流的淙淙,这里的世界一片寂然。我仰望浓荫庇映的古刹,和天蓝絮白的流云,心中不免有了一番顿悟:古往今来多少智者、高僧隐居于此,偏安幽境潜心修炼,即便最终难能成佛升天,也可求一份身心与自然的契合。若是这般,只要本着一份虔诚,灵魂深处自然会感应柔柔的欣慰。

二〇一八年初冬

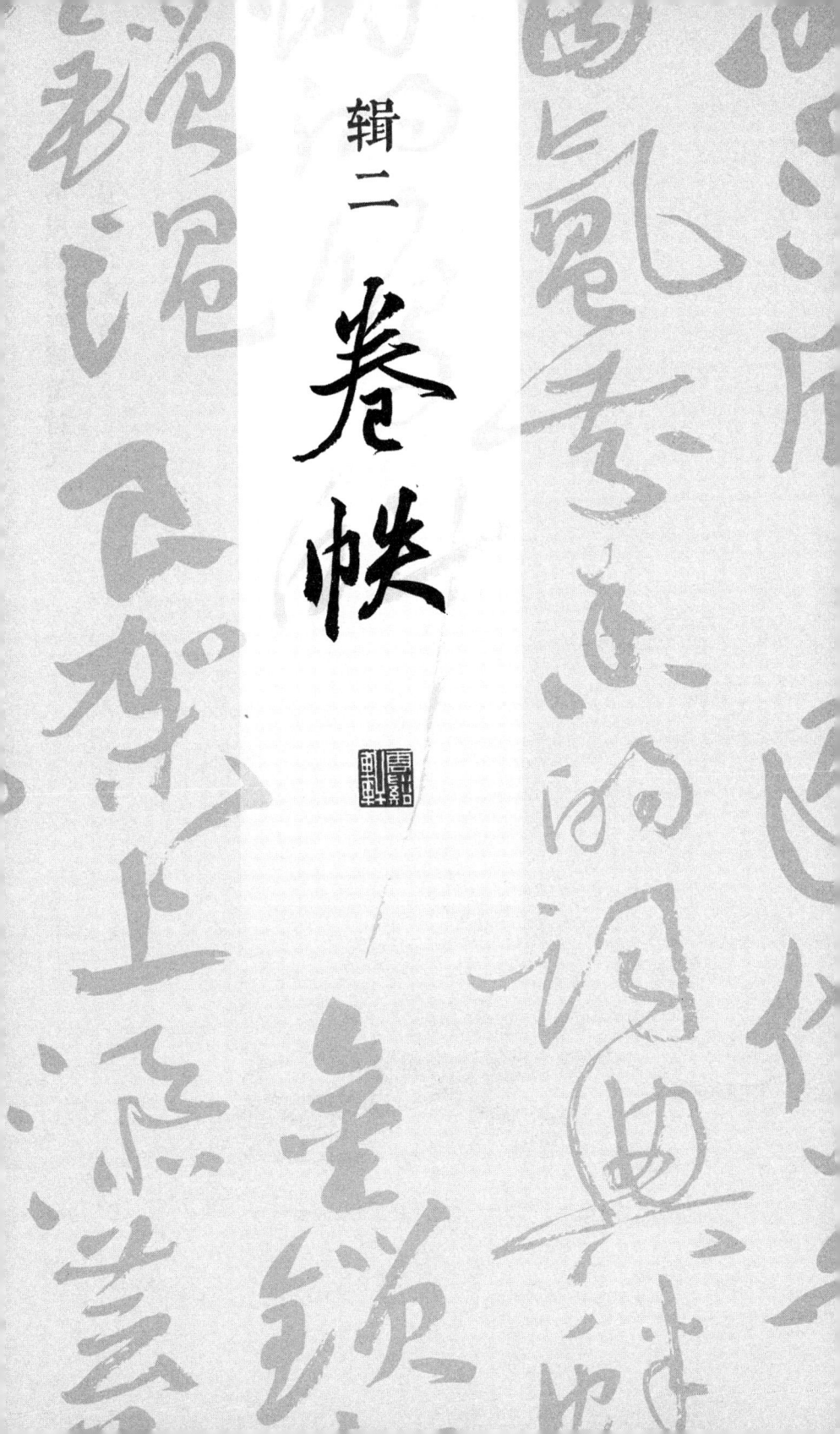

辑二 卷帙

书中的阳气厚蓄待发

温暖而光亮

漓江版年选

深夜,就着灯光静心阅读一册古诗。手机叮的一声,侧身细瞅,是朋友千里之外发来了一条短信,言及国庆期间将从边疆归来,说顺便给我带回一本书。

送书给我,满怀欣喜,敢情他知晓我的这口爱好。

与君一别,春去又秋至。春节刚过,作为一名援疆教师,朋友就被委派至地处西北边陲的南疆支教。

西出阳关,对口支教,他积极响应国家援疆政策。辗转万里,最后安扎在新疆皮山县的一所乡村学校,每天与几十个孩子在湛蓝的天空下一起度过。

送书给我。我又好生奇怪,他工作与生活环境临近沙漠边缘,其实也算是教育文化之漠,哪有什么好书可买?

再说,书刊现在流通很快,特别是通过网络传播方式。我猜大抵是他淘了一本地方文化志之类的旧书。十多年前,一位师兄到蒙古国那边做贸易,顺便给我带回一本蒙汉双语版的匈奴文化通论,图文并茂,着实不错。

谈及书,我自然有了一番欢欣的想象。早上起床后,忍不住还是给他打个电话。没接,许是时差关系,相隔三个时区的他可能还在梦中。太阳升起了,上班路上我俩联系上了,问及什么好书,他先是卖关子,后来才如实相告。

原来是我的一篇文章被收录在某一本书里。而我,却不知道这一切。

说是有位浙江的书商,特别想表达自己帮扶新疆的心愿,就捐送一批书刊给朋友所在的学校。朋友每天教学之余,无事就翻读这批书刊,无意中读到了我写的一篇小小说。

后来才知道,原来是一本漓江出版社的年选,《2010 中国年度微型小说》。我知道,漓江出版社颇负盛名的出版品牌就是年选。每年文学年选就有十多种,散文、诗歌、小说、故事、随笔,都是从当年全国报刊上撷其精华。早在 1999 年,冠名为最佳散文、最佳小说之类,而后低调地称为中国年度散文、年度小说。虽没称王,但品质弥坚。正如其书封面上的一句谚言:一年一度的文学盛宴,源自十多年如一日的品质守护。漓江版年选初衷是关注一切文学性地揭示人性、展现人生且有温度、有意蕴、有创新的文字,让年选成为文学体裁乃至文学史的一个忠实档案。这样可以呈现出当代文学的丰富样态,犹如打开了一个大扇面,反映出文学对时代的观照与呼应。

其实,在小小说写作方面,我常分享他人的优秀成果,自己实践的少。

前几年受一位河南的文友、小小说作家张玉玲的鼓动与影响,尝试写了第一篇作品,发表在品质不错的《南方日报》专栏上,旋而又被《小小说选刊》摘选了。这次很荣幸忝列为年度小说,真的有点难以置信。况且,这一年,我仅发表了这一篇小小说。不能不说这是个惊喜。

朋友说,是不是有种彩票中奖的运兆?我说还不止,彩票中奖还得先去买,然后是期待,我起码还省去了这个过程,完全是捡到了从天上掉下的馅饼。

听朋友说,这本年选入选的一百多人,里面不乏王蒙这样的大腕级人物,但大多还是普通作者。也许,入选者心里自然会滋生这样的年选如何公正公平。后来,我查看了一下,作品来源地广泛,当中有些名字相对眼熟,而其他的入选者可能与我一样,在年选出版半年多后,还并不知晓自己的作品已入选。

也许,这便是漓江出版社的行为风格,事前不打招呼,事后也如漓江水一样,平静,缓缓地流着。

后来朋友又来一条短信,这次他反悔了,决定不将这本书带回来了,原因有二:第一,那些书是富有爱心的书商捐赠的,虽然学校委托他来保管,但也不能随便送人的;第二,他觉得这些书应该永久留在新疆,留给这些维吾尔族的孩子阅读,让他们更好地了解与学习汉文化,更能体现书的价值所在。特别是这些小小说,短小精悍,篇篇都是精粹,篇篇都是好故事,非常适合这里的孩子们阅读。

末了,他评说一句:漓江年选,品质阅读,恒久珍藏。

二〇一一年九月三日

他乡笔记

深秋时令的惯性,依然延续一段阴冷的时光。周末中午,与来自安庆的朋友相约于后街,这一带已成片地建起一座座徽式院落,被吹捧为本城具有文创亮点的新去处。我俩裹着风衣,笼着袖子,好比踯躅于皖南的村集间。天太冷,走着走着,就想挑家馆子坐下来餐叙一番。面对花样繁多的美食长廊,一时竟不知如何选择。这里的建筑是徽式,美食却是南北风味。迎着冷飕飕的风,应景地点了辣味呛鼻的水煮鱼,还有大碗的西北臊子面,吃得热气腾腾。吃罢才发现,这座地处江淮之间的省会城市,颂扬的是彻头彻尾的他乡美食,城市文化趋向多元。安庆的朋友笑称此为百城荟。

饱食之后回家有些慵懒之意,靠着楼梯栏杆,看女儿在廊下饲喂刚出生不久的小兔子。三只小生命争先恐后地吮食的场面,让人油然而生一种生命的怜惜,一时困乏遁消。此番正好天放晴意,园子里远近的秋色渐朗,心情也变得大好起来。

午后时光可随性。在书房里,一个人来回地踱步,偷闲似的。冲泡一杯拿铁,倚窗窥望那满帘秋色。

前一阵子去了趟"纸的时代"书店,心情闲逸,抱回了一大摞书,大小开本随意地散堆在书架前,没有来得及一一细看。顺手从中抽出一册祝勇的《他乡笔记》。

祝勇先生的作品比较丰厚,散文领域他被誉为"传统散文的叛逆者,新散文的探索者"。身后的书架上整齐地排列着他的《旧宫殿》《纸天堂》《故宫的古物之美》等,尽是内涵与气势兼具的大散文,读起来给人一份解渴式的深度体验。

近些日子读书藏书有个毛病,就是好讲究书的装帧,开始感兴趣于精装文艺作品,感觉有点买椟还珠之嫌。不久前在图书城选了本董桥先生的《一纸平安》,书的开本不大,做得古典精致,这一定是应承了董先生的审美指向,如其文字一样格外讲究。深色仿皮的封面,装帧尽显民国文艺范儿。拿在手上,觉得此等文字与外形都应闲适去读,去品。

眼前这册海豚出版社出版的《他乡笔记》,采用淡黄色的硬壳封面,书名部分则以黑白版画贴纸突显。书脊呈现黑底烫金的书名,三号宋体,字不大,朴素中簇拥出一份轻奢的尊贵。书的扉页上是黄永厚先生题写的书名,还贴有一枚与封面同题的版画,类似一张藏书票。

这本笔记,作者录载了对他乡十个省域的文化感悟。自北而南,篇幅不一,长短不齐,却容载了先生的深度体验与心情。其中也有些文章已被《北方:奔跑的大陆》《江南:不沉之舟》两册收录。

放下咖啡杯,靠在窗边翻读了几篇。山东区域板块唯有一篇《甲午风云》,文章以你、他、我,即晚清重臣、日本名将、现代作家三个视角,来解读百年前发生在波涛汹涌的黄海大东沟水面上的那段悲情往事,读之让人扼腕。文章末了一句话最能撼心:"我相信大海会归还那些被它模糊和埋藏的部分,我相信辛酸和伤痛能使我们走向自尊和完整。"

浙江板块的文章最多,八篇中我唯对《蓝印花布》最为细研,私下里想看看名家的笔下究竟高明在哪里。

其实,就是在找差距。之所以为触感柔柔的蓝印花布撰作物语,是被那次行走于水乡乌镇的东栅里一处场景所迷恋,一排高高架子上,晾挂着新染的成匹蓝印花布,如瀑布一样自天而降,随风飘摆,途经的行人无不驻足而望,望而赏之敬之。当时颇有灵感地录下一段文字:"穿行蓝色世界,心如同一碗已经凉透的白开水,感受一份来自村野的清新与自然。"

比我略年长几岁的祝勇,对江南的蓝印花布有着深度思考。对出生于东北的他来说,蓝印花布纯属他乡之物,自小生活上难有交集。然而,透过他的文字,可以看出他绝不是简单的灵感偶发,或一时冲动而作。十一个篇章以此为主题,娓娓道来,可见他的钻研之深之透彻。为切实谙知蓝靛的本色,他研读了不少古代文献,从《齐民要术》《本草纲目》,到江浙一带的地方志。他还不辞劳苦地深入浙南山区,在苍南县八岱村寻找印染手艺的最后看守者,见证了印染场景,拍摄了珍贵的"百子图"雕花版。他如同对待一门学问般地去探究,带着有温度的人文视角。他似乎很反感用现代科技手段来分析蓝靛肌理,比如以化学物质分子结构进行微观。"在我看来,化学是离诗学最远的一门学问,它是诗歌的敌人,它的术语(如二氧化硫、磺胺异恶唑什么的)即使在字面上也引起我的不良反应。"

这一点我与祝勇先生有同感,凡事不要动不动就搞一个什么标准。就说蓝印花布的蓝吧,这本是一个文化的蓝,深与浅都是一种美。若过于理性地以数字化界定蓝的标准,那样的花布也许就失去了其本真,这可能是工业思维与手作的区别吧。况且,布质不同,花纹图案不同,蓝地的深浅也是一种视感变化与协同。

祝勇先生三十多岁就写了十九部散文集。他笔下的散文不是一般的游记,不是单一的访谈,更非考察报告,而是心灵受到震撼之后,寻觅那几乎被人抛弃或遗忘的文化传承。他的《他乡笔记》,景物之外,尽叙情怀。在书中还可欣赏四幅张仃先生的插画,画面宁静,笔调沉稳,帧帧俱佳。

当然,这本书没有一口气读完,为的是可以慢慢地消受。自序里写的几句话,让我与之共鸣,当然,于我而言,更是"心中之有,笔下之无"。于是,用心地抄录一遍。

关于文学的正确性:"'正确'与否,从来都不是评价文学的尺度,文学只有深刻不深刻,没有正确不正确。"

关于模仿经典——"经典的意义,只在于告诉我们不要照着它的样子写,或者说,经典就是用来背叛的。"

还有许多类似的话语,都发人深思。在这本书的序页边眉上,随手操起一支铅笔写下了几行字:"自序文字颇为深刻,就着咖啡的余香,在冬日的午后细细品读,琢磨,深思,收获与启迪共生。如今大凡作家都自顾自地在迷茫中高产写作,而作者却清醒地看到当下问题的所在,算是文学世界的明白人。"

二〇一四年十二月二十日

氤氲芬香的词典

时值端阳,闲宅庭间颇优哉。午后美籍华人宋教授来电,说他已到中国,即将来访,言下之意是叙谈合作之事。

有朋友自远方来,自然要尽地主之谊。电话那端的他执意说,今天正逢传统佳节,无须出门。我想起了他算是地道的华人,对于中国文化,他是通晓明喻的。

翌日双方在会议室里面对面,郑重其事地会谈了两个多小时。在国外接受教育与生活多年的宋教授,养成一个严谨的工作态度,他提出相关合作思路,许多细节超出我的想象,惊讶其认真与执着。

临近中午,礼节性安排好午宴,席间宾主叙话为主。点的菜多属地方特色,味道也可口,压轴上了一道徽菜经典——臭鳜鱼。今天的这条鱼配以鲜笋腐乳酱,烧得恰到好处。我感觉相当鲜美,多动了几筷子。殊不知,咸鲜是相连的,鱼烧得汤汁入味,吃后口中的咸意始终侵蚀着我的口腔与唇。

这顿饭吃得宾主尽欢。饭后,陪着宋教授沿着校园林荫道走了一段,彼此又交流一番,然后送他上车离去。其间一直没有机会喝口水。午宴上那股咸意不断涌现在嘴唇上,发干,龟裂似的。

对付咸味,我认为比较奏效的办法就是咖啡,加糖的咖啡。比及回到办公室,迫不及待地想冲泡一杯。可平日常用的那只白瓷咖啡杯一时没找着,就顺手取了一只纸杯,赶紧冲泡好一条袋装雀巢,轻轻晃了晃,芬香满屋。说实话,闻着香气,感觉口中的咸意就消退不少。

我把盛满咖啡的纸杯轻轻放在电脑台边,这样可以边写稿子,边啜饮咖啡,自然是惬意的。

盯着屏幕,熟练地在键盘上敲了几行字。口渴是现实,终究不能闻香止渴。说到底,心里与舌尖都惦念着那杯咖啡。

大概觉得凉置一旁的咖啡温度差不多了,就伸手来取杯子,也许是自己太随意,可手指没抓牢这只软软的纸杯子,杯子竟脱手了,侧倒。一整杯带着热气的咖啡悉数倾流出来。刹那间,浓浓的褐色咖啡汤液在桌面上以自由的流体形状漫淌着,四下延扩其所覆域面积,我不知所措。电脑台上摆放着一个小盆栽,一棵长势不错的仙人球,仙人球边还有一本厚厚的《现代汉语词典》,这是平时方便写稿敲字查阅的。可这下子突如其来,尽管咖啡香气随之散氲,但我此时的嗅觉估计不敏感了。

渐渐,咖啡汤液已流向词典,瞬间淹浸词典的底部。我一时手忙脚乱,赶紧来抢救,也顾不了仙人球上的尖刺扎手,一把拎起盆栽侧放在一边,然后双手轻轻提起淋汤似的词典。可怜的词典底部已经被咖啡汤水浸入,一副湿漉漉的模样。

词典算是抢出来了，但底部渗浸了咖啡液，后面四十多页的外侧都染变成淡黄或赭黄了。我用干纸巾轻轻擦拭，小心翼翼一页页地摊开，放在干燥处晾干，熨平。

词典是文稿写作的帮手，置放手边以备翻查使用的。如今查字找词，目睹词典被浸渍而泛黄的部分，心中总是对自己那次失手感到愧疚。然而，每每翻开词典，不经意间似有一股淡香飘然，与词典中楷楷端正的文字相映衬，似乎引入了另一番境界。

二〇一四年六月九日

蟋蟀的鸣叫

七月在野,八月在宇,九月在户,十月蟋蟀入我床下。

——《诗经·豳风·七月》

有人说,若把中国古典文学比作滔滔不绝的长江之水的话,那么《诗经》即为唐古拉山之巅最清澈、最甘美的源头。

《七月》作为《豳风·七月》首篇,在诗三百中,也算是"风雅颂"的"风"中最长的一篇,全文380个汉字清雅地诗画一片农事劳作与生活景态,一唱三叹朴素的句式突现了古风歌谣的渲染。

读了多年的书,《诗经》起码算是泛读过。但扪心自问,究竟读懂了几何?比如阅读过程中,对文前引出的句段就没有深切地领会本意,问题在于未能掘究其内涵。

直至不久前,结识了一位瑞典的文化学者——冯辽,我顿生回望古典文学的珍惜之情。当夜,端坐在书房里,重新回炉《七月》这章,咀嚼此段看似恬淡却蕴含珠玑的句子，羞愧地弥补这份平日无谓的匮缺。

一

冯辽的英文名为 Lars Erik Frederikssen，是瑞典著名的汉学家、昆虫学家和作曲家。这位诺贝尔文学奖终身评委马悦然先生的得意弟子，曾担任瑞典皇家远东图书馆馆长，并长期致力于中国文化研究。

与冯辽博士相识纯属偶然。作为一个来华常居的学者，他一边深入民间全息体验汉文化，一边在其游历所到大学校园里开展文化交流。我有幸现场聆听了一次讲座，主题为"我治汉学之路"。一开场在座的人就被他那流利又亲切自然、幽默风趣的语言所倾倒。更重要的是，他在全中文的叙述当中，还频频引用中国典故和当下的流行语，甚至许多不为众知的传统故事，也能诠释得相当到位。

嗣后，我们共进晚餐，一番零距离的交流，更进一层贴近这位看似侃侃而谈"北京大爷"的瑞典人。冯辽算是瑞典第三代汉学家，他博闻多学，在音乐、建筑、酿酒、图书等领域均有深度的思考与研究。作为国际汉学界知名的学者，冯辽博士对中国博大精深的酒文化理解尤为透彻，他的个人名片上就自诩"酒仙"。席间自然谈到酒，他指着酒瓶，自言自语：人为什么喝酒？渴吗？渴了喝水呀，但喝水不能解愁！所以，酒的功能归于解愁。这便是冯氏的独家观点。几杯热酒下去，他果然无愁地开启一番真情告白，以规范的汉语讲述他的童年趣事，以及多年学习汉语的经历。

他出生于瑞典一个普通的工人家庭，儿时很调皮，兴趣颇为广泛。他自小热爱自然,对新鲜事物充满好奇,尤其喜欢玩昆虫。正是童年的那份好奇心,对他的人生产生了巨大的影响。一路走来,他总结出每个人一定要对新鲜事物保持好奇心。好奇就产生研究的动机,动机促使人不断钻研和探索,就会有新的发现。

小时候,冯辽家有一位邻居被派驻香港工作,因而经常收到香港寄来的信件。一个偶然的机会,冯辽惊奇地见到了信封上贴的邮票,惊奇的不是其邮票画面的精美,而是票面上印制的几个方块汉字,刹那间他内心迸出一种特别感觉:世界上竟然还有如此美丽的文字。这是他第一次见到汉字。而这一次,也注定了好奇的他这一生与汉字结缘。

由于汉字,冯辽自小对遥远的东方文化产生了浓厚兴趣,并向往之。面对一个个排列整齐优美的方块字,他认为"非常值得去学习和研究",并很快地体会其独具的魅力。中学时期他开始自学中文,上大学以后主修汉学,查阅汉字资料并着手进行研究。从斯德哥尔摩大学毕业后,他专门来北京大学学习汉语古典文学和传统戏剧。数十年来,他致力于向世界传播中国文化,最终成就了他今日在汉学界的地位。他经常向海外朋友推荐《齐民要术》和《庄子》两部经典。

为何取"冯辽"这个中国式名字?理由有二:一则他的祖母出生于一个叫"拉祜族"的游牧民族,这个民族和高加索、西伯利亚的游牧民族,甚至中国东北的鄂温克族可能有一定的"亲戚关系",所以他的血液里有亲近田野、森林的"基因"。二则他非常喜欢马,更喜欢骑马奔走在冰上的感觉,所以选择汉字"冯"字为姓,表达自己的内心寄望;至于"辽"字,他说在中国历史上,比较崇敬"辽"这个朝代。

二

严格意义上来讲,作为汉学家,冯辽拥有的昆虫学家和作曲家两个头衔都是汉学研究的副产品。他研究昆虫、音乐和中国有着密切的关系,其根都归于蟋蟀。

早年研读汉语古籍时,大概是从《聊斋志异》中看到"促织"二字,引起了冯辽的好奇。好奇的背后是学问。他查阅资料才得知"促织"是蟋蟀的别称。因蟋蟀鸣叫如同机杼之声,民间自古就有"促织鸣,懒妇惊"之说。

冯辽自小就喜欢逮蚂蚱,捉蟋蟀,有着热爱大自然的天性。蒲松龄笔下这篇短小的寓言故事,让冯辽对蟋蟀有了更多超越自然的社会属性的理解。

冯辽在北京留学时,喜欢逛公园、串胡同,也体察到当地坊间有玩蟋蟀的风气,他兴趣倍增,遂沉迷于搜集和研究各种玩虫的器具。冯辽精通蟋蟀的分类,如数家珍:"有青竹蛉、蚁蛉、棒子头、纺织娘,还有油葫芦、黄蛉、墨蛉、金蛉、麻蛉……每种叫声都不同。"他考察过气候寒冷的瑞典,只生长有两种蟋蟀,而中国大地上竟发现了130多种蟋蟀,他能轻松地辨别其中30多种不同的叫声。

举办昆虫音乐会,纯属冯辽的发明与创意。这源自一次偶然,他怀揣一只蟋蟀去看望一位音乐界的朋友。当听到朋友拉大提琴时,怀中的蟋蟀径自叫了起来,似乎在为大提琴伴唱。一曲终了,朋友也惊叹,这蟋蟀叫声与琴声多么和谐呀!

由此启发,便萌生了利用自然界昆虫的鸣叫,来与现代音乐合奏的念头。他多次去皖南黄山一带寻找蟋蟀,对蟋蟀的鸣叫进行录音收集和研究,为举办昆虫音乐会到处"采风",物色"乐手"和"乐器"。功夫不负有心人,后来冯辽举办了多场昆虫音乐会,让人大饱"耳"福,叹为观止,"没想到大自然有这么美妙的声音"。接下来他在世界各地举办了50多场由蟋蟀伴唱的音乐会,并灌制出版了两张昆虫音乐唱片。

冯辽说,举办昆虫音乐会最佳的时机是秋天。因为那时的蟋蟀体态成熟,叫声最欢,甚是悦耳。言之有理,我认同的理由则是文绉绉的,甲骨文中的"秋"字状若蟋蟀,足见华夏先民对应时而生的蟋蟀早有认知。他建议人们关注秋天的蟋蟀,夜晚走进野外,静下心来聆听蟋蟀的欢叫,如闻天籁。这位年近花甲的瑞典老汉,有时还是像个孩子,一有空就独自静悄悄地蹲在草丛或森林中。夜间山林,虫鸣不绝如缕,"唧唧——唧唧——",在他听来是大自然最动听的音乐,并定义那就是秋声,一年四季里最美妙的声音。秋声,也是他给秋天出生的儿子奥斯卡取的一个中文名。

国内一位音乐人评价道:"当今世界上把自然鸣虫与音乐演奏结合的唯有冯辽先生一人,这是独一无二的,这无疑是一种创新。"

三

冯辽热爱中国的典籍,他从纸色泛黄的古籍里结识了唐代文学家柳宗元。循着优美的汉字,冯辽欣赏河东先生《种树郭橐驼传》中提倡的顺应自然、不扰民的理念,更欣赏柳公的思想和为人,觉得他虽然遭贬,但依然能坚守自己的人生信仰,并积极处世,革其乡法,开凿水井,为治理柳州做出了不小的贡献,受到当地人民的尊敬和爱戴。同时,柳宗元描述柳州山水的诗文,流露的尽是热爱自然的情愫,也与他的思想境地比较合拍。

出于对柳宗元的崇敬和追随,二十世纪,冯辽曾多次前往柳宗元贬谪地,游历柳州,并留下了美好的印象:山清水秀,植被茂密;街道宁静,民风淳朴。

时隔三十多年,冯辽重返旧地,发现柳州早已成为一座现代化的城市,沧桑巨变,让冯辽惊叹不已,却表示"我更愿意回到过去的那个柳州"。翻看保存的一摞旧照片,他认为那个时候的柳江抱城充满韵味,让人倍感亲切与怀念。

冯辽对一座城市情感的变化,根本原因取决于蟋蟀。南方的气候特别适宜蟋蟀之类的昆虫生长,且种类繁多,他每次来柳州,期待能在这里发现新的品种、新的声音。然而,他兴冲冲背着录音器材到柳州郊外搜录虫鸣时发现,几十年来巨大的社会环境变化,让他已难以在这片南国山水里找到幽静之地,找到蟋蟀的乐土。

"你们发现了没有,在有噪声的地方,蟋蟀不爱叫。感觉有威胁的时候,蟋蟀更不叫了!"冯辽认为,蟋蟀叫得欢,正说明身处宁静、安谧之中,这也是人类向往的境界。可是,如今偌大的柳州,难以听到当年蟋蟀的欢叫声了。他郑重地说,不要随意破坏自然,不要干扰生活在大自然里那些灵动的生命。

鉴于此,在家捧书阅读《诗经》,重温《七月》篇章,心里平添了一层理解,感觉寥寥几语描绘的自然是多么自然:蟋蟀由野入檐,由檐入户,由户入床下,鸣声愈来愈近,而天气也愈来愈冷了。在昆虫的鸣叫和蟋蟀的避寒迁徙中,巧妙形象地点画了季节变迁的轨迹。更为重要的是,让现代人在繁忙的生活节奏中偶尔驻步,能从字里行间理想回归那份人与自然相生相融之景境。

二〇一四年七月四日

《金锁记》的锁

一

　　一轮溶溶的月儿挂在天边,似乎有着铜钱般大的一处红黄的湿晕,如同朵云轩纸笺上落了一滴泪珠,陈旧而迷糊。远近的天底下却是一片森冷的蟹壳青,黑黢黢的前方传来一阵嘈杂的喧闹……深夜闭门阅读张爱玲的作品,常常把人领入如此凄凉的一种幻觉当中。记得再次深度阅读《金锁记》那会,多是在雨雪的冬夜,越读越感觉凉意袭袭。

　　这部抗战时期行世的《金锁记》,张爱玲秉着文人的敏感和正直,以独特的笔法,勾勒一个没落颓废的世界,遣人步入凄凉难耐的意境之中。作者运用了奇巧的构思、异秉天成的细腻笔触,并以女性特有的敏感捕捉了角色微妙的变化,把笔下的女人心态刻画得淋漓尽致。

乍一看《金锁记》文题,以老套的理解,还以为主人公就叫金锁之类的,但翻遍全文,最终仅有两处出现了"金锁"二字。自高中开始,偏爱张爱玲的小说,理由多多。就以小说的题目来说,她的文题涉猎广泛,单而简,颇具创意。读后细思量,觉得这些题目的奇特,与张爱玲异于常人的童年经历,以及世态变幻给她带来独特的视角紧密相连。无论是长篇,还是短章,她都精心命题,或是将旧文本开拓出新境界,或是借器物来象征和隐喻,也会对人性进行深入的剖析,反正始终坚持一条,决不走寻常路。

二

其实,整部《金锁记》中,这把"金锁"无处不在,只不过作者多以隐性方式让人慢慢领悟。

金是重金属,金锁是一把沉重的锁。小说一开始,是以两个丫鬟夜半叙话的方式来道出女主角的不幸:曹七巧,本是小镇上麻油店老板的女儿,泼辣而富风情。她出生于小市民阶层的家世本无可厚非,却不幸被贪财的兄嫂哄骗而嫁到城里大户人家。这是命运诱使她向金钱靠近的第一步,也迫使她离开生存于快乐土壤的麻油店,踏上了人生悲剧的道路。嫁给姜府那个全身软骨的二少爷,与其说是夫妻,不如说是份服侍的苦差,更有甚的是,堂堂的二少奶奶却未得到应有的地位与尊重,连丫鬟都背地里说三道四。看到这里,大凡读者都为之滋生一份恻隐之心。可正当善良的读者掬下一捧同情泪,继而读下去时,心中那份悱恻却随着理想的估猜,与故事发展出现明显的裂痕,渐渐也就慢慢地揭开了这位怨妇的心境。

故事中的姜府是一个没落的大户人家。姜家有三位少爷,七巧的丈夫二少爷天生软骨身子,常年卧病在床。嫁进姜家,七巧虽然作为正房,生活上衣食无忧了,但因出身低微,备受歧视与排挤。而自小瘫痪的丈夫,使七巧陷入情爱无法满足的痛苦之中。作为一个昔日自由活泼的年轻女子,虽不算什么大家闺秀,但也算是样貌周整,如今每天相伴一个病秧子,心里难免不甘。二少爷病重,平时说话都很少,七巧与之自然不会产生多少感情。但走进姜家后,她却心中另有盘算,就是如何能得到年轻的三少爷。所以七巧经常背地里一有机会就撩拨三少爷。可这位三少爷颇理智,怕低头不见抬头见,坏了家族的名声,一直在刻意逃避。

三

岁月不待人,一晃十多年过去了,丈夫、婆婆终于都先后离世了,七巧以为自己后半生能自由自在地享受大户人家的尊严,不再受别人欺凌与压制了。可是姜府财产分家时,她原本的幻想犹如肥皂泡一样破裂了,因为族长严格按世袭规矩来均分遗产,丝毫没有偏袒照顾无经济来源的七巧。

这些年了,他戴着黄金的枷锁,可是连金子的边都啃不到,这以后就不同了。

小说写到这里,提及七巧戴了十多年的"金锁",却没有尝过它的一点滋味。以为从此以后可以好好地享福的她,面对不近情理的分家也只能妥协。

这是第一次提及金锁。待到文中第二次"金锁"二字出现,则是她病死在床榻上了。

> 三十年来她戴着黄金的枷,她用那沉重的枷角劈杀了几个人,没死的也送了半条命。

作为女人,七巧不算惹人怜爱的那种。做了两个病弱孩童的母亲后,本就姿色平平的她显得有点苍老,尤其是一张多事的贫嘴,饶舌闲扯搬弄是非,于是理所当然处于受冷遇、无人理睬的境地。身陷孤独,与她相随的只是无聊与寂寞,唯有抽几口大烟才能宣泄内心的苦闷,麻痹自我。

然而,长此以往的种种压抑、煎熬与旧式大家庭气息的熏染,已使七巧的人性发生了扭曲,她被无形的黄金枷锁紧紧套住,只知一味敛财,了无亲情,她甚至把娘家来的哥嫂大骂一通,一口道明手足之情是被赤裸裸的金钱所替代。金钱固然提高了她的地位,她要在骂声中驱赶昔日的贫贱,报复中寻求一种自我平衡。那也是病态的发泄与报复,人性变得极其自私、乖戾,甚至刻毒、残忍。作者通过字里行间,层层剥笋般揭开这位女主人内心隐秘的世界,逐层展现了七巧的人性被践踏、受残害,最终灭绝的过程。

四

其实,七巧又是可怜、可悲的。张爱玲在小说中视其屈服于命运的弱者,受外在环境的压抑,渐渐造成内心的变态,在其痛苦呻吟与人性挣扎中,转而笔锋插入这女人心灵隐秘的深处。

七巧的心理出现扭曲,强烈的欲望渐渐地吞噬了她真善的良心,她把内心的苦水化为一种病态的报复力量。金钱、青春与性爱的渴盼和错位,三者犹如走马灯,不可能同时拥有,贯穿整个的生命历程。她自己本作为金钱的赌注,要不然可依然站在自家的麻油店里,与年轻的小伙计随便开一些亲昵的玩笑。可是她最终赌去了人性,赌走了青春,她又是性爱的殉葬品。丈夫卧床不起,伴着这个无生机活力的肉体,这样的人生显得苍白而难熬。

可是,她所拥有的金钱并没有给她幸福,反而忧心忡忡。青春已逝,但对性爱的渴求仍然没有泯灭,这又加速裂变她的心灵。浪荡的三少爷和守活寡的她曾经留过了几次眼色,寂寞难熬,想在他身上找点温存弥补。可是,当发现这位三少爷的终极目的是觊觎她的金钱时,则又掀起轩然大波,七巧挣扎式地赶走了他,保住了用青春换来的金钱财产,这也是她最后活命的稻草。为了金钱而溜走了青春,就不能轻易地放弃了多年的梦想。守住了金钱,就得安持性意识的冲动,性欲压抑激起了她多年的内心痛苦,矛盾交织,一连串的回忆加速了她的心理变态的进程。

五

如果说,七巧对三少爷的报复尚有值得同情理解的地方,当她施加在自己儿女身上的报复,则暴露了她的人性中最残酷的一面。七巧走过青春,从来没有得到满足她苛求的性爱,反而她要在年轻人身上进行折磨,仿佛从别人的痛苦当中,得到了某种残酷的欣慰与快感。

她的两个孩子都只念了几年书。为了拴住儿子,早早给儿子娶了一房媳妇。大抵认为儿媳不合意,七巧又处处揭她的短,挑她的刺,百般凌辱,让儿媳妇在精神与肉体的痛苦折磨下离开了人世。七巧又把自己的丫鬟送给儿子做了妾,渐渐儿妾也难逃厄运。七巧对女儿的报复更是直截了当的。看着女儿步入青春年华,回想自己花季的年龄却经历了人生最苦的磨难,心中妒意大发,不平衡的心理绝不让女儿过得比自己更加逍遥,于是诱使女儿抽食鸦片,干涉她与留学生的恋爱,还从中暗施诡计,从而葬送了女儿的前程。最终,女儿没有出嫁,病死在家。

故事最后有一个细节,即死在病榻上之前,早已枯瘦被榨干的七巧总是把手上的镯子往手臂上推。那只镯子在身体圆润的时候是丝毫推不上的,可是人至暮年,油尽灯枯,镯子能一直推至胳肢窝。这只黄金镯子,就好比一把枷锁,三十年的压抑和苍凉无奈就在这一推之间纤毫毕现。

金钱就像一把黄金打制的锁一样,外表看起来艳丽,却将人心最本真的一面禁锢起来,只能在世俗和物质上争夺得你死我活。七巧沿着金钱追逐的轨迹而舍弃了自己的爱情和幸福,将自己困住、锁住,损人害己,一步一步走向悲剧命运。

一部《金锁记》,仿佛就是一场七巧自编自演的悲剧,一切皆源自女人对金钱过度的追逐,成为男权社会的牺牲品。读完《金锁记》,似乎看到有一把无情的锁,锁住她的是封建思想,也是社会等级观念。而锁不住的,则是那个时代的价值虚无,物欲横流。

二〇〇一年暮春

温良

近日在家研读辜鸿铭的一部书 The Spirit of the Chinese People，中文译为《中国人的精神》，旧版有译为《春秋大义》的。至于叫什么书名并不重要，从内容来看，却是辜先生向西方世界宣扬中国传统文化的一部响当当的著作。

人人都说辜鸿铭的一生，是传奇的一生。有人概括性地评价辜鸿铭生在南洋，学在西洋，婚在东洋，仕在北洋。可谓奇才一个，他一生精通英、法、德、拉丁等数种语言，拥有多个博士学位。先生精通西学，却鄙视西学，反而对拥持中国文化具有强烈的自豪感。他所生活的时代，正是西方列强对中国百般欺凌、对汉文化倍加歧视的黑暗时。无论是游学西欧，还是任教于北大，辜鸿铭像保护自己的长辫子一样，一直坚守东方文化与精神，握起手中的笔，论述中国人的精神生活，阐发中华民族精神和中国传统文化的永恒价值。尤其提及的中国文化救西论，确实富有激情与创意。

《春秋大义》行世于一九二九年,随后陆续发行了多个版本。这部著作在北京出版后,很快被译成德、法、日等多种文字,一时轰动欧洲及世界各地。尤其在以刻板著称的德意志帝国,也掀起了持续数年的"辜鸿铭热"。在舶来品与拿来主义盛行的那个时代,国人就应该安心读一读,于己于国均大有裨益。其实,辜鸿铭本人就是一部内容驳杂、耐人寻味的奇书。执卷一读,想必常读常新,回味无穷。

近代中国,以自觉或无奈、自强或屈辱的方式,多属被动地与西方世界产生一些交集,开展了经济与文化交往,而辜鸿铭的《春秋大义》,则是一本主动向西方世界阐述中国人的精神、揭示中国文明价值的外宣范本。这本书选择以当时西方世界的思维模式来对中国传统文化进行描述和注释,对促进西方世界对中国文化的理解有一定的影响。

辜鸿铭博士学富五车,擅于文化传播,他是第一个将中华典籍《论语》《中庸》用英文和德文翻译到西方的学者。他对中西文化融会贯通,多以意译,并以极大热情和丰富创造性弘扬与传播中国传统文化,在中西方文化史和交流史上留下了浓墨重彩的一笔。据说,他凭三寸不烂之舌,面向日本首相伊藤博文宣讲孔孟之道,与俄国文学大师列夫·托尔斯泰书信来往,讨论世界文化和政坛局势,还被印度圣雄甘地称为"最尊贵的中国人"。

令人崇敬的是,经过深入思考,辜鸿铭先生曾把中国人与西方人进行类比。他认为,要评估一种文明,必须看它"能够生产什么样子的人,什么样的男人和女人"。他精辟独到地指出,懂得真正的中国人和中国文明,那个人必须是"深沉的、博大的和纯朴的",因为中国人的性格和中国文明的三大特征正是深沉、博大和纯朴,此外还有

"灵敏"的品质。

辜鸿铭从这一独特的视角出发,确立了四个维度,把中国人和美国人、英国人、德国人、法国人进行了纵横对比,凸显出中国人的特征之所在。他认为,美国人博大、纯朴,但不深沉;英国人深沉、纯朴,却不博大;德国人博大、深沉,而不纯朴;法国人没有德国人天然的深沉,不如美国人胸怀博大和英国人心地纯朴,却拥有这三个民族所缺乏的灵敏;只有中国人,全面具备了这四项优秀的精神特质。

正因如此,辜鸿铭阐述中国人给世人留下的总体印象是"温良","那种难以言表的温良"。《论语·学而》中有"夫子温良恭俭让以得之",其中的温良恭俭让,意即温和、善良、恭敬、节俭、忍让等五种美德。这也是儒家提倡待人接物的尚礼准则。辜鸿铭诠释,温良并不是天性软弱,也不是脆弱屈服,而是没有强硬、苛刻、粗鲁和暴力。在中国人温良的形象背后,还隐藏着他们"纯真的赤子之心"和"成年人的智慧"。辜氏曾论及中国人"过着孩子般的生活——一种心灵的生活",那是因为本质纯朴。

在这股辜鸿铭热的推动下,欧洲人对中国及中国文化的了解有所加深。辜鸿铭笔下温文尔雅的中国男人形象、优美贤淑的中国女人形象也广为世人所熟知,乃至成为身陷战乱之中的欧洲人心向往之的一个乌托邦。这在中国人对外传播民族文化的历程中,无疑写下了独特而醒目的一笔。

身着长袍,拖着一条系戴红穗长辫子的辜鸿铭,其学术与道德文章让人望其项背,名震京华。据说当年,辜鸿铭在北京的六国饭店,用纯正的伦敦腔开讲《春秋大义》,人们蜂拥而至,对外售票价格竟然是两块大洋,这个价码,远远高于京剧名旦梅兰芳的戏票,且还很叫座,足见其在世人心目中的地位。

辜鸿铭是一位中国文化的坚定捍卫者,他极力推崇和守护中国传统文化,近乎全盘否定西方文化,在历史舞台上扮演了一个极具矛盾性的复古守旧派的角色。当然,这也是他所处时代东西文化剧烈碰撞的一种表现。

二〇一二年仲夏

架上添芸草

入秋以来,心中总期望有那么一段假日时光,如细雨淅沥的午后,渐渐放晴的时分。书舍的帘外想必是一通静默,若能入耳的,无非是雨滴跌落于枯枝残叶之上的。如此境况宜读书。东汉董遇劝学,强调勤读"三余",这便是"阴雨者时之余"吧。此番设想,算是款待自我地寻求一份"闲情"。

端起一杯暖暖的茶,可在不大的书间里踱着步,来回走动,一时茗香氤氲。而满壁的书架上下自然是目光可以周游与存放的地方。只是窗外缘墙而生的藤蔓枝条,随风飘摆,似乎荡而触及墙角堆码的层层书册,一种"色侵书帙晚,阴过酒樽凉"的意境滋生。

最爱无所事事地就着窗边,搬过来那张旧式的圈椅,软软的棉垫上自由舒展地调适着坐姿,也可歪歪地倚靠着。借着柔柔的辰光,最妙不过取几本散书来闲读,或读着读着,发呆于书背后的世界。

每每站立在书架前手抚书脊,今天究竟择读哪本书,总是历经一番心理纠结的艰难。架上斑斓厚薄相间的书册依次排列,如列兵受阅。伴读数年的层层书册或翻过,或曾览阅,但诸多都属泛泛而读的。总是存有一种心理,今日姑且这般粗略地浏览,等有大把时间再细细研磨。遗憾的是,这些想法索性地停留在期待中。

目光经常驻停于书架的下方,那里整齐地排列着一排小开本的书卷,尽是些学生时代存留的文史书籍,多属经典文学与史料。那年头购书往往不列入日常消费计划之中,大都是挤出点生活费购置早已相中、心仪已久的书册,一次也仅限一两本,若偶遇某地旧书摊,也许捡漏式地抱回来一摞。书得手后大多一时兴致便草草览尽,读之不顺的一直耽搁至今。这类书都属八九十年代的旧版,品相一般,多年来随我辗转大江南北,每每整理时,都暗自提醒自己决不舍弃,更不止于空藏。

说旧,其实也不过三四十年的光景,但其封皮设计简约、书页泛黄,颇具沧桑感。其实,这种书色的形成还有其背后的故事,正是夏季曝书而致。

曝书,是故乡的一个习俗惯例。沿江江南多雨,尤其历经黄梅雨季,藏在室内的物品受潮极易上霉,应取放烈日之下晾晒。传说农历六月六这个日子晒衣衣不蛀,曝书书不蠹。另传,六月六也是佛家的一个节日,称为"翻经节"。源自唐玄奘西天取经归来,不慎将经书跌落于河中,只好捞起来晒干,方才保存下来。因此,寺院里的藏经也在这一天翻检暴晒。

自幼记得父辈每逢六月初六,将家中柜里的藏书一一抱出,摊开晾晒,此为曝书,目的是去霉防蛀。这份文化习俗我也一直坚守传承,自然我的书没遭虫蛀,但多番经历日光浴,不少书册变得富有陈色年头了。

　　经曝六月盛阳的书卷,好比浸润天地之精华,书色里泛现厚重而沉稳。翻阅中,黯黄渐变的书页溢释出一袭淡淡的墨香,似乎与书色老成陪衬契合。这些本来就小巧单薄的书册拿在手里,好像随着岁月更替而变得轻飘飘的,但其并不影响自身品质的厚实。而通读字里行间,深感书中的阳气厚蓄待发,温暖而光亮。

　　其实,古人早有护书之法——芸香辟蠹。"书香"之典出于芸草之香,不仅辟蠹,而且还能夹在书中当作书签,书中缕缕清香,气息不散。以芸草避蠹驱虫,成为古人保护典籍简便易行的方法,也颇含诗意。晋人成公绥著有《芸香赋》,道出"美芸香之修洁,禀阴阳之淑精"。晚唐诗人杨巨则云"芸香能护字,铅椠善呈书"。宋代梅尧臣留有"请君架上添芸草,莫遣中间有蠹鱼"之句。芸草与书香相融,颇具文人清玩之趣味。

　　据说宁波天一阁,偌大的藏书楼一直号称"无蛀书",皆因书卷里夹有芸香草。这应归功于阁主范公藏书经验丰富。十多年前专程去了一趟宁波,有幸逢上天一阁精进舍的藏书数百年来首次面世开放。我趴伏在冰凉的玻璃展柜上,屏住呼吸,凝望一摞摞拖夹纸条标签的陈年典籍,灯光之外似乎闪亮着一道道光环。能看到的只是书的模样,内容无从翔实入目。我所感触整本书册的泛黄,色黄致灰变,不知是否陈积了宿年的尘埃之缘故,让人顿生隔世之感。"藏书空满天一阁",据说这些典藏从不出阁,从不借阅,真正束之高阁。同行好友说,如此珍稀之品无人阅读,一定是寂寞悲凉的,泛黄的书色因是时光煎熬而致,传世而不阅展,也让书本身缺少滋润与营养,自然面黄"书"瘦了。

杯中的茶淡了,兴正浓了。随手在架子上抽出几本单册,放在茶几上来充实这段韶光。翻翻诸如《世说新语》《小窗幽记》,或《边城》《苔丝》,看着这些朴素的封面,与褐黄色变的书页散发的淡淡书香,还有环扉上留有购书时的名签,一时心中徒生了几分平和感。庆幸今日远离案牍,无牵无挂地枕靠椅背,可以静心闲读清流恬淡,细品文字隽永。凭着芸香,更可注目那些以往不曾研阅的细节深处,读回年少的心境与岁月的况味。

二〇一五年十一月十日

劝读《石榴树上结樱桃》

仲春的京城,大地微微暖气吹。

农历二月二刚过,北方的春夜显得异常冷静。放眼窗外,一帘清朗的星空,一芽新月如镰。

筹划已久的聚会,恰逢这么一个美好的夜晚。相约在东城国贸一家颇具宫廷风范的饭庄,挑一雅间,宾主八人,坐在雕刻繁缛的清式座椅上。柔柔宫灯光照下,每张脸庞尽是灿烂的笑容。席间觥筹交错,宴酣众乐。本不多言的几位贵宾,无论是部级高官,还是文化名流,都亲和无间地交流。尤其谈起了前日国家领导人与网友在线交流一事,都对他温文尔雅的谈吐、富有人文素养与情怀赞叹不已。

谈及此事,主管教育的部长先生放下酒杯,颇有兴致地说起了一段故事,讲的是这位国家领导人前一阵子阅读了德国总理默克尔赠送的一本书,书名叫《石榴树上结樱桃》。书的作者是中国人,目前已译成德文出版,在欧洲产生了一定的反响。部长先生许是认真地阅读了,他带着笑容解释这是一部小说,却以一个特别的视角来透析中国社会问题,众生万相,颇有意味。再看席间大伙没有什么反应,估计在座的诸位对此书没有概念,部长先生开始作普及性的简介。

这部小说背景是中国农村。从题材到主题,从语言到人物,文笔都很别致,写得幽默风趣,通过讲故事、分析故事,把大众理解融入故事中,颇有看头。但透过文字背后,也让人感受到在浓厚的乡村政治生活氛围中的人性复杂。可以说,农村是中国现实的缩影,可以借此对农村生活更加深刻全面地认识。大家不妨读一读。

我确实不知晓这部书,但心中惦记着。次日离京时,在机场候机厅里特意逛了几家书店,想找这本书,始终没找着。一位服务生看我寻书的模样,主动上来询问我的需求。可我一字一顿地说这本书的名字,她哧的笑了一声,摇着头说没有。我追问什么值得她这么笑。她说书名很逗。

"石榴树上结樱桃",这本是乡村民谣中的一句唱词,是典型的颠倒话。书店里服务生的直觉,也是普通大众的直觉,她的笑声里,是否就可以揭开默克尔博士"颠倒"的用心呢?

看来,必须要看看这本书。手头没有纸本书,只好用随身带的笔记本电脑上网浏览看看。一点就有,书的作者叫李洱,还在亚马逊平台上找到了网络试读版的《石榴树上结樱桃》。

粗略地浏览了这本《石榴树上结樱桃》,深切感受到作者细腻的笔触伸向了神秘的乡村权利场,描写了在权利的面前人们的自尊、良知受到的考验,也反映了乡村农民现实的生存状态。小说的切入点是村干部竞选,这是农民关注的大事。书中介绍了村主任大选是那样充满人情味,又是那样富有生活情趣。农民互相帮扶,又玩点小心计。几位村干部在面临村选的节骨眼上,为了赢得选民,斗智斗勇,各显神通。这一切其实就是他们生活中的油盐酱醋、喜怒哀乐。然而这种明争暗斗,足以把他们的日常生活渲染得更加丰富多彩,平日不够显现的农民智慧也就展示出来了,生活才过得如此有滋有味。

仅从字面上来揣测,背后的作者李洱算是一位幽默十足的哲学家,可以看出他在"嬉戏"中探讨中国农民的生活哲学问题。幽默又须尊重的是,农民的生活哲学具有一种颠倒的本领,他们能轻松地把对立面颠倒过来,把形而上的颠倒为形而下的,一切为我所用,一切为生活的日常所用。李洱曾说:"我不愿单纯地讲一个故事,而更愿意在讲故事的同时形象化地分析故事。分析日常经验的小说,可能更真实。"

仅此一览,我想这部小说里,又何止是"石榴树上结樱桃"?也许还潜伏着各种各样的颠倒。若想阅读真实的世界,有些时候,须在颠倒之中见深刻。

二〇〇九年三月九日

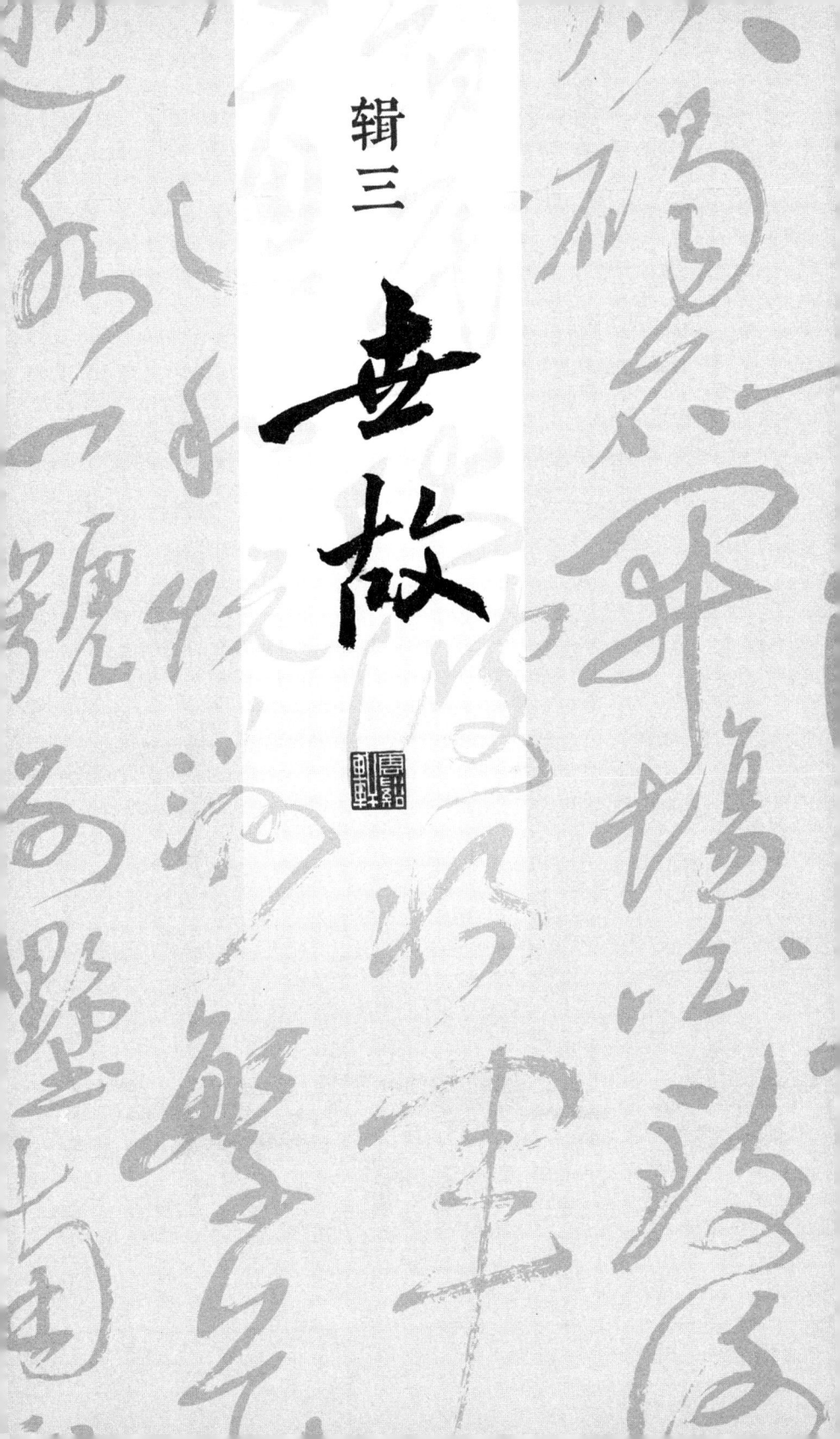

辑三 世故

怀揣遥远的梦想
探索纯粹与幸福的真相

江南贡院

秋游南京,当地友人帮忙提前预订了状元楼酒店。这家老字号的台资酒店,无论是外在的建筑装潢,还是其贴心的管理与服务,如其名号,确实富有传统文化的特质。而最让人倚重的是,酒店临近秦淮河,距离夫子庙不过百步之遥。

趁着暮色,牵着女儿多多,漫行于秦淮河畔。临近夫子庙时,发现往日的街道两边店铺一律换装成"青砖小瓦马头墙,回廊挂落花格窗",可惜旧瓶装新酒,依然是一家家新潮的门店,横竖悬挂的一块块洋文商标颇招眼,销售的尽是年轻人追捧的品牌。穿行其间,诱惑的叫卖声此起彼伏,给人感觉如小商品市场一般,闹哄哄的,仿佛是永远不散的庙会集市。

一

南京夫子庙是全国重要的祭孔文庙,金陵历史人文荟萃之地,名噪江南。屈指算来,专程来逛夫子庙已有七八回了,这完全是文化的磁力与牵引。每每得闲,总是想来这里走走。斗转星移,不变的是这里熙熙攘攘的人群。

夫子庙是这一带的统称,主要由孔庙、学宫与江南贡院三组文教建筑群构成,总体布局规整,建筑群顺着清晰的中轴线由南向北延伸。古时立学必祀奉孔子,因而这里遵循前庙后学的规制,孔庙在前,学宫在后。江南贡院规模宏大,另排于东侧。古时人们路过此地想必垂手躬身,可如今这里满目的广告,满耳贩卖的喧嚣,与市井文化融为一体,似乎让人们淡忘了此地原本的斯文与尊严。

历代文士多驻足夫子庙,凭吊六朝胜迹,寻访十里秦淮,留下不少脍炙人口的诗篇。"商女不知亡国恨,隔江犹唱《后庭花》。"凭一首《泊秦淮》,杜牧将金陵美景和晚唐时局集于一诗,抒发了家国忧思的感怀。孔尚任则借《桃花扇》,唱出"梨花似雪草如烟,春在秦淮两岸边。一带妆楼临水盖,家家粉影照婵娟",将秦淮河畔妩媚多彩的春色景象描绘得如诗如画。这些文人的笔惠,为秦淮河刻画了一张意蕴深远的名片,让后世游客络绎不绝,慕名而往。

夜幕降临,疏星点点,秦淮河两岸霓虹闪烁,游人云集。站在文德桥上俯瞰,河中画舫伴着笙歌,在桨声里轻快游荡,水面上拖着长长的波痕,好似一路嬉笑。通观四周,人头攒动,灯光恍惚,地处中央的孔庙大殿却是热闹中的一处冷清地。

这座供奉与祭祀孔子的夫子庙,自宋明以来,一直是南京地区文教中心的标识。前段时间恰与女儿交流《论语》的相关话题,不妨借此疏静的灯影,避开嘈杂的人声,去瞻仰孔老夫子,感受繁华绮丽丛中儒家文化的独特神韵。

为完整体验,我们从矗立于庙前的三间四柱牌坊起步。颜正卿书写于坊额上的"天下文枢"四个字,寓意天下文人学士会集于此,统一于儒家的门下。听我解释其意,多多为之一震,说好大的口气。生活在当下的孩子们,确实难以理解封建时代孔圣人在世人心目中至高无上的地位,也就一时难以认同夫子庙"尊孔如尊天"的内涵与气派。

穿过棂星门,迈进大成门,便是夫子庙的院落。夜色朦胧中,檀香缭绕,仿佛踏入了另一个世界,噪声少了,炫目的光亮也不见了,一堵不高的黄墙竟然做到了与外界隔绝。

夜色中,迎面是重檐四阿顶的大成殿,气势巍峨,一副庄严尊贵之象。大殿前平台中央立起一尊孔子全身塑像,青铜质地,显得厚重伟岸。这尊孔夫子塑像面慈目善,双手相交,作揖之势。借着路灯光影细看,他眉宇间沉静肃穆,若有所思,犹如在讲学布道。排列两旁的弟子贤人众像,似静静地伫立,默默地聆听。院内的游人三五成群,轻声细语,倘面朝孔子及诸位先贤时,一个个皆正冠肃带,屏息瞻谒。

大殿当中,高悬一巨幅的孔子画像,而汉白玉雕刻的复圣颜回、宗圣曾参、述圣孔伋和亚圣孟轲等石像侍立两旁。条案上供奉"大成至圣文宣王之先师"牌位,依西周规制,青铜礼器及祭品摆放在案前。大殿的两侧,陈设着一排排编钟、编磬、大鼓、古琴等祭孔乐器,伴着铜炉里的袅袅檀香,仿佛一曲礼乐在缓缓奏起。殿堂四周的墙壁上尽是彩石镶嵌的《孔子圣迹图》浮雕壁画,细致地描述了孔子的一生事迹,展现了其仁爱天下的典范形象。仰望枋、梁上高悬的清朝三代皇帝御笔亲题的"万世师表""与天地参""斯文在兹"等金字匾额,再回首大殿檐前那层层叠叠的木质斗拱,思绪不禁会顺着翘角飞檐飘向苍茫的天穹,犹如打开一卷泛黄的线装书,让人去领略儒学的厚重与博大。

庙堂里灯光柔柔,殿外笼罩一片清冷的月色。伴着此等幽静的氛围走入学宫,心中戚戚。这里曾号称"东南第一学",是封建时代培养人才的重要场所,与孔庙毗邻,以示培养人才的儒学立国、修身的正统地位。学宫主体建筑"明德堂"前有一副楹联,值得去慢慢品读:

论古不外才识学
博物能通天地人

此为民国元老于右任的才思与墨迹。于公为知名的书法家,字属上品,联是好联。尤其文辞中阐述了"才学"的练达与"见识"顿悟的关系,此即指明学习方法和成长路径,于人才培养甚为关键。明德堂后面的尊经阁是学宫重要的教育场所,每月朔望,朝圣典礼后,学宫教谕一定要在明德堂主讲孔子学说及当时皇帝的圣谕等,全体学子均出席聆听。院里数株高耸的柏树长势尚好,郁郁苍苍,与尊经阁、敬一亭相映生辉,几百年来,见证了莘莘学子在此习礼仰圣,正人品德。

二

学宫门外是一条狭长的廊道,借着一排排高悬的灯笼光亮前行,前面就到了江南贡院。这片区域如今新辟了一座科举博物馆。

携女儿一起轻步踏入这条时空的隧道,仿佛循着书声与墨香,穿越至数百年前的科举时代,体验式地认知旧时读书人应试求功名的全景。

江南贡院始建于南宋。朱洪武定都南京后,这里一跃成为乡试、会试之地。曾国藩平定洪杨之乱后,整饬吏治,延纳人才,同治年间的江南贡院成为全国规模最大的一座贡院,与北京顺天贡院并称"南闱""北闱"。明清时期,全国约半数以上官员和大批学士文宗都出自江南贡院,其中不乏吴承恩、郑板桥、文天祥、左宗棠、李鸿章、刘春霖、陈独秀等历史名人。到了光绪三十一年,废科举、兴学堂,贡院才失去原有的辉煌。

穿过贡院牌坊,远远入目的是高耸的望楼——明远楼。"明远"二字,可能取自《论语》中"慎终追远,明德归厚"之要义。以此做楼名,颇为贴切。楼高三层,底层四方拱门,楼上四面通透,站在楼上环视,整个贡院一目了然。科考时监官可在此居高临下地检阅考场、监视考生。当年的林则徐、曾国藩都曾登临明远楼巡考。楼的正门前书写"明经取士、为国求贤"八个大字,显得格外醒目,封建王朝的用人意志由此可见。

明远楼前置一塘清水,谓之"静池"。这端方四正的池水,以墨色为底,好比古代书生作文写字的砚台与墨。入夜,灯光黯淡时,池水犹如一面古镜,将明远楼的倒影映入其中,黑白分明的景致,正喻示今人引以为鉴。

静池的北侧,则是一间间一排排黑瓦号舍,整齐林立。号舍的粉墙上,粉底黑字整齐地书写着"天地玄黄宇宙洪荒日月盈昃辰宿列张……"一个个斗大的汉字,这看似千字文,实为号舍的序列,以便考生对号入座。换个视角来看,实行号舍序列制,实质是体现了科举考试的公平有序。鉴于此,考生可不论高低贵贱,不论家庭出身,平等应考。

江南贡院主要是乡试场所。人气极盛的清代乡试秋闱分为三场,从农历八月初九开始,每场考三天两夜,共九天六夜,考生答卷、吃喝、睡觉以及便溺都局限于狭窄的号舍里。每间号舍约宽五尺,深四尺,三面是墙,敞口无门。号舍内置两块木板,上下交错插入墙槽,上板为案桌,下板即为坐板。考试期间,考生只能带入装有考试所用的笔、墨、纸、砚和少量干粮的考篮。若想夹带小抄之类的,都会面临最为严厉的搜查。历来科考不仅评定学业成绩,还在考核考生的品德和操行。

穿行于号舍间的通道上,让人浮想联翩。学而优则仕,引无数学子以经史子集为本,穷其一生,竭尽全力在此求取仕途功名。当年来自各地的贡生、监生、秀才,源源不断地进出这些号舍,好比经历一个没有硝烟的战场。而从这些狭小得仅能转身的号舍里,走出了无数名士贤达,他们走上了不同的官宦之路。十年寒窗无人问,一举成名天下知。今天置身于此,会被这眼前的历史遗存激起无限的起承转合般的感慨情怀。

多多弯腰钻进了这三尺见方的考间里,体验一下案桌与坐板,然后一口气向我咨询了许多问题。试想,一个考生长时间守在如此小的空间里,除了巡考、监视、送饭之外,均独自面对考卷,那将是怎样的一种生活体验!且每届秋闱,正值南京地区"秋老虎"季节,天气闷热,蚊虫肆虐。考生入夜以案当床,蜷缩而睡,其状况确实难以想象。

带着这些疑问,走进江南贡院辟设的专题博物馆。

三

整个博物馆建筑就像是埋藏在地下的一个历史宝匣,也好比一卷尘封弥旧的历史档案盒等待后人开启,其间或打开一段深藏的陈年往事,或展开一卷泛黄的金陵画卷,把历代的科举制度发展史料当作一个立体空间的史书叠加在一起。进入博物馆的过程也犹如探宝,参观者在时光流转中跨越了科举千年。

馆内景色怡然,古色古香。两侧的墙壁外侧用黑瓦做成鳞片形状,譬喻考生"鲤鱼跃龙门"。透过内侧隔墙花窗,可见四处都是竹简图案,寓意此为文章锦绣之地。一幅"鱼龙变化"展示明清读书人通过县、府、院三试成为秀才,具备举人报考资格后,按照乡试、会试、殿试的程序逐级应试,考中后分别取得不同等级的科名。读书人历经十年寒窗,一朝高中,即被称为"跃龙门",经历鱼龙之变,从此踏上仕宦之途。

经过几百年的积淀,如今贡院的馆藏丰富,井然有序地陈列出历朝各科留下的试卷、进士匾额,考生所用的文房四宝、油灯、食器等,还能看到反映科举考试制度的各类文书凭证等。而更值得一提的是强调互动参与的展陈设计和数字化的多媒体设备,在高度还原的场景设计等有力支撑下,让千年科举历史尽纳其中,模拟呈现。游人慎声低语,生怕惊动了榜单上静然数年的诸位贡生、进士。

江南贡院的南苑最醒目处当数临河矗立的魁星阁,六面三层,景致独特。魁星属北斗七星中的第一颗,故有"魁首"一说。传说魁星掌主文运,在历代考生心目中的地位特殊,深受读书人的崇拜。因而临考前,考生们大都会拜祭魁星,毕恭毕敬,渴望魁星点斗,高中魁首。如今的人们依然崇敬,只不过拜祭形式发生了变化。留心一下,魁星阁两侧的几株桂花树枝头上,挂满了祈求高中的黄布条儿。

这些随风摆动的黄布条儿,实为祈福带,是贡院工作人员在入口处赠送给小朋友的。多多也领了一条,先是系在手臂上,等走一圈出来时,发现祈福带不见了。这下她很着急,认为这个不能丢,于是我们一起折回去找,原来落在明远楼的大厅里。多多高兴地拾起,拍一拍浮尘,真是属于自己的祈福不会走远的。于是借着贡院里经年陈色的旧案桌,多多踮着脚趴在上面,用浓墨在祈福带上一笔一画地写下心中的祈福词,又凭我之力高高地拴在紧挨魁星阁的一根桂枝上,在晚风中飘扬。再仰头一看,夜色中魁星阁愈显伟岸、高耸。

四

走出江南贡院,夜色已浓,而夫子庙门前广场上依然热闹非凡,此时正上演"状元游街",颇受游人注目与围观。欢快的鼓乐声中,一位着红袍的"状元"正春风得意,打马御街前,旁观者一路鼓噪伴行。更多的游人步步相随,期盼眼前的"状元"给自己及家人带来一份好文运。

离开了江南贡院,高悬于公堂的金匾上"为国求贤"几个大字让人难忘。史载康熙皇帝玄烨曾南巡到江宁,亲临江南贡院。他有感于史上科场弊案的频发,作一首《为考试叹》,时江南学政张廷枢将其刻碑立石,并作跋以纪其事。今日读"御制宸翰"碑,深感其墨迹疏朗空灵,行笔流畅率意,让人铭记而回味无穷。

> 人才当义取,王道岂纷更。
> 放利来多怨,徇私有恶声。
> 文宗濂洛理,士仰皆模清。
> 若问生前事,尚怜死后名。

在师大读书时,认真修学过《中国古代教育史》,对科举制度算是较为系统地学习过。科举制度始创于隋,完备于唐,改革于宋,明代几近极盛之态,至清朝废除时已逾一千三百年。科举制度的创设,目的是为国家和社会发掘、培养大量的人才。相对于世袭、举荐等选才通道,科举考试无疑更公平、公开及公正,具有时代进步意义。尤其是科举创设之初也确实能做到"选才无类",给予读书人施展才能的机会,让寒门学子能一跃龙门,也助推了民间读书风气的兴起。因而不少戏曲小说中都有"一举成名"人生逆袭的案例,激励士子学习,寄托了普通百姓心中的理想与期盼。

更为重要的是,隋唐以来的中国社会结构和政治、教育、人文思想,无不受科举的影响,随着科举入仕风尚,社会文风学风普遍得以推动与提升。特别是在儒家思想一统的社会里,维持了多方文化及思想的统一和向心力。同时,科举制度还对东亚地区乃至全世界都产生了深远的影响。十八世纪启蒙运动中,就有不少英法思想家推崇这种公平的制度。嗣后欧洲的文官制所采取的考试原则与方式,很大程度上是吸纳了科举的优点。

然而,长达一千多年的科举制度,其考试内容固制,考核方式僵化，变成只要求考生能作造出合乎形式的文章，反而不重考生的实际学识。最终在皇权驱使下不断揣摩统治者的意图，来应付作答试卷。由于应试束缚，考生无论是学识眼界、创造能力、独立思考都被大大限制。这也体现了科举制度在一定意义上倡导了人们对功名的追逐，而不是对知识或灵性的渴望。这既不利于选拔与培养具有真才实学的人才，又养成了空疏学风，读书人不是为了求知求真，而是带有强烈的功利色彩，培养出一大批为做官而活着的人。更有甚者是，如此方式埋没了大批的杰出人才。千百年来，有多少精英被困科场，虚耗光阴。

科学改革教育评价和人才选拔制度，真正做到人尽其才，才尽其用，始终是时代的重要命题。

二〇一七年十月五日

青阳腔

明嘉靖年间,南戏弋阳腔溯漫四方,及至长江南岸的青阳地区,与当地的方言及民歌小曲结合,形成别具特色的青阳腔。随后,青阳腔又从皖南一带流传至赣、闽、湘、川诸地,渐渐更及豫、晋、鲁等地区,成为"天下时尚",直接或间接地影响了徽剧、赣剧和黄梅戏等诸多剧种的形成与发展,在我国戏曲史上占据显赫的地位。然而,几百年后青阳腔日渐式微,基本上从舞台上消失,亟须抢救、保护和传承。

一

随着十六世纪初资本主义的萌芽和发展,商品经济业已发挥重要作用,徽商渐渐成为当时国内商贸中最为显赫的一支。饶州与徽州地域临界,是时名声大噪的弋阳腔便步随徽州商人传入了皖南徽州、池州。弋阳腔进入池州青阳后,即与九华山的佛教唱喏、皖南山歌以及当地歌谣艺术融合,"错用乡语,融合土调",渐渐成为一种富有民间地方特色的唱腔,形成了青阳腔。

青阳腔诞生于皖南青阳似乎是偶然,但青阳区域所具有的独特的人文环境与区位特色为声腔发展提供了良好的基础。

青阳地处吴头楚尾,水陆交通十分便利,历史上就有"富贵陵阳镇,风流谢家村"一说,反映了当地经济文化的繁荣。佛教名山九华山位于青阳境内,据《九华山志》,明万历年间山上寺庙有三百余座,呈现一派莲花佛国景象。佛教的兴盛,促进了青阳周边的民俗祭祀、民间文化艺术的发展。佛教故事《目连救母》就反映了皖南农村民间习俗、宗教信仰。乡民从单纯的祭祀鬼神,扩展到民间祈福、避灾、驱疫等多种形式。同时,这一带采茶歌、乡间小调等人们喜闻乐见的随唱艺术广为流行。这些民谣俚曲,为青阳腔的形成提供了声乐背景和丰富营养。

九华山佛教中心地位的优势,吸引了来自四方的戏曲团队,他们纷纷来到青阳献艺、赛歌。名噪一时的南戏代表声腔的弋阳腔、余姚腔影响之下的太平调,也流传至青阳。以往青阳本地流行民歌小戏,都是些市井、嬛童、游女之好的小曲,本不登大雅之堂。而后青阳小调尽管经文人整理变成了"两头蛮",仍然只在当地民间流传。外来的弋阳腔及太平调等唱腔进入后,逐渐与青阳本地的目连戏、青阳民歌等表演艺术相渗透、嫁接,产生了巨大的催化作用,随即形成了一种新的声腔唱法。这种融合的新声腔即青阳腔,很快风靡皖江沿岸,被称为"南北乐府""官腔官调"等。青阳腔正是由南戏声腔在池州一带融会佛俗说唱、歌曲等多种民间艺术,经过熔炼而成的。在广为流传的同时,青阳腔跟随徽商的足迹,红遍了神州大地,一时被誉为"徽池雅调"。

青阳腔的繁荣延续了五百余年,风行全国。但进入晚清时期,由于战争、瘟疫和外来文化的冲击等,青阳腔渐渐没落。据考证,太平军据皖以前,青阳地区流行的方言属于吴语,这也是青阳腔主要的声腔发展基础。但青阳地处南京、安庆之间,屡为战场,随着兵燹、瘟疫,当地人口凋零殆尽……咸同年间,在清政府招垦政策的鼓励下,江北移民纷纷迁进了皖南,青阳等地的原住民亡散,客民的比例远超过原住民,由此语言也通行北来的江淮官话,青阳方言反嵌入了北方话。这次大移民,直接导致青阳腔失去了原本的语言土壤,且青阳腔艺人四散而尽,传承断节。于是这片青阳腔的发源地,也难觅青阳腔的戏踪。

二

二十世纪五十年代,戏剧史专家意外地在江西湖口发现了青阳腔遗响——湖口高腔。产生于皖南的青阳腔是如何在江西湖口落地生根、繁衍的?这引起了诸多学者的关注与研究。

同处江南,江西湖口与皖南池州因接壤而交往甚密,因而青阳腔溯江而上,进入湖口地域是自然而然的。研究发现,湖口青阳腔同样与徽商有着不可分割的联系。湖口是江西的北大门,水陆门户,徽商不仅把湖口作为通商口岸,还将其当作沿赣江溯至赣南、湖广等地的商贸重镇及货物转运场。为了招揽生意,徽商常常想方设法地把家乡知名的戏班带来演出,提振人气。于是在明嘉靖、万历年间,青阳腔艺人多次随徽商经水路来到了湖口,不久又传入都昌、星子一带。清代中叶,青阳腔又由移民传入彭泽和瑞昌,并顺沿赣江由北向南推进,直至吉安、赣州等地。

赣地戏风盛行。流传在湖口及周边等地的青阳腔如鱼入水,当地祠堂戏台遍布,处处都有手抄剧本,职业班社更是如雨后春笋般出现,围鼓坐唱则村村皆见,青阳腔锣鼓迅速在环鄱阳湖区域发展了起来。湖口形成一批区域知名的青阳腔戏班,如道光年间的"秀兰班",同治年间的"老秀兰班",以及后来的都昌"菜子班",这些班社还活跃于湖北黄梅和安徽祁门、太湖、安庆等地。

青阳腔是建立在丰厚的人文和区域文化之上的,具有明显的地域文化特色。巅峰时期的湖口青阳腔在保持独特风格的前提下,也从其他戏曲剧种和民间音乐中汲取营养,获得了超越方言土语和区域文化局限的艺术贯穿力、亲和力,从而发展演变成既保持明代古朴奇特、声韵婉转、曲调高昂激越的原始风貌,又独具浓厚的赣北生活气息和乡土风味的赣式青阳腔。

三

唱腔是一个戏曲剧种质的生命。青阳腔之所以能异军突起、成就辉煌,其核心是得力于其创造性地发展了"滚唱"的特点,形成腔、滚结合的歌唱形式——滚调。滚调以流水板的急促节奏和接近口语般的朗诵歌腔来表演。这种滚调打破了以往各种声腔旧有曲牌的音乐结构和长短句格式,将戏曲文学从"曲有定句,句有定音,字有定音"的严格束缚中解放出来,使唱腔变化灵活多样,戏曲语言词句通俗易懂,极大地提高了青阳腔的可塑性和表现力。这是戏曲声腔史上的一次重大变革,起着承上启下的重要作用。由此在句法上,青阳腔由南戏的五声系统变化为增加三、五、七偶句,促成了板式唱腔的形成,这种革新将传统的戏曲声腔的演进推向了一个新的高度。

青阳腔的演唱实践也富有特色。演唱时一般只用大鼓、铙、锣等伴奏而少用管弦,并有一唱众和、独唱和帮唱结合的情景,现场气氛热烈、豪放。特别是滚调在演唱中做到滚白和滚唱相间,长于叙事、词情多于声情。在现场表演中,见风挂牌,改调歌之,引领了观众的欣赏力,台上台下时时共情共鸣。这种唱腔多为平民吟唱,易唱易学,便于民间流传,对普及戏曲大众化起到了不可估量的作用。

青阳腔从萌发、演变到兴起,伴随其产生的剧本也是琳琅满目,雅俗共赏。青阳腔的剧目丰富,上自元明南戏,下到后世的各类传奇,数量众多,曾有《八能奏锦》《时调青昆》等青阳腔剧集的遗存剧目,如《荆钗记》《拜月记》《破窑记》《琵琶记》《卖水记》等都颇受观众喜爱。特别是青阳腔成为一个新兴的剧种之后,加强与地方文化融合,展现出旺盛的艺术表演生命力。青阳腔表演讲究"文戏武唱",突出娱乐性、趣味性。同时,青阳腔中还配有各种纸质面具,极具舞美特色。这是青阳腔在民间有着广阔的生长土壤,在乡村拥有广大受众和市场的根本原因。

步随徽商,青阳腔的足迹遍及神州大地,今天在欧洲丹麦、奥地利和近邻日本等国家的图书馆发现了保存完好的明代青阳腔剧目,可见当时青阳腔流行之广。戏曲理论家傅芸子先生从日本内阁文库中发现了《词林一枝》《玉谷新簧》等青阳时调和徽池雅调刻本等,并于1942年在《东方学报》上发表《释滚调》一文,阐述了青阳腔的起源和艺术特征,用史实说话,论证了青阳腔的客观存在与发展。

四

众所周知,京剧的形成是与四大徽班进京有着密切的关系。然而鲜为人知的是,池州青阳腔兴起,吸收了徽调、目连戏、昆山腔等曲调的精华,渐渐形成徽剧的基本样式。明末清初,青阳腔伴随徽调涌入大邑安庆府,随后走向神州各地。乾隆年间,四大徽班进京演出,由于徽调充分吸收了青阳腔的营养,其声腔及剧目相当丰富,从而逐渐压倒了盛行于京城的秦腔与昆剧,一时享誉京华。随后,徽调在京城又吸纳了秦腔及晋、梆等北方剧种的精华,通过兼容并蓄,一举成为京城戏曲界的主流,并孕育促发了京剧。从这个层面来说,青阳腔理当被戏曲界称为京剧的"鼻祖"。

青阳腔可以说是为徽剧的发展奠定了基础,徽剧又是京剧的前身,并哺育了第三代地方大戏黄梅戏。如今黄梅戏,可以算是长江中下游民间传唱最多、流传最广泛的一个剧种了。认真梳理黄梅戏源流,发现其流传发展与青阳腔有着莫大的内在关联。最初的黄梅戏是由青阳腔融合湖北黄梅采茶调、徽调发展而形成的戏曲艺术,甚至经典曲目《天仙配》,也是源自青阳腔折子戏《织锦记》。黄梅戏专家陆洪非、班友书先生等曾对与黄梅戏有血缘关系的青阳腔进行了卓有成效的研究,证实了青阳腔对黄梅戏发展贡献极大。

青阳腔滋养了徽剧和黄梅戏同时,还影响了目连戏、赣剧等几十个地方戏曲剧种,在戏剧发展上起着不可估量的作用。一言以概之,包括京剧及南方的赣剧、湘剧等近半个中国的戏曲剧种,都直接或间接地吸收了青阳唱腔,借鉴其唱法,得以丰富和发展。

五

青阳腔历经了几百年风雨沧桑,走过了"外腔流入、萌发新腔、本土湮没、外地光大"的曲折之路。然而随着时代文化传播方式的变化,青阳腔没有逃脱淹没于市场经济大潮的厄运。目前青阳腔的技艺几无正宗传人,就连最为活跃的皖南、赣北的农村剧团中,也仅存少量的仍在演出。年轻一代认为青阳腔难学、难唱,也难懂,既没有黄梅戏好演、受众广又不如看电影、电视省事,诸多乡村艺人不得不在面临后继无人的同时,还面临观众稀少知音不再的尴尬。

如今被誉为"戏剧活化石"的青阳腔,已列为首批国家级非物质文化遗产。传承是一份荣誉,更是一份责任。无论在青阳,还是湖口,作为传统戏曲艺术的珍贵遗存,应该系统地梳理青阳腔形成、发展、流播、演变的脉络,认真总结青阳腔的传承与发展。但如今青阳腔发展已陷入困境,所能拓展的空间愈加狭窄,正面临断层难续的状况。

历史悠久的青阳腔远不止一个曲种、一段舞台表演,它所承载的是深厚的文化底蕴以及一个时代的文化记忆。如若提及文化自信与文化归属感,青阳腔就必须更好地继承与发展,让这份宝贵遗产得以关注与传承。

真正令人担忧的是,繁衍至今已逾五百年的历史、影响诸多剧种的青阳腔,会不会最终随着鼓声消退而成为长江大地的一段绝响?

二〇一五年隆冬

碣石沧海

环渤海而行,途经冀北昌黎县。顾名而思,自然想起了唐宋八大家之首的韩愈。韩愈自谓"郡望昌黎",世称"昌黎先生"。古人以地名代指人名,一为避讳,表示尊重;二为说明此人杰出足以代表地方。

昌黎有座碣石山,山的名气如雷贯耳。诵读过曹操的《观沧海》,后来又从"魏武挥鞭,东临碣石有遗篇"的伟人词句中读到大山的模样。重温华章,心中对碣石山充满了向往。

登　临

登碣石山是一桩夙愿,决以亲身领悟魏武佳句中豪气的妙境。

秋风萧瑟,正值秋天,吻合诗中歌咏的时节,吟着佳句步步登山。

碣石山北接燕山,峻峭挺拔,磅礴雄浑,古人择其主峰为北方沿海地区重要的望山与标志,载入地理名著《山海经》和《尚书·禹贡》。虽未列入五岳,但曾被称为"天下神岳"。民间盛传碣石山为八仙聚会之地,因而主峰也称仙台顶。

顺着石级攀登,沿途静谧至极,怪石磊磊。行进间,忽一抬头,山的对面竟是悬崖绝壁,像凝固的大瀑布化石一样,寸草不生,山壁上辨析可见偌大的"仰止"二字。确实豪迈得很,不愧是"燕赵自古多感慨悲歌之士",也相信"遗风余俗犹有存者"。我也借一点尚气行侠之士的慷慨,奋力向上。此时身寄云中了,冷风飕飕,向上又行六百多级,绕过天桥柱,一举登顶,位于制高处观望雄伟的山峰、辽阔的原野,体会那一览无余开敞的意境。

碣石山是登山观海的好去处。历代帝王、文人墨客至此,或勒石记功,或咏诗言志。史载秦始皇、汉武帝、唐太宗等七代帝王均登临碣石山顶。遥想秦始皇当年削平六国,一统天下,志得意满,并巡游四海,于此处入海求仙,嘱李斯以"颂"文体,写下了《碣石门辞》这篇扬威之作。可惜李斯笔作篆刻早已荡然无存了;汉武帝专程北巡,登台望海求仙;曹操伐乌桓,回师碣石借景赋诗《步出夏门行》;北魏文成帝"登碣石山,观沧海,改碣石山为乐游山";李世民到碣石感慨咏出《春日观海》诗句。登山途中,还可一路摩崖认读高适等诸多雅士留下的诗章石刻。

名山,总是令人向往的。碣石山以奇特的亘古通今之魅力,堪称北国不可不游之胜地。

览 景

碣石山高陡峭,往上攀到十八盘,路愈陡,林愈密,松涛呼啸生风,也自然激起登山人劲头,精神更为抖擞。至一险处,左侧山壁上刻有楷书横幅"天风海涛",便知碣石主峰已巍巍在目了。

为饱览山顶余晖,同行几人攀着峭石,攀爬高处。谁料,这里风大似推,衣帽如撕如扯,必须用手指紧抠石缝,才站稳了脚跟,不致摔倒。夕阳余晖将山顶抹上了一线金光,下面则是黑魆魆的一片,难见真面目。瞬间,西峰顶上蹿起乌云,笼罩峰峦时隐时现。回首观海,更是云海一片,天地间混沌了。此时重温秦皇魏武的词句,可谓"幸甚至哉"。

傍晚,满山的雾气弥漫起来。掌灯时分的窗外,忽然天空满是红、橙、黄色的星星,呈现出一幅奇异的景象。站在窗前眺望,原来是浩瀚的星光在闪烁。这星光,上层是橙、黄色,下层是红晶晶、绿莹莹的,在眨眼,在跳动。瞬间,可能由于雾气稀薄了,上层的星升高了,下层的星更清晰了。恰似数不清的五彩宝石镶嵌在黑绒的地毯上一样,平铺在碣石山的脚下。

秋分已过,寒露将临。白昼天高气爽,夜里皓月经天。这高山之夜总有一番雾变,但毕竟还是露出了本来的面目。晚八时许,一轮明月从东峰顶上露面了,倏地呈现出一片银白的光。"大海出来了!"是的,这片银白的光即月夜中的海。银色的海是平静的,令人神往。夜宿碣石山顶,本为次日清晨能观海上日出,就心满意足了,孰知又欣赏了高山月夜和银海。想当年,曹公也许留宿碣石山顶,不然,他那"日月之行,若出其中;星汉灿烂,若出其里"的佳句妙思又从何处而来!

翌日凌晨,雾气把整个高山罩上了,灰蒙蒙的,什么也看不见。稍许,茫茫的雾气从东方析出一层淡褐色;紧接着,透出深紫色,又变成玫瑰色了。背后是强烈的阳光,穿透了霭雾,一轮玄红的太阳就被彩云绚雾烘托出来了。火球般的太阳,上边是晶红的,下边是深红的。太阳似乎有万钧之力,将漫空的雾气压缩到地面,变成灰白的一片,跟海洋一样平展展的。远处连绵的山峰,一时都被雾的海洋淹没了,各自只露着崎峰山头,琼林仙境一般。雾的平面呈现出一片金光。此时的海,也是金色的。

咏　叹

一座碣石山,以磅礴气势威镇京东。登临仙台顶,山海奇观尽入眼帘。

建安十二年,正值盛秋,曹操征伐乌桓班师途中,登上碣石山眺望苍茫的大海,唱吟流传千古的诗篇《观沧海》:

东临碣石,以观沧海。
水何澹澹,山岛竦峙。
树木丛生,百草丰茂。
秋风萧瑟,洪波涌起。
日月之行,若出其中;
星汉灿烂,若出其里。
幸甚至哉,歌以咏志。

《观沧海》通篇写景,但独具一格,堪称中国山水诗的早期佳作。诗述秋天的大海,能够一洗悲秋的感伤情调,写得沉雄健爽,气象宏阔,这与曹操的气度、品格乃至美学情趣都是紧密相关的。目睹祖国山河壮丽的景色,更加激发了他要统一北方的强烈愿望。他以沧海自比,通过写大海吞吐宇宙的气势来表现自己宽广的胸怀和豪迈的气魄。这首诗意境开阔、气势雄浑,这与一个雄心勃勃的政治家和军事家的风度是一致的,真是使人读其诗如见其人。犹如触摸到了一位历史名人,诗人、政治家、军事家的曹操,面对洪波涌起的大海,他的心情一定会像沧海一样难以平静。他将心中昂扬奋发的精神,融汇到诗里,借着大海的形象表现出来。诗人丰富的想象,把读者带进了一个更加宏伟的境界,写出了天连水,水连天,沧海之大,写出了一幅吞吐日月、含孕星辰的大气派。

读完全诗,感觉既有对时光流逝功业未成的深沉感慨,又有收揽人才以完成统一事业的宏伟抱负,在忧郁之中激荡着一股慷慨激昂的情绪,很是通脱。后人评价曹公诗作语言质朴,气魄宏伟,慷慨悲壮,开启并代表了文学史上"建安风骨"的特色。

壮 歌

碣石山雄峙山海,夏日之景象也非同一般。1954 年,毛泽东主席在北戴河避暑,脚踏渤海之滨软软的细沙,向南远眺碣石山,挥笔写下了《浪淘沙·北戴河》:

大雨落幽燕,
白浪滔天,
秦皇岛外打鱼船。

一片汪洋都不见,
知向谁边?

往事越千年,
魏武挥鞭,
东临碣石有遗篇。
萧瑟秋风今又是,
换了人间。

  细读这首词,上阕写景,景中含情;下阕抒情,情中寓景。整体给人一种气象宏阔、壮歌抒怀的感觉,可谓追步雄豪诗风,并超越之。诗人仰观、前瞻白浪滔天,一片汪洋,运用化实为虚、以简驭繁的词句,突出风雨中的海天莫辨、旷荡无涯的景象,显示出一种寥廓深邃的宇宙感。此时此地此景,自然会遣人发思古之幽情,联想起一千多年前枭雄曹孟德策马扬鞭、登山临海的雄姿英发。词的结尾,以"换了人间"极大地表现了诗人与时代的胜概豪情,意味深长,将读者引向一个无限的时空。

  一代伟人毛泽东,一生偏爱曹操的诗章。"气魄雄伟,慷慨悲凉,是真男子,大手笔。"评价曹操具有"清峻""通脱"的文辞风格。据说,毛泽东故居藏有四种版本的《古诗源》和一本《魏武帝魏文帝诗注》,其中《短歌行》《观沧海》《龟虽寿》《蒿里行》等诗篇的眉边,主席都数次用红、蓝笔标示,文题与诗中密密圈画。"曹操是了不起的政治家、军事家,也是个了不起的诗人。"这是毛主席对曹操最为完整的一次评价。

曹操的诗,虽为乐府旧题,但内容是全新的,诗境是壮丽的,笔法也敢于大胆突破。作为建安文学的开创者,他的诗作始终没有脱离现实生活,体现了不受旧曲古辞束缚的新作风。我想,这些可能是毛主席给予高度评价的根本缘由吧。

二〇一六年十二月五日

开场白：致谢原住民

一

　　站在一架落地的地球仪前，纵观南太平洋及澳洲大陆板块，似乎可以看出，在远古时期，许是地质作用的巨大张力，使其与欧亚板块分裂、离群，漂移而孤悬。澳洲因而被称为最与世隔绝的大陆。恰恰由于这份空间的隔绝，才使部分生命类种得以幸存至今，诸如桉树属的植物、单孔目和有袋目动物。从这个角度，不妨思考一下现代文明与环境变迁的内在关系。

　　澳洲大陆向北，与印尼群岛间隔着一湾窄窄的海峡。猜测早先时候，会有不同的人类种族渡海南行，踏上澳洲本土，他们或皮肤棕色，身材粗壮，胡须浓密；或黝黑瘦小，鬈发蓬松。这些土著以此为家，经营与守护着这片陆地，自然成了这里的主人。可能与天气有关,土著们常年除装饰之外,一般少穿衣服,居住在圆顶低矮的棚子里,以原始的采集食物与狩猎方式而群居。土著大都以群体和家族组团的形式居住在一起,族群中一贯传承着具有较为繁杂的社会组织和礼仪生活。

有学者推测,早在六万多年前,在澳洲这片安静平和的土地上,一些土著就在这里繁衍生息,延续与维保这里的原始宗教文化生态环境。尽管没有文字记载,但许多地方,如北领地卡卡杜国家公园(Kakadu National Park)留下的岩画和传说,足以告诉今人这里曾经是土著们生活的乐园。在长期的生产劳动中,他们创造和发展了独具民族文化特点、灿烂多姿的土著艺术,还把这些奇思妙想绘画或雕刻在各种作品上。

直到近两百年来,这片土地的宁静被海上的巨炮所震碎,彻底打破了祖祖辈辈的生活平静,土著文化和社会组织破坏殆尽。十八世纪七十年代,英国"努力"号船长詹姆斯·库克率军在澳洲东南沿海登陆,这些殖民主义者视当地土著为低等种族,手执火枪强占了这片生长奇花异草的土地。土著们则缺乏有效的抵抗,几度被殖民者们肆意屠杀,似乎一夜之间就被投入地狱之中。白人殖民者登陆后野蛮地掠地扩张,土著只好放弃世代居住经营的家园,望风而逃,迁往人迹罕至的条件险恶的山岭荒漠之中,艰难为生。更具灾难性的是殖民者带来了大量的传染性疾病,使土著人雪上加霜。至二十世纪三十年代,生存于夹缝中的土著仅存七万人左右。

澳洲大陆随后转入了悲惨的殖民时代。为巩固殖民地,殖民者不惜用人类最残酷的、近乎灭绝人性的手段血腥镇压土著,恨不得让他们从地球上消亡,也使得古老的原始土著文化遭受到毁灭性摧残。

这些新登陆的移民,大多是通过拥挤的监狱船运到这里流放的囚犯,他们却摇身一变成了这里的主人,自谓澳洲大陆的开拓者。这似乎也印证一条生存法则:当以渔猎为生、靠果蔬为食的野蛮部落遭遇现代文明种族并发生冲突时,只能退离或消失。美洲的印第安人、南非的黑人、新西兰的毛利人无一不是如此。

二

二〇一三年秋天,我计划赴澳洲访学,由于父亲病重而未能成行。但此段时间我多渠道地了解澳大利亚联邦的历史,包括这段血与火的殖民史。作为中国人,之所以要不远万里,迢迢远赴重洋来到南半球,是因为其文明发达,是因为学习与借鉴,而不是特意来温习一段属于澳洲人的发展苦难史。

时隔三年后,我应邀赴澳考察。

澳洲这片孤悬的大陆,从飞机上俯瞰是比较平整的,起伏不大。我曾对同行人比喻,这好比是早餐吃的摊饼,把面和稀后在平锅上用铲子摊平,摊面时少不了会留下几条沟痕、几处气泡而已。但能看出,整个大陆的人烟浩穰繁华之处都临海近河湾,而北部、西部及中部几乎人迹罕至。据说内陆资源比较匮乏,区域生活质量的差异也由此可见。翻开地图细看,澳洲大陆四面临海,人们多集中在东南沿海地区居住,且中部地区大多是荒漠。当初澳大利亚大陆野生动物非常丰富,周围是茫茫的大海,不易为外族侵袭。这对人口稀少的土著来说,是一个得天独厚的生存天地,是天然的狩猎场和采集乐园。而在沿海地区,丰富的鱼类资源和肥沃的土地通常能够维持大量的人口生存。

体验了号称"文化之都"墨尔本的大都市风情后,我等一行要前往相对偏远的达尔文市。这是北领地的首府,其城市规模与人气甚至不及国内的一座小县城,然而这里却是世界著名的海港,我们到访的查尔斯·达尔文大学就在这里。前几年与该校开展国际合作,主要聚焦教育均衡发展领域。这是一个文化多元交汇的国度,虽各种文化根本大径相庭,但在这里都有了一个融合,一百多个国家与地区的移民、不同人种与肤色、不同语言与服饰的人们在这里共同接受教育、生活,非常值得借鉴与交流。

但遗憾的是,多元融合制度本身排除了当地的土著。因此,土著们不断举行示威游行,要求重新获得他们传统的土地所有权。大量的土著集会在维多利亚广场上,高高举起一面由黑、红、黄三种亮丽色彩组成的醒目旗帜。旗帜的上半部是黑色,代表深色皮肤的土著人,红色代表澳洲大地以及土著人与这块土地的密切关系,中央黄色圆形图案则代表着给予万物生命的太阳。这面旗帜成为土著人及其精神的象征。他们集合在这面旗帜之下,为重新获得自己的土地和应得的权利始终在不懈地努力。

三

濒临印度洋之滨的北领地首府达尔文,拥有天然的良港,素有"北方门户"之称。一八三九年英国著名博物学家达尔文曾到此考察,因而以其名命名。街道两旁棕榈树、橘红色蝴蝶花树和白色素馨花树蔽日成荫。这里是多元文化交融的典型区域,整个城市有七十五个民族,四分之一人口是土著。自十九世纪五十年代开始,华人纷纷拥入此地发展,城内还存留有中国寺庙列圣宫。

造访的查尔斯·达尔文大学,是北领地唯一的一所高校。这所大学重视国际交往,对我等考察团非常热情与重视,组织了一个像模像样的欢迎仪式,安排双方师生代表参与,活动既规范又富有特色。

我翻看桌上仪式的议程安排,紧凑而简约。仪式在掌声中开始,由盖瑞先生主持。盖瑞是老朋友了,他多次参访中国,曾与我深入地交流。他算是地道的原住民,据说他家有边长五十公里左右的方形土地,我曾笑称他是"地主"。盖瑞的母语是土著语言,他会讲英语,只是发音不太纯正,但在土著中又算是受过良好教育的代表。盖瑞曾对我说,他身上有八分之一的中国血统,大约其外婆的母亲是华裔。说到此,他诡笑一下,但感觉我们之间的关系似乎更进一层。

仪式给予主持人的开场白只有区区五分钟时间,我以为盖瑞肯定会讲一些欢迎词、客套话之类的。可是他一张口就不是这个腔调,而是讲述澳洲的主人是原住民,许多灿烂的文化均由原住民创造的。反复强调本地的文明繁荣是由原住民奠基,更重要的是这些原住民退让出自己的许多土地,成就了今天的城市,包括高楼、商场、码头、工厂和我们脚踏的这所大学土地。所以会议开始之前,他倡议大家要本着感恩之心,向为文明奉献的原住民致谢!

这些话出自他的口中,从那并不地道的英语发音中听出差不多的意思,中文翻译后,让我为之崇敬。而且在场的师生,特别是中国师生听到后都被他的演讲感染,认为这个致谢很特别,也有必要。

宝贵的五分钟,基本没有废话,却从内心表达一位澳洲人的朴实与感恩之心,我想这种朴素的表达方式一定是发自肺腑的,也是一种反思性的补偿式言谈。我看着此时的盖瑞,一脸严肃的表情,一副神圣不可侵犯之状,这让我备受教育:默默的奉献,并不意味着就是理所当然,收获其背后必然有别人的付出。我们不能视而不见,而盖瑞之举,是他发现后勇于表达出来的。教育是在传播科学与文明,教育更需要我们学会尊重、学会感恩。仅凭这一点,我这次考察访学就注定要学习很多很多。

四

由于历史原因,土著问题一直困扰着澳大利亚,实属最为敏感的话题。前几年,澳总理陆克文代表政府就土著自白人登陆百年来所蒙受的苦难做出了正式道歉,有些地区已经将土地所有权归还给了土著部落。如今,澳大利亚政府逐步将土著文化推到世界公众面前。正如一位作家所说,在澳大利亚,历史的丑陋不会被遮掩。不过要弥合历史的创伤,建成一个真正达成和解的社会,恢复土著文化的生机与活力,必然会是一个漫长的过程。

历经几万年、骨子里需要自由流浪的土著人,面对白人定居城市的规则,遵守新社会的价值观,反而让他们失去了生活的方向感。待土著人恢复了一些应有的公平时,时间早已过去一个多世纪,塔斯马尼亚州上的土著部落已经在浩劫中灭绝了。更多的土著人则经历了自然的考验、人性的折磨。万幸的是,尚有些怜悯之心的执政者为土著群体留出了一些自由的空间。居住偏远地区的土著人在一定程度上更接近大自然,城市化程度不高,却为这些土著居民保留了一些传统生活方式,定期还会有长辈向年轻的土著儿童讲述他们自己的故事,举行必不可少的仪式。

  结束此行考察时,达尔文大学回赠我们每人一份文创纪念品,一只手工彩绘的小盒子。打开一看,知晓这是土著的作品,里面还有一张印制的壁画缩影,反映北领地土著文化风貌。据说这幅土著祖先的壁画保存得比较原始和完整。存世久远的壁画,或许从中可以读出一些原始大陆的变化和故事。希望透过画面,能更加理性地了解土著与自然的联系,以及与白人的恩怨。

二〇一六年九月二十三日

伏波将军

研读司马迁的《史记》，便知秦王政胸怀天下。并吞六国、统一中原之后，又继续发兵南征北战，筑长城以拒外敌，凿灵渠以通水系，拓宽了大秦帝国的疆域。

公元前二一四年，秦朝军队挥戈南下征伐岭南，平定百越之地，并设置郡县，实行郡尉统管。然而时隔不久，赫然强大的大秦帝国大厦倾然倒下。据守南海的秦将赵佗趁机率兵据险占据岭南，以番禺为核心建立了自主的"南越国"。赵佗力推"和辑百越"的政策，也促进了汉越民族的融合，同时把中原地区的先进文化引入了南越之地，并以诗书而化国俗，促进南越地区文化发展与社会进步。

南越国在炽热的土地上延续近百年。中原此时已经易主了，作为中央政权统治的大汉帝国，关注着岭南土地的归属。直到公元前一一一年，汉武帝开拓疆土，发兵出征，一举歼灭南越国，并在其区域设"交趾部"，分治九郡。其中的"交趾""九真"和"日南"三郡，其范围位于今天越南的中北部地区。自那时起,越南区域第一次正式被纳入中国的版图。

一

赵佗主越期间,一直保持南越国的独立自主。他主张遵循南越人的风俗,自愿披发易服,拉近与越人的关系,同时引入与传播中原先进的文化,开启南越民智。种种举措,促进南越的社会经济发展,因而备受当地人民的尊敬。后世越南人把赵佗供奉为越南历史上第一个正式王朝赵朝的皇帝,开越南自称皇帝的先河。越南是东南亚唯一使用中文皇帝称号的国家,历代越南君主都仿效中国的君主使用皇帝名号。

这些只是形式上的模仿,然而越南经济与制度均为落后的地区,直到越南属汉管辖时,通行的依然是农奴制度。

东汉王朝管理这片土地时,是想把越南同大汉同治,因此要推行当时较为先进的封建制度。此举改革却遭到地方保守势力的大力抵抗,其实这是一场奴隶制度和封建制度之间的博弈。而这次较量,连带引起了"二征起事"。

"二征"是指征侧、征贰,这对同胞姊妹是麊泠县雒将的女儿。征侧的丈夫诗索,是朱鸢县雒将的儿子,一位保守的部落酋长,颇有势力。这两个雒将家族和当地一些权贵对东汉政府推行的政策不满,他们私自组织了反抗队伍自卫,准备"图谋大业"。

当地太守苏定执政,积极推行"中原化"革新,却在辖地被认为残暴不仁。由于封建统治政策的强化,固有的氏族部落制度面临崩溃的危机,雏侯、雏将均将失去他们原有的地位,引发了他们与中央王朝的矛盾。征侧的丈夫诗索由于拒绝放弃奴隶制度,被执法严明的太守苏定杀一儆百依律处死,这便成了直接的导火索,激引二征姐妹"为家雪恨",率领当地民众起事,发动叛乱。这是公元四十年春天发生的事。

征侧与妹妹征贰举兵起义,周边郡县的一些民众响应云集。从山区到平原,很快形成了一个群众性的起义运动,且起义军的将领中有不少是妇女。《后汉书》记载:交趾、九真、日南和合浦四个郡的"蛮夷"起而响应,许多蛮人、俚人都一起响应二征起义。

在二征姐妹领导起义军的攻势与扰乱下,东汉在交趾的封建政权几近崩溃。一些胆小的官吏惊恐万状,夺路而逃。起义军开始向平原进军,攻打东汉帝国在交趾的首府赢偻。苏定丢掉了城池和印信,剃光了头发和胡须,一路潜逃回广东。很短的时间里,二征起义的旗帜下就集聚了六十五个县城。征侧被推崇为征王,定都麋泠,且派兵镇守各处险要,准备抵抗朝廷。

然而此时的大汉帝国非常强大,北方匈奴基本征服,东边的朝鲜半岛北部纳入了大汉的乐浪郡,南方滇国被消灭,东越和闽越的越王都顺从了汉朝。统一的大汉帝国正进入其全盛时期。臣服于汉朝天子,被看成是一件天经地义的事。帝国统治者大力传播"大一统"的思想,普天之下,莫非王土;率土之滨,莫非王臣。但二征起事,却是对大汉帝国"平天下"权威的一种挑战。

二

得悉南越征侧称王的消息之后,汉廷朝野为之一震。光武帝当即下诏,令华南各郡制造车船,修筑道路、桥梁,储备军粮,准备重新征服越南。随即任命马援为"伏波将军",率领水陆大军南下。二万军队和二千艘车船水陆配合,沿海开进,长驱直入千余里。建武十八年春,马援率军抵达浪泊。二征从麋泠发兵阻敌,两军进行了一场激战。相对于王师,二征的军队力量比较薄弱,汉军攻破其军,斩首数千级,降者万余人。马援率兵尾追,乘胜追击,在锦溪一带再次打败征侧,敌众四散溃逃。次年正月,马援诛杀了征侧和征贰,传首洛阳。

民间传说的版本是,二征姐妹兵败,感到无望,投喝江自尽。

宜将剩勇追穷寇。随后,马援率领军队进击九真地区的二征余党,从无功一直打到巨风,平定了峤南。后来将三百多名囚首流放到零陵地区。

前后三年,越南重新回归汉朝统治。大乱要大治。马援每到一处,都组织人力物力为郡县修治城郭,并引渠灌溉田地,以利其民。马援颁行法律,与越人申明旧制,以约束之。马援还立下了铜柱,铭刻"铜柱折,交趾灭",警醒越人。从此以后,当地始终遵行马援所申法律,所谓"奉行马将军故事"。百姓还修建白马庙,供奉伏波将军。诸事平定后,马援率部凯旋洛阳。

《后汉书·马援列传》记载,马援封新息侯,没有自己庆贺,而是杀牛摆酒,犒赏将士。席间他饮酒一盏,对手下说了一段感慨深长的话语:

> 吾从弟少游常哀吾慷慨多大志,曰:'士生一世,但取衣食裁足,乘下泽车,御款段马,为郡掾史,守坟墓,乡里称善人,斯可矣。致求盈余,但自苦耳。'当吾在浪泊、西里闲,虏未灭之时,下

潦上雾,毒气重蒸,仰视飞鸢跕跕堕水中,卧念少游平生时语,何可得也!今赖士大夫之力,被蒙大恩,猥先诸君纡佩金紫,且喜且惭。

吏士听后,敬佩不已,皆伏地大呼万岁。在老百姓的心目中,马援将军已经是平乱安民、扬善惩恶的象征,因此,民间将马援奉为大神,认为供奉伏波将军可以保佑旅途平安。

为纪念马援平定叛乱,北部湾沿岸的人们纷纷为伏波将军建庙筑祠。始建于东汉建初三年的广西横县乌蛮滩头的伏波庙,是规模较大的一座。千百年来,历代封疆大臣、文武官员航船经过此滩,无不肃然起敬,纷纷在船头燃烛、烧香、鸣炮,向着庙内的伏波将军磕拜,而庙内和尚则撞钟回应,佑祝平安。

马援将军戎马一生。"男儿当死于边野,以马革裹尸葬耳。"当其六十二岁时,还主动向皇帝请缨,率将士攻打五溪蛮。不幸的是,马援将军在军中病故,被追谥为忠成侯。

充满了传奇色彩的马援,终以悲怆的一生谢幕,给人们留下了无尽的怀念。如今在北部湾、海南岛、雷州半岛一带还存留许多伏波古庙。每年农历四月十四为伏波将军诞日,上自左右江,下至珠江口,成千上万的群众从四面八方来到伏波庙,以进香、歌咏、舞乐等方式表达对伏波将军的崇敬和怀念之情。雷州半岛的遂溪草潭渔港的伏波庙,以门前的嵌字联表达对伏波将军的缅怀:

伏进南岭真固勇
波浮西海似流恩

伏波将军被雷州半岛人民供奉为神，除了平息叛乱的丰功伟绩外，也跟"伏波"这个封号有关。伏波平息，与渔民所需的"海不扬波"的心理需要吻合，于是当地人将其神化，成了海神信仰。同是雷州半岛，在东海岸，海潮每天涨潮和退潮两次，而在西海岸，海潮每天只涨落一次。据说，这就是伏波将军行军时喝令西海水退潮的缘故。在广西桂林漓江之滨有座伏波山，半枕陆地半插江。当地人们一直传颂"伏波山下还珠洞，宝珠久等叩门声"。马援南征时常吃南方薏苡，感觉轻身省欲，以胜瘴气。凯旋时，就运载了一船，准备带回北方作为种子。船经漓江，龙王疑薏苡为珠，便兴风作浪，最终将薏苡尽倾于此，所以称"还珠洞"。还珠洞内有块试剑石，为一自洞顶垂悬而下之巨石，距地面仅寸许，戛然而断，传说为伏波将军试剑所致，故整座山以伏波命名。我第二次前去桂林行游，下榻的宾馆恰在山脚下，每天早上起床打开窗户第一眼便见到伏波山，仿佛看到马将军伟岸的身姿，于是伫立，致敬。

三

人类社会的进步与发展，其社会制度的更迭是前进的标志。回顾历史，奴隶制度毕竟不得人心，汉王朝最终成功地扑灭了这一叛乱，伏波将军受到当地人民，尤其是解放奴隶的欢迎与拥护。此后的越南地区也自然地进入了封建时代，极大地提高了社会文明程度。这是文明战胜野蛮，是先进打倒落后的胜利。说到底，二征起事就是一场奴隶制度对抗封建制度的逆流反叛。

二征起事失败后，雒侯、雒将制度退出了历史舞台，东汉的中央统治延伸至边陲郡县。这是马援最重要的建树，并非仅仅体现在军事上的平定征服，而是把汉朝法律推行到交趾，传达帝国治理的意志，以巩固封建生产关系。这些举措与做法，促进越南基本完成了封建化进程。马援不仅平定了叛乱，改变了雒将把持各县的现象，家长式的奴隶占有制宣告结束，郡县制度得到了发展。还采取了一系列经济措施，对战后重建也起了很大的作用。交趾地区进入了封建社会的历史阶段，顺应了历史发展的潮流。

越南民间传说征侧、征贰二女甚雄勇，言及姐妹俩刀枪纯熟，还能力举千钧，自谓技艺无敌，想做南方女大王才有了后来的起事。这犹如历史评书上一些绿林好汉的故事。在我看来，历史上的二征姐妹，可以归类为江湖豪杰吧。

二〇一八年十一月十九日

大通和悦洲,繁华逝水

少年心事当拏云。二十岁刚出头,是人生梦想较多,且又近乎付诸实践的年龄。

书读之暇,掩卷生发了一腔心事——酝酿创作一部小说。起初谋划要写一部几十万字的长篇。小说的时间背景拟定在二十世纪三四十年代,抗战时期。而故事发生的地点则位于皖江中段的大通古镇。

或许是受当时风行的民国剧的影响,策划一群战乱环境下的青年人成长与报国的故事。我对于小说的设想,是边构思边动笔,曾暂以《大江东去》或《秋江南》为名题。那时的写作劲头颇高,每天对着电脑码字,小说初稿很快逼近二十万字。当思量如何推向高潮时,却在结构衔接与主题升华上出现了思路瓶颈,一时写不下去了。细细分析起来,发现起先预设的头绪较多,其故事的演绎又与相关史实矛盾重重,有些地方也难以脱俗,于是乎就辍笔搁置下来。隔了一段时间后捡起来翻看,反思不断,分析原委,归结其中关键的一点:一直没有亲临大通这片土地,没有真正地接纳地气。

写作是生活的体验,不能闭门臆想,切实需要行走与体验。再说,大通也是我童年至今一直向往的地方。

一

大通,古名澜溪,背靠长龙山,横枕青通河,沿江形成一条长长的集市,是一座颇有文化底蕴的江南古镇。

大通区位独特,顺江而下不远处有羊山矶屏障,伸入江心而砥柱中流。滚滚东流的扬子江水,不得不在此放荡不羁的野性,就此打了一个旋涡,改道自南向北的流向了。江流中大量的流沙滞聚江中,长年累积而形成沙洲,人称"和悦洲"。基于沙洲,与两岸二水中分,形成内侧夹江之势,江流阻缓。大通遂形成江上往来船只理想的泊岸栖息之所,成就了长江下游一处天然良港。

大通之名,源其四通八达之意。史志记载,唐初这里就设置水驿大通驿站。明朝政府在大通开设巡检司、河泊所、驿运站等管理机构,节制大江南北。嗣后,清廷在大通设立"纳厘助饷"的厘金局,并以盐卡专门征收过境盐税、厘金税及走私巡查。因而,大通以皖江最大的盐业和渔业为主导产业,云聚了南来北往的商贾过客。由于水运之便捷,与大通一水相间的和悦洲也渐成江心闹市。一时鹊江两岸商贸发达,帆樯林立,舟船如织。入夜依然人声鼎沸,灯红酒绿。待晚清开埠后,又加速呈现一派繁荣景象。是时,大通则已与名城安庆、芜湖、蚌埠齐名,跻身安徽四大商埠之列。

其实,大通与我的家乡枞阳一衣带水,一江之隔。家乡人提及大通,无人不晓。每天茫茫的江面上,有几多大大小小的渡船往返于江北江南间。"大通对王家套"是沿江一带坊间的一句俚语,即直来直去。王家套是江北一座小埠头,与大通隔江相望,两地交流频繁。

遗憾的是,少年的我一直对着江面远望,却不曾踏上那片土地。那时安庆与芜湖两埠间每日上下水对开的两班轮船,差不多午后时分要在这里交会。负笈芜湖求学的四年,每每江上行舟,途经大通时,都手扶栏杆仰望一番南岸石块堆砌高高的台阶。尽管我不曾踏临,但并不影响我心中对大通这座水邑繁华盛名的认同。

大通物产丰饶。邻近山区富含铜矿,南朝时期渐渐成为江南冶铸中心,为朝廷炼铜铸钱。大通还是长江海潮抵达的最远点,东海洄游的鱼类溯江而上至此产卵、孵化,这里形成江上著名的鱼市。我自小就知晓此地盛产生姜,汁多渣少、肉质脆嫩、香味浓郁,当地人腌制的糖姜甜辣有度,酱姜则爽口延津。受地方名医指点,我的哥哥少时曾独自一人渡船过江,慕名前往大通中药店为母亲配拣几服中草药。人们都说大通是南北通会之地,那里药材齐全,货真价实,享誉皖江。

二

地处吴头楚尾、南北通衢的大通,文人墨客多会于此。临江枕河,依山望洲,江南山水的秀色曾让许多踏足此地的诗人都陶醉其中。

由于长江在这里改变了流向,形成一个回水湾,又因江中沙洲阻缓江流,北面羊山矶天然阻风屏障,大通成了江上舟船的避风良港。

历代诗人贤达行舟江上,如苏轼、黄庭坚、陆游、杨万里、李刚、王十朋等,都曾有"阻风于大通"经历,也留下了不少如同《夜宿羊山矶》之类的诗章。北宋黄庭坚在《泊舟大通竹山》中描绘"柳暗花浓"的大通,明人李宗泗在《大通江上》中记载"沽酒有村垂柳锁,采樵无路落花封"的大通。而江西诗人杨万里,多次往返于京城与故乡,常常在大通避风歇脚,他笔下的《舟过大通镇》,既述说深秋时节江面风高浪急、过往船只险象环生,更是描绘了一幅水乡的渔罾图,以鱼蟹丰盛为鱼米之乡留下了生动的写照。

　　淮上云垂岸,江中浪拍天。
　　须风那敢望,下水更劳牵。
　　芦荻偏留缆,渔罾最碍船。
　　何曾怨川后,鱼蟹不论钱。

明代大儒王守仁曾不幸遇祸应诏入狱,廷杖四十,远谪贵州龙场驿。赶赴谪地途经大通,不巧遇大风,迫于江面风高浪急,无奈中只好将小船停泊在江边一处林木幽深的港湾,静等风平浪静。可这一等就是漫漫的一月有余。阳明先生等待中幸好每天有鸣声婉转的黄莺在枝头歌唱,又有从长龙山上流淌下来甘香清洌的山泉可以洗耳,时时涤荡世间给他污浊的名利声。置身于山间这高风亮节、虚怀容物的修竹间,他的心胸顿时开阔起来,因气傲苍穹而开怀畅饮。这段经历,留记于《泊舟大通》:

　　扁舟经月住林隈,谢得黄莺日日来。

兼有清泉堪洗耳,更多修竹好衔怀。
诸生涉水携诗卷,童子和云扫石苔。
独奈华峰隔烟雾,时劳策杖上崔嵬。

研读诗句,可以看出阳明先生舟泊大通时感受莺啭林间的欢乐,也反衬出他受谪的惆怅心绪。借景色明晦的变化,来抒发内心沉郁忧愤的情怀。但能从"清泉堪洗耳""修竹好衔怀"看出他表现得极为超脱,乐观之人能在困厄的时候依然怀有自在的情态。

听说硕学鸿儒阳明先生天降于此,大通周遭的儒生们个个都手携诗卷,涉水登舟,纷纷前来请教。而阳明先生随行的小童也忙乎不迭,为着这一场即将到来的文人盛会,在雾霭弥漫的早晨,清扫着山石上滋生的一片片青苔。王守仁正心系高出云端、奇秀万状的九华山,只是山峰为浓浓的烟雾所阻隔而无法远瞻。于是他拄着手杖,兴冲冲地登上长龙山,渴望远眺九华佛国的芳容,更是对理想境界的一份向往。

三

水流顺势,大通的江面自然形成一个弯弓形,缓流江心汇集成一片沙洲——和悦洲,如同一片落叶漂浮于烟波浩渺的万里长江之中。人们说沙洲具有灵性的,在水涨水落、岁月更迭的轮回中而形成。从多卷县志史料来看,和悦洲出水成洲估计是北宋年间的事。

和悦洲,当初人称荷叶洲。至于沙洲易名,坊间有多传说,其中夹带几分神秘,似乎是一种深藏于民间的隐喻。故事始于此洲的归属管辖权之争。自清政府在此驻水师、设盐务漕运,人流如江流,沙洲注定成为繁荣之地。而沙洲上各种商帮组织中,当数"桐城枞阳帮"的实力最强。枞阳人主张沙洲归属枞阳。其理由是上游的枞阳境内有座山名曰藕山,滨江水而生灵气,而传说新罗国王子金乔觉云游至此,借藕山搭脚,准备过江去九华山,竟不慎将藕山踩断一节藕头,顺江水漂至大通水面,生根于江中。沙洲初露形若柳刀,不断造化后,终"长"成似一枚硕大的荷叶,漂浮于江面,因此形象描述荷叶洲为藕山之根脉。此说虽然附会和荒诞,但在民间,带有神灵宗教的传说往往具有一定的蛊惑性与煽动性。

针对此说,江南人立刻聚众商议对策。于是他们打通关节,面见当时驻节洲上的水师首领彭玉麟请求将荷叶洲改换名称,以正视听。一代儒将彭玉麟闻知两地为地名为而争,便取"和颜悦色"之意,将荷叶洲谐音改名为和悦洲。并借此举出面调停,希望大江南北各帮同舟共济,当以和为贵,和谐共处,共谋发展。由此平息了洲名及归属之争。

此后,和悦洲之名沿用至今。

四

无数的史实确证,大通是座"雄踞江关,扼守天险"的军事要地。传说春秋晚期,吴楚两国争霸的"鹊岸之战"就发生在大通一带。镇压太平天国运动后,湘军、淮军的首领都看重和悦洲,曾国藩、彭玉麟均从军事和经济发展角度,在大通及和悦洲驻设了"大通水师营",设参将衙,练兵筹饷。

随着《烟台条约》的签订，大通辟为寄泊港，开始进入国际交流时期。至清末民初，在和悦洲的夹江北口，先后由李鸿章与徽商李辉廷联合兴建的"大通招商局"大轮码头、民族资本家虞洽卿投资兴建的"鸿安"大轮码头，轮船能上达安庆、武汉，下抵芜湖、上海。

和悦洲因水成邑。江上舳舻相接，交通发达；堤岸货栈如山，市面繁华。洲上人烟日渐稠密，外来人口会聚，小小弹丸之地竟集聚七万之众，三教九流亦纷至沓来，洋行、酒店、烟馆等随之应运而生，一座江心城市趋现端倪。其昌盛之状，前所未有。

和悦洲的管理者开始进行城市规划，陆续建成三条石板路面的街道，被称为头道街、二道街和三道街。头道街定位为大通的商业中心，商号林立，钱庄、酒楼、药铺、客栈、赌馆，各种大小行业一应俱全。当年大通邮政局、盐务招商局、裕和祥杂货店、同乐春酒楼、一品鲜酒家、蒋氏酱坊、大中华钟表店、何氏金店、夏氏膏药店等较为著名。二道街主要作为行政、税务、金融、报社、行会等办事机构驻地。警察局、电报总局、汇丰钱庄、女子学堂、八大商帮会馆、新大通报社、交通大旅社、鹊江饭店等分列其间。三道街靠北，则以市民寓居为主。沿街除建有城隍庙、土地庙之外，还散布着一些如铁匠铺、木匠铺、鞋店等与生活气息较浓的小铺门店。由于和悦洲上的屋宇多为徽派砖木穿枋的连体建筑，或茅屋毗连，谨防失火，彭玉麟便将与三条街横连的十个巷子的名字均取"三点水"为部首，分别为江、汉、澄、清、浩、泳、溁、洄、汇、洙命名，这里有三重寓意：一寓和悦洲商埠对水的重视与依赖；二寓以水克火，消灾祈福；三寓生意兴隆，民间传说聚水即聚财。当地士绅师从其意，而后对新增的三巷取名为河、洛、沧字巷，合称为"三街十三巷"，构成了和悦洲基本的城市格局。

清末民初的大通,呈现出前所未有的繁荣景象。一九〇〇年,孙中山曾经在这里发动了大通自立军起义,拉开辛亥革命序幕,打响民族资产阶级推翻封建王朝的第一枪。辛亥革命爆发后,安徽督军柏文蔚将临时军政府设在大通。这些史实确证与说明了大通在风雨飘摇的世变时期属长江流域的一座重镇。交通便捷的大通与和悦洲,其商贸和手工业也快速兴起,经济、文化异常活跃。且说入夜后,这里就是一座灯火辉煌的"不夜城",街上行人络绎不绝,茶楼戏院人声鼎沸,甚至新映的电影也几与上海、南京同步上映,博得坊间享有"小上海"之誉。

五

晚清以来,随着经济繁荣的同时,大通的文化事业也得到快速发展。辛亥革命后,安徽最早的白话文报纸《鹊江报》就诞生于大通,与《新大通报》和《大通日报》等报刊风行大江南北。大通及和悦洲上设有和悦京剧院、金城大戏院、惠芳大舞台和民众教育馆等文化活动场所。而最具影响与特色的文化活动还数一年一度的龙舟竞渡。

"初五驾龙舟,人人乐悠悠。鼓声震天外,竞渡鹊江头……"据说这段端午民谣在大通一带已绵延了千百余年。闻一多《端午考》记载,龙舟竞渡起源于长江下游一带。因居住江南水乡的吴越氏族都把龙视为祥瑞之物,并定农历五月初五为龙祭日,要以划龙舟的方式进行庆祭,这便是龙舟竞渡的最初由来。

大通之所以成为龙舟竞渡的发祥地,是因为楚国三闾大夫屈原曾与大通结缘。《楚辞·哀郢》记载,楚顷襄王听信谗言,将屈原第三次流放,放逐至吴楚交界处的陵阳。屈原顺江而下,从大通转道青通河上溯至陵阳。流放期间,屈原曾多次来到大通。可从《招魂》文中看出:

献岁发春兮,汨吾南征。菉蘋齐叶兮,白芷生。路贯庐江兮,左长薄。倚沼畦瀛兮,遥望博……湛湛江水兮,上有枫。目极千里兮,伤春心。魂兮归来,哀江南!

屈原每次伫立大通的江边,他都向西、向北伫望,怀想何时结束流放生涯,早日回郢报效国家。被流放的九年间,他奋笔写下了《离骚》《九歌》《九章》等著名诗篇,抒写自己对祖国的热爱和远大的理想抱负。

可屈大夫最终还是自投汨罗江了。这一天,恰与吴越氏族"龙祭日"巧合,后人便把每年的五月初五定为端阳节,以纪念这位伟大的爱国诗人。史料记载,以龙舟竞渡的方式纪念屈原最早始于隋唐年间。"棹影斡波飞万剑,鼓声劈浪鸣千雷。"唐代诗人张建封曾对其壮观的场面留作有《竞渡歌》。

大通人一直对鹊江上的龙舟竞渡情有独钟。一九二六年为庆祝北伐军进驻大通,鹊江上举办了规模空前的龙舟赛。长此以往,每逢端阳,大通都组织赛龙舟活动。这一天鹊江两岸人如潮水,江面上"百龙"齐飞,听鼓下桡,劈浪进击。争渡与观赛的场面极其雄伟、壮观,享誉长江两岸。年少时在家乡经常听说亲戚长辈专程去大通看龙舟,回来逢人描述场景,那是如何红旗招展,锣鼓喧天的大场面。而我的脑海里,也就勾画出一幅壮观的数龙竞飞的场面。

鹊江上龙舟竞渡,除了比赛的龙舟,还会有彩舟和看舟飘荡于江面。稳坐看舟的人非富即贵,比赛结束时,看舟上的人往往会拿出一些彩头抛到江上,或者放出一群鸭子,引起游泳健儿们浮水争抢,气氛热烈。彩舟大凡都装扮得花团锦簇,主要是增添娱乐气氛,有的艄公艄婆化装成丑角在船头做出逗笑的动作,有的船上有人扮"太白饮酒"或"白娘子水漫金山"。不过最惊喜的是船尾的"吊梢",两根长长的竹竿斜指天空,竹梢头再交叉绑在一起。"吊梢"者就在这两根竹竿上表演惊险刺激的动作,譬如"蜻蜓倒立""倒挂金钩"等,一时江上喝彩声不断。

鹊江擂鼓唤诗魂,屈子凌波一笑温。龙舟竞渡的习俗,表达了人们对爱国诗人的深深怀念,也体现了大通人为了实现向往目标不屈不挠、不懈追求的表现,因而具有强大的生命力,从古至今,世代相传,经久不衰。

六

大通位于青通河与长江的交汇处,是深入皖南腹地的重要口岸。作为佛教名山九华山"头天门"所在地,大通境内的青通河是香客前往九华山朝山礼佛的通道,也是明清时期徽商经营长江沿岸的主要商道。旧时皖南山区的铁路尚无,公路甚少,小道崎岖,交通不便,徽商运货大都从大通港进出。所以大通一直是长江沿线重要的商埠码头与商品集散地。尤其是徽州商品多云集于此,甚至有人说,大通算是徽州的一块"飞地"。

大通作为"寄泊港"对外籍轮船开放后,海外商品开始大量输入,本地自给自足的自然经济遭到冲击并逐渐解体。这却使大通及和悦洲因之鼎盛,带来了畸形繁荣,一时港湾内千舟引渡,樯桅如林;两岸店铺林立,人口暴增,物流贸易及工商业、手工业得到进一步扩大和发展,形成当时长江沿线不多见的新型城市雏形。

随之各类商贸行业纷纷兴起,各种帮会也曾盛极一时。那时清廷虽设衙门治理,但市面上以强凌弱,欺行霸市,角逐相争,斗殴不断。许多旅通人士自生乡谊情感,渴望同乡成帮,保障经营,不受欺凌,渐渐形成了区域帮会。大通帮会最鼎盛时发展为八大商帮,一曰两湖帮,为上江的湖南、湖北人;二曰金斗帮,多为庐州人;三曰大邑帮,主要是安庆府人;四曰新安帮,即徽州商人;还有皖南的泾太帮、旌德帮、池阳帮和本帮。

大通的各帮组织自成体系,设有帮会章程和组织机构,每逢过年过节都要聚会,烧香磕头,饮酒叙旧。八大帮会还每年一度聚集召开商帮大会,即赛会,形成了独特的鹊江风俗文化现象。赛会一般选择秋后举办,届时上达武汉,下至宁沪,南至徽州,北及沿淮一带,无不闻风纷至沓来,一时三街六市人流如潮。各家商店为招揽来大通采购的会客,竟在店门前搭出看台,以供他人饱览盛况。"出会一年,各店所获其利,纵两年经营所不及。"金斗帮为展露彪悍朴直的风情,赛会上阵势动人设计独特,有高达一丈二的高跷队,演出杂色戏,唱做动作,如履平地。秋千架上的四个小孩,艳妆笑貌,一路旋转翻绕不断,精彩玲珑,人们形容其"观之则不舍离去"。还有泾太帮的驴子会、大邑帮的龙灯会、池阳帮的财神会,各有各的擅长之处。本地帮每逢节庆,戴着鬼脸壳子唱傩戏,从此纪念屈原形成了会风良俗。

大通的帮会在对外竞争中保护同乡权益,对内还发挥调解功能,处理纠纷,以求伸张公理。外乡人如果遇到困难,往往首先想到的就是找帮会,同乡会可留一宿两餐,并助以川资。两湖帮还创办了创善堂小学,鼓励与帮助本帮子弟读书,扩大了帮会的社会影响。

七

作为一座千年古镇和滨江通商口岸,大通地区的佛教、道教、儒教与西方的天主教在此相互影响,兼收并蓄,形成了独特的开放、包容的大通文化。

佛教在大通最具影响。大通距离佛教圣地九华山不远,也是长江沿线进谒九华山的重要驿站。大通寺庙多达十处,最负盛名的是大士阁。相传唐开元年间,新罗国王子金乔觉不远千里来九华悟道修炼,终成地藏菩萨,曾途经神椅山落脚休息,大士阁即为九华僧人追慕而建,顺治皇帝御赐为"九华山头天门"。当地人说,大士阁是朝拜九华的源头,因而终年钟磬梵音不绝,如今仍以"礼佛九华山,先拜头天门;不拜头天门,心诚也不灵"享誉佛界。光绪年间编订的《九华山志》显示,大士阁作为九华山七大丛林之一,其中绘有"九华山东南第一天台胜景全图",被列为九华一景。

此后大士阁成为迎接十方僧俗朝礼九华必经此地,香火兴旺。山门前有一联甚值玩味:

未上九华先朝大士
抛开六欲自见如来

大通开埠后,洋人先后前来建立教堂,传教布道。方圆十里内竟拥有西班牙人、英国人、德国人、美国人修建的四座教堂。其中天主公教会创建于一八七二年,由芜湖洋码头总堂创办,当时在圣堂旁侧立起标志性建筑——大钟楼,成了全镇建筑的制高点。钟楼呈四方立柱形,高耸的圆形拱门,上下三层,其用料考究,坚固雄伟,高高地屹立于长龙山"西瓜顶"上。登临其顶,鹊江两岸一览无余。日寇侵占大通时,传教士们纷纷逃走。岁月变迁,如今只剩孤立的钟楼,与大士阁遥相呼应,见证了东西方文化的融合。

光绪晚年,美国人在和悦洲上建立了圣公会,创办了和悦小学和中学。由此看来,教会的发展,客观上影响与促进了当地教育发展。商务印书馆的《黄炎培考察大通教育日记》记载,民国初年,黄炎培先生考察大通时,大通教育事业相当发达,共有大通中学、大通女子学堂等各类学校十几所,驻地教堂附设学校也有几所,如美国教会创办福音堂小学、西班牙教会创办天主教学堂、英国教会创办圣公会学校等。黄炎培考察结束后便向国民政府建议在和悦洲上官办一所中学。一九一四年秋,"国立第十六中学"建立,后因日军入侵而迁至四川永川办学,在大后方坚持"为国育才"。抗战胜利后,国立第十六中学迁回大通和悦洲,而后遭遇水灾又搬迁至铜陵城区,易名"安徽省立铜陵中学"。

八

春雨绵绵,天略放晴,与朋友相约驱车前往大通,名曰"踏青"。其实,跨江而来,寻根访古,就是想汲取一些地方元气,为自己的小说创作找点灵感。

车轮轻轻碾上青石板铺就的街面,临街两边的多是小瓦屋面,耸立着马头墙,延续着徽派风范。开门下车,目及此场景,似乎已远离了这个时代,恍如隔世。独自步行在澜溪老街的石板路上,两边街景破败,许多老商号、店招的标志依稀可辨,但多为人去楼空。尚有几处店铺没有歇业。理发店、制秤店和渔网、藤艺编织等传统手工艺还在苦撑着旧日的繁华,整个街面一派萧索模样。废弃、紧闭、坍塌的房屋,质朴的门庭,散发着苍凉的气息。两边颓圮石缝里的蒿草过膝,目及如此,心中是难言的,难道这就是闻名遐迩的大通?这就是曾风华一时的澜溪老街?幸好尚在春天里,地上有几丛零星的油菜,鲜黄的油菜花呈现了生命的亮色。

铺子里的经营者或居民还是那样淡定、自若。一番询问,知晓这里经年水患,古镇原居民大多已整体迁移了。可惜我未能目睹小镇繁华之盛状,却体验到另一番感觉。离开这里,我望着还算平整的石板路,几根兀立废弃的电线杆,矮墙里芜草丛生,让人沉静、深思。昔日繁华的大通老街,留下的是冷清,是黯淡……任何事物都有繁华的一面,终有衰落的时候。

走近江边码头,望着水波涌起的江面,对江就是和悦洲。一艘渡船正拖着尾浪横渡而去。伫立渡口,迎着微微的江风,我一时没有决定是否渡江,听说那里也早就繁华不再了。

不想渡江去和悦洲。我大抵知晓那边的状况,无法想象这片江中孤地,当年商贾云集,帆樯林立,一派万家灯火的繁盛景象,就是抗战期间的那一把大火,把"小上海"和悦洲化为灰烬。不忍心看到那里只剩下一片断垣。在我心中,总想留住传说中的一派绮丽,悄悄地它把写进小说,让故事始终不掺杂那份荒凉的没落。

九

当年人们花费心思给每条街巷都以水字旁的命名,可惜还是没能阻遏这一场大火。其实远不止有火,加上长江洪水泛滥,水火交加,从此,和悦洲元气大伤,连同千年古镇大通一起走向衰落。

如今,和悦洲上的三道街,每一条街都几乎废弃,一派破败荒芜的模样。漫步空落落的街道中,旧日老商号、字号标识依稀可见。悠长的大街两旁,难以找到一幢完整的建筑,鳞次栉比的则是惊心动魄的残垣断壁、没有屋顶或门窗的阁楼和店铺、长满青苔和芜草的门庭院落……唯一完整的是麻条石铺就的街道。目睹残缺的老街,迎面而来就是一种凄怆感。一步步走近它们,触摸着斑驳的旧墙和砖石,又仿佛听到了无声的哭泣!处处杂草丛生,默默无语地看着那破旧木门上斜挂着历经风雨的门锁早已锈迹斑斑,主人估计许久未归了。

阳光之下,那些徽派的封火山墙已成残缺,那些曾经美丽的飞檐翘角和镂花窗台孤寂地耸立在街道两旁。老街尽头蒿苇没膝,野花点点。走着看看,渐渐地竟然感觉些许惶恐,神情也变得凝重起来,连脚步都不由自主地很轻很慢,甚至不敢放声高语,生怕因我的造次,惊扰了这条沉睡老街的繁华旧梦。梦中那个昌盛绮丽的和悦洲消弭了,留在记忆中的惋惜与悲凉,让人感喟岁月的沧桑。在历史的变迁中,遭受战争的炮火、水患的吞噬,盛极而衰的和悦洲与大通古镇,以及时代浪潮的淘汰,已经沉沦、落寞,在人们的记忆里成了逝去的风景,空留那座在风雨中飘摇的老街供后人凭吊、感叹。

江边的荻芦随风摇曳，江涛拍岸，大块的沙土被江水冲刷崩塌下来，又随浪涛裹挟着奔涌而去。这由江水冲积而成的洲滩，同时也经受着江水的侵蚀，似在一遍遍地讲述着这片土地有关兴衰的因果轮回。和悦洲原为荷叶洲，一叶浮荷，也许在命名之初就已注定了其风雨飘摇的命运。和悦洲因交通而兴，又因交通而衰。兴始于大通得天独厚的水陆便利条件，衰落也是缘于交通工具的更迭以及生活节奏的加快，其通衢枢纽地位的淡出、丧失，是社会发展的必然。看来即使没有那场大火和洪水的困扰，大通和悦洲的衰落也是迟早的事。时势造就了大通和悦洲的鼎盛，同样，历史车轮滚滚也在摧枯拉朽，大通和悦洲落伍而致萧条和衰败。

沿着长长的石板路，轻轻朝码头廊坊走去。偶尔路过一家低矮的院落，女墙后的一株粉桃灼灼开放，还有人戴着草帽锄草于菜畦间，可能这就是废墟江河日下存留的一息。

江面上太阳高悬，远望沙洲深处，野鸥翔集，绿意弥漫了整个洲原。沧桑变幻，如今的和悦洲本真地呈现出淡雅恬静的田园之景、淳厚古朴的民风。也许，我笔下那部小说的收尾部分，缺的就是这丝感觉。

二〇一八年九月十三日

一号别墅

小寒时节,午间好友相聚,以季节更替、岁月静好为由,围坐于临河的兰宫酒廊里,小酌几杯。酒生暖意,脸颊红红的,微晕中滋生一份万事空的淡然。趁着煦煦的冬阳,又漫无目的地一起驱车来到西郊的董铺岛。

清静、幽然的董铺岛,实为一条狭长的半岛,自西北向东南伸入蜀山湖的水中央。十年前的春天,几位年轻人结伴前来这里踏青。东风起,站在湖滩上放风筝,算是绝佳之处。那时青春年少,心情激荡,喜欢眼前的一湖清水和两岸满目的翠绿。同行人说,这里连湖岸边的泥土都是洁净的。此话一点不假,长年被浪涛拍打湖岸而裸露的一片片泛红的土壤,净澄可爱。玩至开心处,大家席地而坐,凝望湖水在风中兴波,将一叠一叠的白色浪花推至岸边。

如今正值冬天,岛上显得萧索多了。车子歪歪地碾过一条不宽的沙石路面,路边的树叶差不多落光了,一树树光秃秃的枝丫在风中挺立着。只有几株松柏坚持着绿意,倔强地对抗着一袭袭寒风。湖滩低洼处的丛丛苇草早已枯萎,长短不齐的苇秆上的芦花都早已飘尽,只存留一些细长零乱的苇叶与芦穗依然在风中飒飒。

湖面平静,北风阵阵微起波澜。放眼不见行人,入目处只有几只灰色的水鸟,停驻在岸堤高树的枝头上。沿湖随意走走,脚底下不时地踩着凌乱断折的芦秆,咯吱作响。

岛的东南方向,矗立几幢二层的小楼,一律以红砖砌成。走近后才知晓,其中最东边的那幢大门虚掩的被称为"一号别墅"。原来,这些红砖小楼背后蕴藏着一段鲜为人知的往事。

关于一号别墅,还得先从一个历史人物说起。

曾希圣,新中国成立初期安徽省委第一书记。据说曾氏早年参与创建中共中央军委情报局,当时也称二局,并任首任局长,多次截获破译国民党军队的无线电密码,为红军反"围剿"作战和长征的胜利做出了卓越贡献。到达陕北后,毛泽东主席称赞:"没有二局,长征是难以想象的;有了二局,我们就像打着灯笼走夜路。"曾希圣在党和红军的生死攸关时刻立过大功,深得毛主席的信任。

一九五六年党的"八大"后,曾希圣请求毛主席视察安徽,并向中央申请将党的九大会址放在合肥,言及合肥具备召开全国性会议的条件,特别是西郊水库周边环境静幽,可建成大型会议中心。为提前做好筹备,他还通过叶子龙等了解到毛主席的一些工作和生活习惯,比如不住楼房、喜欢夜间读书、睡硬板床、爱看史志,等等。根据这些信息,他开始精心地做好接待准备。

正当精心筹备时,不巧时逢三年困难时期,国内经济十分困难。策划在西郊水库中的董铺岛上修建的大会堂、报告厅等项目依然一一上马,与之配套工程也相继开工。曾希圣还亲自指挥和监督,在湖东临水幽静处先建起了几幢别墅,作为会议期间主要领导的住地。据说,其中一号别墅就是专为毛主席预备的。

但后来由于自然灾害,中央取消了大会在京外召开的决定,才使董铺岛上安静如初。

弹指一挥间,五十多年过去了。走进这些闲置数年、斑驳破败的屋舍,无论从建筑结构,还是内部装潢,今天还依稀看出当年的精心打造,感受到设计用心与选材讲究。

站在别墅外侧,我细细打量,这红砖黄瓦的别墅建筑在冬日的暖阳下愈显温和壮美,也泛有丝丝辉煌的影子。门前楼后,围植的四季常青的雪松与女贞树都长势很好,粗壮高大,好比一排排站岗的哨兵,显得肃静、俨然。

如今这西郊水库早已更名为蜀山湖,湖中的董铺岛建成了中国科学院合肥分院,作为国家重要的科研基地,成为名副其实的科学岛。安静的岛上遍地都是高科技研究,国家重大的攻关项目一个接一个,科学岛成为诸多具有国际领先水平的研究成果诞生地。

春天再访科学岛,发现一号别墅也悄然换装了,改建成了一座现代科技馆。向东一望,芦笋遍地,湖水荡漾,这里如一地保持着那份宁静。

二〇一四年十二月三十日

南澳望东沙

一

趁着春节假期,驱车串游于闽南、粤东的沿海一带。

一路上望海赏景,又尽享美食。早早听说过潮汕牛肉之美味,吸引着我及全家一行从漳州出发,驾车三百多公里赶到汕头。黄昏时分,在汕头一处旧巷口排队候座,虽较漫长,却幸福地品尝到了正宗的"八合里海记牛肉"。潮汕美食名不虚传,堪称一绝,即便一大钵潮州粥,也是让人扒拉着吃光,粒粒难舍。

品尝美食之余览美景。来到滨海城市,自然还是选择看海,目标锁定在粤省最大的离岛——南澳岛。南澳岛距离汕头市区不远,一座长堤式跨海大桥把海岛与大陆连在一起。海岛上交通纵横,除滨海观光的环线,还有中间交叉的十字形干线公路。看到海滨大道沿途的车辆拥挤之状,我想抄条近路直接插到最东边,就决定选择行驶岛中的路。但平时看惯了平面地图,没想到一条看似平直的路面,上下落差竟有百米之多,让人驾车时都不敢相信一直在踩着油门爬坡。原本沿海路边是晴朗的天空,可驶入山中取直的一条道路,却让我们仿佛登上了天宫一样,一下子车子就冲入云端,且山上云团弥漫,车辆行进中似乎什么都看不见,让人不寒而栗。事后才知晓这座果老山垂直落差大,相当险陡。车子过了山巅,途经一林场后拐弯下坡,这坡一直向下,车子几乎停不下来,那情形平生不曾体验过。

嗣后,我概括了一下海岛上的交通,如这山间的一条路,平面测距的路程与实际大相径庭。其实,车子是翻越这座果老山,一上一下近乎曲线,又增加了不少里程。回想初中数学的三角函数计算,就是解决这类实际问题的。这次行车的时间、油料都没有节省,唯一好处是路上几乎无车辆交会,若沿滨海观光大道环行,肯定会拥挤不堪。

南澳岛孤悬海外,其实这里是东南沿海一带商旅交通的经泊点和中转站,区位优越,有"海上互市"之誉。岛上人文丰厚,史载南宋景炎元年,因南下的元兵进逼,礼部侍郎陆秀夫和大将张世忠等护卫宋少帝退经南澳,驻跸澳前村。为保障军民用水,据说当时挖掘有供皇帝、臣工和将士兵马饮用的"龙井""虎井""马井"三口井。如今看来,这些古井位于东南海滩,虽离波浪滔滔的大海仅隔数步,但井内清泉不绝,井水甘甜,甚至久储而不变质,故被称为"神奇宋井"。

南澳岛上现存蜚声海外的闽粤总镇府,始建于明万历年间,这也是全国唯一的一座海岛总兵府。当年郑成功驻节闽地,曾在岛上高举义旗,招兵买马,为进军台湾动员备战。民族英雄黑旗军领袖刘永福也曾任南澳总兵官。南澳总兵府自康熙二十四年(1685年)起,负责闽粤二省及台湾、澎湖海防军务,成为台湾是中国不可分割一部分的重要历史见证。

岛的东边为青澳湾,新月形海湾边新建了一座北回归线广场。这是太阳光线直射在地球上最北的界线从此穿过。广场中间矗立的标志塔也称"自然之门"。该塔设计采用汉字"门"字进行演变造型。每年夏至日正午,当太阳直射北回归线时,日影将穿过上方圆球中心圆管,投射地台中央,浮现出"立竿不见影"的自然奇观。可惜时值初春,阳光无法呈直射之状。

脚下金黄色沙滩绵延海边,海天一色。远处海浪有节奏地冲过来,拍打岩礁而水雾弥漫,那场面非常壮观。迎着风浪,向南远眺,南海深处的海平面白浪滔天。海风吹乱了我的头发,胸前的衣服伸缩带随风飘起来了。我思索着,这无边无际的大海,假如一直向前驶去,会是什么地方?于是随手打开手机上的高德地图,一看便知南偏西向是东沙群岛。但究竟有多远?带着这个疑问,我坐在路边小食摊上,一边品吃渔家现做的鱼饼,一边向看上去年岁较大的老爷爷发问。满脸饱经风霜的老爷爷一口潮汕话,但我能听个大概,大抵是说向南几百里外就是东沙岛。以前这一带老渔民们出海捕鱼,若遇上台风大浪,会驾船泊靠在东沙避风添水。

二

早在魏晋时期,东莞一带的渔民经常到东沙群岛附近海域进行捕捞活动,可能此地盛产珊瑚,人们惯称"珊瑚洲"。清乾嘉年间,厦门的陈昂、陈伦炯父子,两代航海人花费数十年心血精心著作一本

《海国闻见录》,就曾以"天下沿海形势录"以及"四海总图"对南海诸岛进行记载,文称东沙群岛为"气沙头"。而"古航海图"称东沙岛为南澳气、气头沙等,沿海渔民以其形态而称为月牙岛。岛上椰树挺立,天然植被茂盛。如若能鸟瞰,这里其实是一组美丽的环礁。

东沙的沙,白得晶莹剔透、洁净亮丽。其实,整个东沙岛几乎由贝壳及珊瑚经年堆积,随着海浪的递推而形成。这些白色的细沙,难以看出是贝壳经海水冲刷分化后的产物。东沙岛没有丝毫污染,也无光害。夜幕降临,天上的星星像长出眼睛似的一闪一闪地发亮,这是一处难觅的人间净土。

明清以来,这里一向是大陆渔民出海捕鱼时避风的重要港口。尽管东沙岛本身面积不大,但其和周围几处暗沙共同构成了一个巨大的环礁湖。每当海上波涛汹涌之时,环礁湖中却平静得如内陆湖泊,因而大量的渔船前往此处避风,组成帆樯林立的壮观景象。大陆渔船经常来此避风,或补充淡水,给东沙岛带来了人气。甚至还有渔民住岛生产,岛上开始出现具有中国文化特色的庙宇和墓地等建筑。其中,广东渔民建造的海神庙和被称为"兄弟所"的海员墓地是岛上的两个标志性建筑。

三

东沙富饶,且地处战略要冲,西方列强一直觊觎这片美丽的岛礁海域。甲午海战后,《马关条约》割让了台湾澎湖,然而得寸进尺的日本人又开始窥伺东沙岛。

光绪二十七年的秋天,一只日本货船由高雄经南海驶向马六甲,航行中遭遇恶劣天气,船上的日本商人西泽吉治等人随风漂流,历经九死一生,幸运地搁滩而登上了东沙岛。这位嗅觉灵敏的商人发现岛上覆盖着富含磷质的鸟粪层,实质上是天然优质的肥料,可谓宝贵的矿藏。

因祸得福的西泽吉治随后纠集了200余名日本的浪人和商人,登上岛修筑房屋、码头、铺设轨道,毫无顾忌地盗采岛上各种资源,将磷酸矿和海带、海人草、玳瑁等海产品源源不断地运送到日本,并且企图长期霸占这个岛。

由于交通不便、信息不通,千里之外的南海东沙岛发生的事情,晚清政府及广东管理当局却一无所知。

光绪三十四年,作为海上帝国的英国为了规范海上航行,欲在东沙岛上建置灯塔,但考虑归属问题,将日本人西泽吉治占据东沙岛的消息通知了中国,引起了国内舆论界的强烈反响。

当时的清廷内部阶级矛盾十分尖锐,社会酝酿重大变革。清政府迫于舆论压力,迅速对东沙主权之事做出反应,海岛归属问题也迫使清廷正视海疆与海防。

奉命与日本人进行交涉并据理力争要求归还东沙的大清高官是端方。他一面与日本人进行交涉,一面安排人员对东沙岛的情况进行实地调查。

两广总督张人骏调查东沙岛归属时发现面临两个颇为棘手的问题。一是中国古代的史书中,通常只记载陆上领土的情况,却很少有关涉海上岛屿所属权的描述,这一点在即将谈判东沙所有权时显得缺乏足够的历史依据。另一方面让人更为惊讶,海军派出舰只前往指定的东沙岛察看岛屿时,却惊诧地发现,根据中方海图上所标示的东沙岛的经纬度,到达那里的军舰报告此处只是一片汪洋,毫无岛屿的踪迹。

东沙岛竟然在一片激烈的舆论争议声中悄然消失了。时任广东水师提督的李准,却以更为务实的态度,深入民间,通过与渔民、疍民交流进行了深入调查,最终的调查结果证明东沙岛确实存在,而且潮汕一带的资深渔民能够指出其方位。端方也私下根据西方外交人员提供的经纬度,重新在海图上标示了东沙岛的具体位置。

依据充足,李准开始组织海军前往东沙,海军统制萨镇冰派遣当时海军最优秀的快速舰艇——德国造的"飞鹰"号驱逐舰前往粤东,编属李准麾下前往东沙岛进行调查。

李准组织"飞鹰"号和"广海"号军舰悄然抵达东沙岛,举证了日本人在东沙岛上盗采磷矿和建立非法标识的事实,驱逐了在东沙岛上活动的非法入境人员。日本浪人与开采人员猝不及防,乖乖束手缴械。清军在岛上升起了大清黄龙旗,东沙岛主权收归中国。

后来中日双方为此在北京、广东经过多轮谈判。由于张人骏和李准等人潜心搜集证据,在若干笔记文献中找到了相关东沙岛的记录,证明东沙岛是由中国人发现并长期使用和管理的岛屿,从而迫使日方承认了中国从历史上对东沙岛的管辖权。

这块归属广东省惠州府仅有不到两平方公里的小岛,却控制着南海门户,区位险要。这次东沙岛维权行动,显示了晚清政府对海上权益的重视,一举将岛屿收复。这点在中国海洋权益史上,应属被大书特书的事件。

时隔百年的这段史实,令人值得回味的是,清政府当局解决东沙岛主权问题的几个关键人物,如端方、李准素来被称为"镇压革命党人刽子手"。但这些大众眼中视为朝廷的"鹰犬",却不影响作为一个中国人的敬业与爱国的行为,在东沙岛主权问题上,他们的表现却极具民族气节。

如今的东沙岛上绿树苍翠,一亭一庙引人注目。伫立树丛中那座长青亭前,可感受"沙坡云树象万千,独颂南疆不朽年"。庙为大王庙,祀奉"南海女神"妈祖。后来传说曾有一尊关公像随独木舟漂流而来,如此神遇,怎不叫人毕恭毕敬?岛上供奉的关公神像,威风凛凛,法相庄严。庙柱镂雕一副对联:

赤面秉赤心骑赤兔追风驰驱时无忘赤帝
青灯关青史仗青龙偃月隐微处不愧青天

二〇一六年二月十一日

辑四

阅历

脚步走不到的地方

心可以到达

白描三国

书架上新添了一函书,上海人民美术出版社新版的连环画《三国演义》,一套六十册。这套经典重现,依然秉从原版的开本式样,依然坚持传统的蓝底开光封面。前几天恰逢世界读书日,作为一份礼物,名义上购置送给女儿,其实是为自己了结一个夙愿:拥有完整的一套三国。

新版三国,保留了原版画作的精华,用纸考究,印制精美。自书取回那天起,我就手不释卷,甚至在枕上、厕上、车上亦是如此,不到一周的时间,便完整地通览了一遍。温故而知新,也好比旧梦重逢,再一次切入童年美好的回忆,重新当一回"三国迷"。

一

迷恋三国,最初源自父亲的故事启蒙。

童年时代,身边的文化生活设施较少,而最为朴素的读书、讲故事,则成了一种乐事。父亲爱读古典小说,也热衷把其中精彩的故事讲给我们听。

记忆犹新的是,知了声声的夏日傍晚,父亲一得闲,总喜欢靠在一张竹制的躺椅上,阅看一部厚厚的《三国志通俗演义》,文字竖排的那种旧版书。那时我六七岁,字认不得几个,但喜欢抱着书翻看里面的插图。传统古典小说书中插有一些人物绣像,多以白描的方式,将人物形象栩栩如生地勾画出来。印象里那卷厚书中,有"吕奉先辕门射戟""古城关公斩蔡阳"等精彩画面,这些白描虽寥寥几笔,却相当地传神,动感十足。简略的画面基本上可以清晰、概括地定位人物形象,也描绘和交代了一些故事发展的场景。

父亲喜欢掩卷讲一些三国经典片段,如草船借箭、赵子龙单骑救主、张辽威震逍遥津等等。通过他绘声绘色的叙述,我与小伙伴们似乎置身那时那地的场景,不时发出一阵阵惊叹与唏嘘。久而久之,我们都爱上了三国,时不时缠着父亲讲上一段。而平时在家中被分配家务活时,我就提附加条件,那就是边干活,边由父亲在一旁讲三国故事。听了,看了,有一些积累,就可以交流探讨了,心中疑惑与好奇的问题一个接一个,父亲不厌其烦地一一答疑,还与我们一起剖析。迷恋三国的那一段时光,成了童年美好的回忆。

二十世纪七八十年代,大人们茶余饭后的谈资常聚焦于戏曲评书,少不了关涉三国话题。经常是一群人聚拢于村口大树下、石桥边,有人阔论,有人附和,有时争论得吐沫横飞,我却听得津津有味。家族中有一位老长辈,一生钟爱三国,在地方算是知名的三国通。老长辈言必谈三国,他既能引用书中的原文,又能以白话释解,甚至还能结合时事杜撰说辞,使故事更切合听众的口吻与期待。他平易近人,热衷把三国故事讲给孩子们听,还经常设问,抛出譬如"诸葛亮一生骑过几次马"之类的问题,让我与小伙伴们面面相觑,一时答不上来。现在看来,回答这个问题确实不简单,需要完成整本书的阅读,纵贯全书进行统一回答。

世人皆将罗贯中的《三国演义》列为才子必读之书。小学毕业时我就尝试通读全本三国。虽然我对这类半文半白的表述不太习惯,难以完全理解,但最终还是读完了长长的一百二十回。邻居有一位盲人,酷爱三国,特别想深入掌握原著中的一些细节。但苦于阅读障碍,于是他邀我捧着原著逐段读。我边读边揣摩其意,还不时释以现代语言进行讲解。因而这一年寒假,我俩经常坐在墙根,一边晒着太阳,一边研读三国。这种阅读,更是交流与答疑,让我增进了对原著的理解,加深了对古典小说的热爱。

读书重在分享与交流,这也是提升阅读能力和检验阅读水平的一种方式。父亲常与我交流探讨三国,一直鼓励我把三国故事讲出来,分享给身边的小伙伴们。我也乐意站在围观的人群中间,面对一张张大人面孔和伙伴们凝望的目光,眉飞色舞地讲一段段三国故事。那时不过一个十龄稚童,在无数双目光的注视之下,起初有些胆怯,但讲的是自己钟爱的故事,慢慢地变得自信和从容。这种方式也极大地锻炼了我的口头表达能力。

听故事,论英雄,交流中慢慢地亮出自己的看法与观点,与他人争论与碰撞亦是寻常事。三国中我最崇敬的人物,是集谋略和文采于一身的曹操,用今天的话说,我就是妥妥的曹操铁杆粉丝。尽管身边少有人与我一样持这个观点,但我坚持自己的理解。因为我的眼中,曹公雄才大略,具有帝王之霸气,必成大业。至于用兵如神的诸葛先生,我想那不过是一位传奇的化身,绝不迷信罗贯中笔下神乎其神的描写。因为三国毕竟不同于《西游记》《封神演义》那种毫无边际的神话传说。

二

其实,真正能直观地、感性地阅读三国,通晓三国,还是得益于阅读连环画这条捷径。

童年时我每次听完三国故事,都迫切地在书中找印证,我可以最为愉悦地从连环画中获取人物特点与故事情节。白描的画面——定格的场景和精当的脚本,给人无限的阅读遐想,更是一种适合孩童认知需求的美好体验。

说起三国连环画,看似寻常的"小人书",却永远是一代人的文化记忆。新中国成立初期,提倡艺术为人民群众服务,渐而将古典小说、历史和传说故事通过连环画这种喜闻乐见的方式,传播至人民大众。当时许多知名画家都投身连环画的创作当中。《三国演义》作为重要的古典文学名著,引起不少出版社和画家的高度重视。当时推出的三国连环画版本很多,全套的就有上海人民美术出版社、陕西人民美术出版社等近20个版本。而加上单册的三国故事,更是多达几百个品种。

其中最为突出的是上海人民美术出版社。从二十世纪五十年代开始,他们就汇聚了当时最优秀的文本作者与画家,绘制一套三国连环画。有人说,连环画的好坏,首先取决于脚本。好的脚本,不但保留原著的精华,而且让画家有可以依托的文字背景。脚本好,画面好,可谓是珠联璧合,相得益彰。最初连环画的主要读者是工农兵和少年儿童,脚本改编要具有针对性,符合读者的知识架构与接受能力。当时上海人民美术出版社精心安排了富有经验的王星北等文字编辑,他们历史知识渊博,文字功底扎实,通过寥寥几行文字,给绘画铺垫了良好的基础。

三国首版规划六十分册,共计有七千余幅白描和六十幅封面彩图,由程十发、刘旦宅、汪玉山、刘锡永、陈光镒、徐正平等二十多位全国顶尖的连环画高手共同完成。这项浩大的工程启动之前,策划者提出全书绘画风格要保持一致,一律纯线白描、写实,并要求编绘者注意连环画的连续性特点,尽可能地吸收民族绘画传统,符合读者的审美与欣赏习惯。由于三国涉及人物众多,画家们事前根据人物的年龄、身材、相貌特征的描述,为主要人物造型进行了设计,一开始就形成了一百一十五位人物绣像,这为全书画面绘制与形象统一提供了重要的参照,这些人物形象也就渐渐深入人心了。

三国连环画于一九五六年问世,历经九个年头才陆续出齐了六十册,可以说成书规模之大、影响之广,在连环画史上绝无仅有。当时上海人民美术出版社可谓举全社之力,精心设计,创造了无与伦比的高峰。首版成书为大64开本,画面中人物的吐白均为手写体。全套书统一装帧,封面彩图则由程十发、刘旦宅、刘锡永、赵宏本等人以国画彩绘,一律为深蓝的底色烘托出秀丽的画面。所有封面蓝底白字的书名,皆由中国画大师贺天健先生题写。每册封面左边还钤有一方别具一格的印章,一册一个样,这些皆出自篆刻家都如冰先生之手。国画、书法、印章等传统元素的融入,使全套的三国连环画厚重、典雅、韵致、脱俗,成为难以逾越的丰碑之作,也成为一个时代的文化符号。

从五十年代至今,三国连环画先后出版了多个版本。改革开放后再版时,将全套缩编为四十八册,印制成小64开本。相对于老版,这样似乎更经济、易普及,发行量多至几千万册,总量过亿册,在今天依然有一定的市场和影响。

通过三国连环画,我走近了那段风起云涌的历史,感受了一个英雄崛起的神话。透过简练的白描画面,眼前呈现了群雄逐鹿的是非成败,帝王将相的杀伐纷争,黎民百姓的颠沛流离。这是以另一种方式,严峻冷静地记录兵荒马乱的历史境遇下的芸芸众生,而留给读者的则是无限的思考与想象空间。

三

三国连环画曾风靡一时。童年的我拥有其中的两册,一册是首版大开本的《三顾茅庐》,可惜封面脱体遗失了,但这并不影响我对它的钟爱。打从记事起,这本书就摆在家里的书桌上,平日随手翻阅,甚至临摹绘画。另一册是七十年代末再版的《濡须之战》,内容为发生在江淮间合肥的战事,这本书我翻看得滚瓜烂熟,全书一百多幅画面,每帧图像都历历在目。直到今天,许多情节画面依然记忆犹新,这比电视、动画记忆要深刻得多。

无论是老版的六十册,还是再版的四十八册,若想通览全套确非易事。以当时的经济条件,身边没有一位同学、朋友能拥有完整的一套。大伙可能持有其中的几本,只能相互借阅交流,就这样随机或缺地阅读了其中大部分。每次若借到一册未曾看过的新书都兴奋不已。但看完后又难以掩卷,因为每册尾页都有一句"欲知后事如何,请看下集",实在让人勾心难舍,心中总是留有一份期待。

经常面对全套连环画的目录,盘点还有哪些分册没看过。实在借不到的,就只好前往书摊租阅,补缺补差。集镇上的每家书摊都摆有三国,但最令人心驰神往是中街书摊。这个书摊规模大,临街并排三大间门面房,书架上一本本连环画就像屋顶叠瓦一样规整地排列,整齐有秩。据说这里的三国全套齐全,且摆在最为显眼的位置。于是花上一两分钱,挑上一本不曾看过的,搬个小凳子慢慢地看,那种感受是惬意快乐的。有一次书摊老板在一旁催促,因为我正在阅读的这本《千里走单骑》别人排队等着,而我本想不紧不慢周详地细读。那年头,人们真是求知若渴。

读书自然会产生一些思考,三国是乱世,描述的是英雄争斗,是热血传奇。能让一位少年如此热衷与执着,甚至痴迷和幻想,也实在难得。关于三国,我常常寻思琢磨,喜欢手拿几本书比较看,考虑每个人物前后出场的形象是否一致,关系到年龄、基本面貌、动作神态,甚至武将使的是何种兵器,文官戴什么帽子,可以说都是门儿清。如果某位将官手执兵器本为一把宣花斧,后来却换成一杆大长枪了,就觉得这是个原则问题,又折回翻原著去查,还真有一点考证的模样。其实心中早已对每个人物都有了画像定位,历历在目,不容混淆,似乎上千幅画面都有序地印在脑海里。

这套白描三国,对当时在青少年中普及历史知识起到了不可低估的作用。三国于我是历史故事启蒙,这些精美的画面,催发了年少的心灵对艺术的钟爱和向往。上初中后我还经常饶有兴致地临照着画面进行描摹,以极大的耐心进行模仿,也有创新。我特别喜欢绘描骑马的武将,笔下绘就了一张张威风凛凛的跃马争斗图,几年累积下来装订成厚厚的一本人物绣像,虽未必传神,但是一种如实的白描刻画。

四

少年时代对连环画由喜爱到占有。我曾收藏几百册连环画,多属古代历史和传统文化题材,这些黄卷簿册有幸完好地保存在书橱里,得空时总喜欢翻翻看看,看文字,看画面,而一看就难以释手。纵观连环画绘制的艺术形式,可以说是百花齐放,各有所长。而我内心所钟爱的,还是勾线白描。这种追求"线韵"的中国画技法,以清朗的线条勾画出人、景、物和活动场面,看上去朴素、清晰、干净、通透,图中景物一目了然,特别是体现中国的传统文化。

放眼全套的三国连环画,几十位艺术家均采取传统的白描手法,以墨色线条勾描形象,其风格平实、古朴。这种白描不藻修饰与渲染烘托,画面极具柔韧性。打开每一册,都能感受到绘者倾注了大量精力,他们的笔触细腻,人物形象饱满,尤其画中人物的面部刻画细致入微,表情拿捏到位,栩栩如生。白描中还以飘逸灵动的线条体现动感的力量,如人物行走时,袍袖飞扬,衣裙摆动,有吴带当风之样貌。而发丝纤柔曼妙,与衣纹的铁线形成对比,表现了不同质感。连环画虽是静态定格的,但画面动感十足,整体构图显得舒朗有致,刻画的人物和战马刚健挺拔,气势不凡,尤其是战马的俯仰角度造型精准,勾描之中展现了力与美的完美结合,整个画面特别耐看、生动,阅之滋生一种带入感,如身临其境。另外,无论侍女、卫士、宦官,甚至每一位士兵、百姓,都体现出角色特征,在人物、情节的前后连贯,配饰与景物等的描绘上,无不表现得淋漓尽致。这样使几千幅画面颇为生动传神。倘若是追求光影色调的西洋画技法,或注重色彩的装饰画,都难以达到这种效果的。

著名画家贺友直先生曾说过,白描是中国绘画中最基本的手法,技法最简单,但也最难。白描细节上讲究一丝不苟,线条的浓淡粗细富于变化,苍劲刚遒。同时画面构图有全景,有特写,无论是庙堂楼宇、近水远山,还是文臣武将的冠带蟒袍、兵器甲胄,都需描绘得丝丝入扣,交代到位。因为绘画连接着两头,一头是生活,一头是受众的体验。整本三国的绘制,画家们的白描线条严谨、简练、流畅,可见初心与本色,一幅小小的画面,可洞察其间的中国人文与艺术精神。

因为三国,因为连环画,先后结识了一些文艺界的朋友,我等一群"连友"经常雅集,青梅煮酒,评书论画,既开拓见识,也能相互激发灵感。面对如今连环画淡出了人们的视野,众人止不住地叹息。其实,我们也应审时度势,连环画若想恢复昔日辉煌已非易事。更重要的是,时过境迁,人类进入了信息化时代,阅读载体丰富多元,传统的连环画形式已无优势可言了。庆幸的是,我如愿地拥有了整套的三国连环画,可以随时鉴赏这部众多画家协同打造的丰碑之作,仰望中国连环画史上一座空前绝后、难以逾越的高峰。

二〇一九年晚秋

手扶栏杆，一抹秋光

秋光淡淡，微风徐徐。

平静的假期，案牍远离。上昼的辰光，显得无所事事。自己打理的书房算是窗明几净，案桌上摊放着一册《总有一段时光虚度在江南》，那是刚刚从沪上书城里淘来的一本仿古线装书，随手拿来，准备安心慢慢品阅。

入秋后，门窗朝北的书房光线就略显得暗淡了些。而门外一帘墨绿，香樟枝头的绿意丝毫不逊夏日之盛状。我想移步门外亲近自然，融入秋光里好读书。刚拉开进出阳台的玻璃门，头一伸就顿感柔风习习。这幢别墅共有四个阳台，只有二楼的阳台算是露天的、开放式的。当初装潢房子时就决定阳台不封闭，可以在这里透透气，闻花香，还可以晚上扶着栏杆看星星、观天象。

阳台朝北，背负细阳，愈显宁谧。搬张椅子来静坐，仰观闲云，聆听莺啼，一副悠然的样子。可是侧看阳台的一角落叶成堆，纳闷哪来这么多的枯叶。萎败的枯叶褐黄,形如枫叶。而邻近阳台的是三株茂密的香樟,还有一丛丛低矮的女贞,都属常绿乔木。而一路之隔生长着一株高耸的乌桕树,眼下也正枝叶繁茂,这成堆的叶片究竟从何而来?回头查看,原来是背后墙上的攀缘植物爬山虎。十多年前,在房子墙基外边插种了两根爬山虎,其物种能耐寒抗旱,长势惊人,夏天藤蔓长得郁郁葱葱,密集的绿叶覆盖了大半个房子的外墙。可时值深秋,交织如网附贴在墙面的须茎上只剩最后的几片枯叶,在风中微微摆动。那些飘落于阳台的落叶成堆,恐是许久无人问津的缘故。

找来一把扫帚清扫,发现一堆堆落叶在雨水浸泡中腐烂。而惊奇的是,靠近墙角的落叶堆中还钻出来一株小灌木,二尺来高,青秆绿枝上结有几串黑色的小果子,虽是田地里常见的一种,可一时说不上名字。落叶聚拢一起,厚厚一层,占据了阳台一角。平时很少开门,偶尔揭帘观望,也多为夜晚时分。今日偶得闲,竟然发现这一幕。让我警醒的是,落叶成堆会堵塞阳台的下水道。

自然想起了四年前一次水漫书房的悲惨景象。那是一场秋雨的清早,起床后蒙眬着眼,诡异地发现家中有水顺着楼梯向下流,叮叮作响,成落阶瀑布。然而检查家里厨浴的水管都正常,一时茫茫然,此水从何而来?再细看水流,竟然源自书房。开门一看,不得了,大半个地板都已是黄灿灿的一片。原来是书房的阳台积水了,水漫过不高的门槛,向书房里渗涌。我一时不知所措,幸好摆放在地板上的书不多,但也令人痛心疾首。此时雨依然在下,望着雨水洼聚,发现阳台上的积水下流不畅,书房就成了水流的洼地。估计阳台下水管道口堵了,顾不上哗啦啦的雨势,一头钻入雨中,用手清理下水道口,满手触及的全是枯叶,这些枯叶一层压一层,挡住了水流的出口。我只好用手来捞挖枯叶,一把一把的,费了不少工夫,算是疏通了下水道口。

阳台上水渐渐排空了。此时书房地板到处都是水渍,估计渗入地板下面的水不少。于是搬来三台电风扇,朝着地面狂吹一天。这一招有效,最终原产于热带的木头材质经受了一次考验,整个地板居然没有一块变形,也没有出现严重的霉变。但损失还是不小的,被雨水浸泡的书都变形了,只好忍痛割爱。还有一部分受潮了的书还在被抢救式地干燥保护。自谴的是,平时护书无微不至,却疏忽了夜晚的雨水,导致全室沦陷。

前车之鉴,记忆深刻。阳台上的水患不可小视,一旦发现隐患,立马放下手中的书本,先来治理环境,未雨绸缪。在家打扫卫生的保姆也来帮忙,一举把成堆的枯叶清理扫净,还随手将那株长得绿茵茵的小灌木也给拨了。用清水冲洗地面后,哥窑开片似的淡黄色地砖变得洁净可鉴,似乎可以映照蓝蓝的天空。阳台侧墙上尽是爬山虎,攀附在墙面上的纵横交错的枯黄的藤茎上还留有几片泛红尚青的叶子。而阳台栏杆之外,就是风景,流通的空气都似乎更清新。

伫立阳台,云淡风轻。可远望城市的天际线,也可俯瞰林间弯弯的小径。秋光点点的路上少有车辆与行人,偶有一二老者动作舒缓地遛着宠爱的狗。正在作业的园丁将草帽撂在灌木枝头,弯腰于一旁处理杂草,专注的他却全然不知秋风吹起了轻软的帽子,帽子飘然落在他身后泛黄的草地上。枝头的青柿子刚刚泛红,却被一群雀儿围着叼啄;乌桕树上黑黑的果子摇晃着发出吱吱声,没有熟透的还挺立着,像是等待秋阳最后的检阅。

端来一杯沏好的明前龙井,置放在阳台的栏杆边,手执书卷,颇为惬意地端坐椅子上。没有阳光的直照,一片清荡荡的感觉。微风轻拂,阳台与书房间的帘子随之翻卷。高大的香樟树枝头飒飒作响,散发幽淡的清香。在这里,可以轻声吟读,也适合静静地发呆,最易让人生发彻骨的感悟。借着茶气的香氲,可以天马行空地想象一切。只可惜没有搬来一把长长的躺椅,除了仰看天空,还可以将书置放一旁,闭目养心,足以忘忧。

临风,赏景,品茗,翻书。守着这恬静的一隅,从东到西可走七步,折返回来也是七八步,阳台一下子显得开敞与明朗了。一袭桂子的沁香,似有忽无,环绕左右。而从枝头飞掠的鸟儿,给蓝底的秋穹画上一条长弧形的动感曲线。午后的秋阳还迷恋着稀薄云层,天高而清亮。换个姿势坐下,翻阅这本手绘村落的行旅笔记,好比自己也随之走了很远,游离大脑的思想已徜徉至江南的水乡,连呼吸空气都是那般悠然自得。

二〇一五年十一月二十七日

补书

十年前,我曾在新浪博客上以《补书小记》为题发了一篇博文,记述自己修补女儿幼时撕损的一本书,且将事情原委记录了下来。同时,文图并茂翔实说明。其出发点是"记录孩子成长",以此倡导珍惜与爱护书本。

补书小记
——写在《曹植新探》的扉页补白处

女儿多多刚满周岁,好读书,实则是爱翻书。家中为伊购置图书满篮,无不览尽。

年前日子,谈及传统文化,吾一时有感于《洛神赋》,在家翻阅数年前偶得的本册《曹植新探》,细致研读子建文风及建安精华,玩味许久,放置厢房床头,坐卧便阅。

不料一日,多多趁吾外出,溜进厢房,倚阿姆陪护,立于床头嬉玩,竟然摸到枕下本册,随手翻阅。许是书中尽是楷体铅字,无彩亦无图,久之审美疲劳,其心不悦,故而拼劲手力,横撕书页,封扉二页俱损。晚间,吾得晓之,眼见无奈,伊在旁观依然吟吟而笑,伸手再执本册,似乎继演晴雯撕扇一出。

吾竭力抱回,此册虽一凡书,但其中资料难得,均为本土建安文化原汁而朴素的研究成果。幸好只损外表,而内容毫发未动,幸哉!

前日,女儿逢周抓周,列物品琳琅于面前,曰金曰时曰衣曰笔曰钥曰巧等。刚摆停当,多多鱼跃而来,直抓钢笔,看来与文结缘。伊爱读书,早醒坐起,即翻书本,认真执着,俨如大人。假若倒递书本与她,即刻"拨乱反正",毫厘不爽,让人称奇。

现吾动手修补此书,犹新一册,甚好。多多动手之痕,掩于纸片其下。就此两片空白处,辑文记之,为其往后回顾有证。

二〇〇八年五月十二日

此事发生在孩子刚满一周岁时。待孩子略懂世事后,我与她一起通过图文回顾了这段"不堪回首"的往事,借此导引对书的理解与敬重。世人皆知要自小培养孩子的阅读习惯,但殊不知,真正的好习惯,不仅是指阅读方法,还应培养爱书惜书的习惯。

真正的读书人,自然会认为文字书卷是神圣的。面对布满字行的书册,应该怀有一颗敬畏之心。珍惜书,实质上是敬重文化。有道是"书卷多情似故人",对待书,应该像对待老友一样真诚、友好。

一以贯之地敬书爱书，缘自我的父亲。父亲敬书如宾，平日将办公室里的书刊和书架上的藏书都摆放齐整。不少厚薄卷本都用旧报纸整齐地包裹，封面上以他独特的书法题写了书名或类别。待将这些书展开一观，除了岁月的痕迹，几无一处弯卷折损，即便珍藏多年也历久弥新。而每年的农历六月，他必搬书在户外阳光下晾晒一次，去霉防蛀。因而他的书册，始终能做到书页光鲜如新、书理贯通一气。

读书人是爱书的。父亲一直教育我们珍爱书本，绝不容许把书放在地上，更不能撕折书页。阴雨天上学途中他建议我怀抱着书包，说书怕火也怕水，不能让雨水淋湿了书。年幼入学缺少护书意识，书包里的几册课本总是有褶皱、卷角，污损不堪。而父亲得空时就耐心地帮我收拾、平复，将破损地方修补如新，尽量让书呈现完好、整洁的样子。

上初中时，寄宿于离家十几公里的学校。一次周末返校时，无意中把英语课本落在家中。好在隔天后一早，班主任递来一只圆柱形的包裹，原来是父亲将课本邮寄来了。打开后发现，原本被磨损破残的课本封面与封底，都一一粘贴修补完好，还在扉页处用毛笔小楷写上我的名字。那一刻，我心存感激，也滋生一丝羞赧，仿佛看见父亲戴着老花镜，在灯光下用心一点点修补的模样，那何止是书页的粘贴，那是父子情感之融合。

一九七八年底，商务印书馆推出了第一版《现代汉语词典》，父亲便托他在上海读研的学生代买了一部。这部由吕叔湘先生主编的词典，足有两块砖头厚。依稀记得定价为五元四角，在那个年代来说价格不菲。父亲收到书后，用厚实的牛皮纸精心地包好了封面，反复交代此为中国第一部规范性的语文词典,嘱咐我们姐弟要珍惜和使用好。他还说一本好书可以传用几代人。多年来,我每次使用这部词典时,言犹在耳,小心谨慎,心中充满崇敬。如今四十多年过去了,这部词典已为我们一家三代人"释疑解惑",相伴左右,如今虽纸张泛黄,封皮与书页留下了岁月的痕迹和余温,但依然完好。

爱书藏书,慢慢地也学会了管理书。大学时代我还曾有过一次成功的修书经历。好友与同学们嬉戏打闹,不小心将刚刚从图书馆借来的一本厚书掼到楼梯上,喀地一下,胶装书脊从中开裂,两边书页散架子似的掉落下来。根据以往经验,这本书将无法退还给图书馆了,须按规定以三倍或五倍赔偿。而此书价格不菲,本来定价十多元钱,照这个规定,赔偿的数目差不多顶上一个月的饭菜钱。还有,即便赔了钱,也免不了要受批评教育。好友一下感到厄运当头,困苦无助。

我在一旁细细察看了书的破损之状后,提出了修补的建议。可好友自己都没有信心,说如此模样怕无力回天了。我说即使是赔钱,可这本书也不能一扔了之,不妨试试看。胶装书从书脊中间散分两半,如何修补?有人建议找女生借来针线和锥子,用针线将开裂处缝合。这个方法看似可行,但效果肯定不好,估计散乱的针脚会把书页戳得愈添伤痕。况且一本胶装书,中间若出现了针线痕迹,届时退还定会被图书管理员发现的。

曾经在电视上看过类似修补书的节目,于是抱着尝试的心理,我去了趟五交化商店,花两元多钱购买了一支小管玻璃胶和一瓶万能胶水。先将封面翻开,借来一把美工刀,小心翼翼地将整个封皮连同粘在书脊处的部分完整地剥离。一般来说,封面都是铜版纸,抗张强度大,比较容易处理。但做这活需要相当的定力,心须细。

接下来,在好友的协助下,先将散乱的书页一页一页理齐,再用两个铁夹子固定开裂处的边缘,然后拿美工刀将书脊上半段的原胶块一点点地刮去,清理书脊的纸边,直到呈现出原始的锯齿毛边状。这时打开玻璃胶,轻轻摊平涂在书脊上半段。涂完一层便将玻璃胶轻轻挨压在光滑的大理石墙面上,使胶面变平整。当然,我事先在大理石墙面抹上了一层肥皂,以免玻璃胶与墙面粘在一起。待玻璃胶干燥固定后,以同样的方法完成书脊下半段的涂胶。之所以不一次性将书脊上的原胶全部剥离,是因为担心那样可能会造成书页错位、散乱,效果不如分段两次完成的好。等到上下两段玻璃胶干了,平整了,再用刀修整多余的胶边。最后用黏性较强的万能胶水将封皮粘上、压平。这次修补相当成功,前后只花了两个小时即大功告成。用自己的双手给予伤痕累累的图书新的生命,焕发新颜。修补后乍一看,依然是一本胶装厚书,随手翻翻,如若不知情的话,难以发现异样。后来果然轻松地退还图书馆了。这次补书,也让围观的同学们进一步对书倍加珍惜。

爱书、惜书是对待书的基本态度,可以反映一个读书人的基本修养与礼仪。因为爱书的本质,是出于对知识的崇敬与渴望。浩瀚的书海与如烟的文字堆砌着生命和历史,书籍成为时间的伴随者和记录者,我们与书籍同行,一起改变,一起成长,每个人的精神世界中一定会留有书的温度和轨迹。手执平整方正的书卷,摒弃一些率性随意、恣意粗鲁的阅读方式,希望每本书都能得到阅者最大的善待。

书卷凝时光,似是故人来。当读书人以一份敬畏和理智面对书籍本身时,哪怕是岁月印迹多多泛黄的旧卷,书本也愈显出本来的庄严和敦厚。

二〇一八年十一月二日

书香溢满庭

二〇一四年有幸忝列合肥市首届"十大书香家庭",岁末应邀前往市政府出席表彰大会,并作为代表进行大会发言。次年四月二十三日世界读书日,再次受邀来到天鹅湖畔,朗朗晴空下,在全民阅读动员大会上致辞,以市民代表身份倡导全民阅读,表达了读书益智及其价值影响。

莎士比亚曾经说过:"书籍是全世界的营养品。生活里没有书籍,就好像没有阳光;智慧里没有书籍,就好像鸟儿没有翅膀。"看似平常的话语,却蕴藏着深刻的内涵。数十年的书读生涯中,我深深地感受到书籍的力量。久而久之,读书成了我的一种生活方式,成了我生命中重要的组成部分。可以说,在人生无数次的歧路和坎坷面前,书籍就好比一盏永不熄灭的航灯,给我勇气,给我信心,也给了我力量。

家庭是社会的细胞。家庭也是一个人启蒙成长的第一所学校,是家庭成员终身学习的场所。家家溢书香,户户扬美德。一座文化底蕴丰厚的城市,正是由千千万万个热爱读书的家庭组成的。在我们的身边,还有许许多多以读书提高素质,以学习提升能力,以知识改变生活,以文化陶冶情操,在树立终身学习理念、创建学习型社会方面发挥了示范作用的家庭。

这些家庭自然散发出来的"书香",实际上指的是一种习惯,一种家风,一种绵延千年的思想与行为的不朽传统。在皖南西递村老宅子"履福堂"里,悬挂着一副大家都比较熟悉的楹联:"几百年人家无非积善,第一等好事只是读书。"字里行间,昭示了古人对读书求知和道德完善的自我追求,同时也阐明一个道理:只有弥漫悠远书香的耕读之家,不懈地阅读并学以致用,才能千年万世绵延不绝。书香是一种正能量。书卷气浓厚的家庭氛围,不仅可以激发人读书的热情,使人获得有用的知识技能,还可以提升人的品格,有效地增强家庭的凝聚力。

"腹有诗书气自华。"读书能改变人的气质,影响一个人的心灵。读书能教人勤学精思,勇于创新;教人谦虚谨慎,自强不息;教人豁达宽厚,心地善良。正是读书,使我们的学习成长充满了快乐,让我们的梦想不再遥远!放眼当今世界,发展是永恒的主题。发展要从创新开始,创新要从学习起步,学习要从读书启航。读书、学习、创新、发展,构成了一个完整的学习成长链条。"不读书,不学习,就意味着生命的萎缩和贬值。"在忙忙碌碌、人心浮躁的当下,我们不妨停下脚步,给自己一个理由来静静地阅读,让我们的心灵在宁静中获得抚慰,从阳光书香中汲取生命源泉的营养,而把更多时尚、知识、健康、和谐的元素与核心价值观,悄然地融入琅琅的读书声中。

　　最美是坐拥书房,享受全家人共读的时光。一家三口,尽情地徜徉在书的海洋,其乐融融,收获良多。特别是在读小学二年级的女儿,自从为她开启阅读这扇智慧之门,书就成了她最好的伙伴,七年来一直伴随着她快乐成长。如今的她俨然成为一个小书迷,阅经读典,兴趣盎然。"润物细无声",书籍是孩子教育的温床,许多道理与习惯就会慢慢在她的内心生根,聪慧、率真自然伴她左右。孩子成长的同时,我们坚持与孩子同行,与书为友,家庭中经常开展"翻转悦读",一家人在读书中互动、共进、分享,在阅读体验中自然收获浓浓的幸福与喜悦、亲情与温馨,一时迷人的书香弥漫在家中……

　　作为新时代的书香家庭,我想将源自家中的缕缕书香传递给隔壁邻里,飘溢至社区千万家,但愿书香的根须深深地扎进城市的每一个角落,并延伸得更远、更深。也期望全社会大兴读书尚学之风,践行文明生活理念,爱读书,读好书,用好书,积极营造读书求知、读书明理、读书成才的浓郁的书香氛围。通过全民阅读,提升城市的文化内涵与品位,让我们的生活始终充满诗意与美好!

二〇一五年四月三十日

《汤小团》第一代阅人

新年伊始,合肥市教育局邀我等前往杭州调研,返程中在古城南京逗留了一宿。那夜大雪纷飞,我婉辞同行好友的盛宴之邀,独自围裹着一条长长的围巾顶风出门,由河西赶往玄武门。

就在那条灯光柔柔、文艺气息颇浓的湖南路上,我应江苏凤凰美术出版社方立松总编辑之约和他见面。方总与我是好友,又是家乡人,情感自然不一般。我们走进一家民国范儿的酒店,临雪把酒,交谈甚欢,暖意融融。末了临别时,方总递给我一只沉沉的袋子,里面是一摞江苏凤凰美术出版社出品的书。

书是最好的礼品。这一摞书当中,方总关切地解释其中有给孩子准备的,一看有绘本,也有儿童读物,我一一拾掇装入行李包中。背负回家,将书取出与女儿多多分享,她侧目翻翻,淡定地审视而未作评价,最后从中取走一本书名曰《汤小团》,又名《掉进书袋里的汤小团》。这本书我最初也留意了,下方还标识有"试读本"字样,严格来说是一种非正式出版物。

春节后某一日，与多多闲话，她兴趣盎然地问及东周时期的相关典故，且是追问似的一个接一个。以往，她曾迷恋台湾蔡志忠先生笔下"让英雄人物重现历史"的漫画《史记》，尤对战国四公子等逸事津津乐道，而这回的提问变得系统而刨根。

毋庸置疑，多多是好奇地读了那个试读本《汤小团》。许是书中呈现的历史故事对年少的孩子颇具吸引力，使之迫切希望续读后面的内容情节。看来，这个试读本是成功的，投石问路般在孩子们心湖中激起了求知的涟漪。斯时，我所在城市书店好像还未上架该系列丛书，只好致电江苏凤凰美术出版社索要。不久，第一辑《汤小团》整整齐齐八本邮递来了，多多如获至宝。

历史儿童文学《汤小团》是一套贯穿中国历史数千年的长篇系列，首辑《东周列国卷》，接下来是《两汉传奇卷》，再后面是《纵横三国卷》什么的。写作者谷清平，如今已转型为著名的儿童文学作家。作为一位母亲，据说其写作的动机之一是希望女儿能像自己一样喜欢阅读历史。她决定改变历史故事本身呆板的形式，创作一本让孩子喜爱的历史故事书。

谷清平策创的《汤小团》计划分为七卷，贯穿从东周到明清的历史，最后再回到西周，以封神榜收束全书。这是一项宏大的计划，规划一年一季，一季出八册，在六年内完成全套图书的写作。这系列丛书的三卷二十四本，多多是一本不落地通阅了，而且反复翻阅，前后对照探究式阅读，与我交流也是头头是道，口若悬河。她可以说是由这部书的第一代阅人成为历史小达人。

多多对于《汤小团》，差不多是一拿起来就放不下，似乎与"汤小团"一起踏入流光溢彩的历史长河。这是尝试以一种全新的角度去了解历史,跳过了历史的局限,少了些史学的平实与枯燥,也避免了单个历史故事过于碎片化,真正让孩子从中获取阅读的快感。说实话,本来相当严肃对待历史的我,也认可这种基于孩子的年龄认知和接受能力而设计的能自我消化的历史文学作品。

循着谷清平的笔墨,孩子们能与自己同龄的"汤小团"一起意外地"掉进"历史,这样让一个个原本远在天边间隔数世的历史人物"活生生"地出现在他们周围,让他们零距离感受这些历史人物的喜怒哀乐,了解那些历史事件的来龙去脉,自然能激发起孩子们的好奇心和求知欲。随着"汤小团"的脚步,他们"亲身"持续而连贯地蹚过历史长河,用现实的语言与行为来体验两千年前的历史,如此觉得新鲜而别样。书中运用动漫彩绘、设问导读、趣味谜题等多元方式,让孩子们切实在欢乐中阅读。

多多每次谈及《汤小团》都眉飞色舞,她将自己的感悟与快乐及时地与同学们分享。小伙伴们也深受她的感染与影响,他们班几乎每个人都在读《汤小团》,甚至言必谈《汤小团》,也成就了许多"小汤迷"。不少孩子都购买与珍藏了系列丛书,而更多同学都幻想成为三人冒险组的成员之一。也许,把冒险的快感与历史的精彩融合在一起,不失为一种有趣有效的学习历史方法,这也似乎寻找到打开儿童历史阅读的新路径。胜于雄辩的是,孩子们借此了解了从列国纷争到逐鹿中原,从两汉兴衰到乱世三国这段历史,无意中让系列丛书成为与"汤小团"同龄人课后的阅读经典。

著名作家赵丽宏评说《汤小团》是一本构思奇巧的书,让孩子们快乐地穿梭在中国丰富多彩的历史长河中。而正是涉猎历史、地理、科学等作品重要成长时期的多多,《汤小团》的出现使之寓读于乐,受益匪浅。感谢当初那个雪夜立松先生赠予的"试读本"的导入。

当然,一部真正的好书,迟早会进入人们的视野。

二〇一七年六月八日

狗市淘书

一

周日早上,一觉醒来,张望窗外的光景,就晓得时候不早了。爬起床匆匆洗漱,估计露出些慌张的模样,一旁正在保洁的阿姨善意地提醒,今天是周末,不上班的。

当然知道。平时上班我也没有这么匆忙过。今逢周日,倒是急着去赶"狗市"。这座城市于我来说,狗市是一个好去处。

说是狗市,当然不完全是交易狗的地方。倘若仅是望文生义所谓狗的市场,对我来说应该就没有什么吸引力了。狗市是泛名,特指地处城东的花冲公园,实则是五花八门的二手物件交易市场,且以狗为主的花鸟鱼虫交易也不过是其中的一部分。而让我魂牵梦萦的是,这里设有旧书交易。

狗市形成多年了，富有名气，其影响遍及周边地区。每逢周日会集时，就好比节日之庙会。自清早开市，公园里外人山人海，熙熙攘攘，热闹非凡。人们交易着各种新旧物件，问啥有啥，一应俱全。

洗漱完毕，赶紧提了一只大口袋就出门了。因为去狗市如赶集，早晚是有差别的，赶早不赶迟。据说，还有不少城外人为赶狗市需要披星戴月的。

莫道君行早。一大早，叫卖的摊贩与"赶集"的人群一直延伸到公园门外两侧的街道上，车辆行人拥挤不堪。好不容易随着人流挨进了公园大门，里面更是人头攒动，摩肩接踵，目及之处皆是各类旧物件，而更多的是关涉休闲、养生、钓鱼、养花、古玩什么的。值得一提的是，在这里能有幸看到一些旧时的匠人，他们依然在延续近乎失传的技艺。大门入口处的大树上就悬挂一个"修笔"的纸板招牌，树下一位年过半百的师傅，面前架起一个袖珍的玻璃柜子，里面尽是些钢笔的各种配件。此等景象已多年未见，而这项修笔技艺差不多可以申请非遗了。

书市是公园里人流最密集的区域，一部分摊位搭有阳棚，更多的就是借一排排树荫下而席地摆摊。书刊铺天盖地，品种繁多，甚至还汇聚了各种题材的印刷品、书画作品。成规模的摊位估计不下六七十家。摊主把各种书册、图画、卡片、证章一一摆开，铺就满地。书的类型多样化，有清末民国的老旧书，有解放初期、"文革"期间的书刊，更多是八十年代以后的出版物，以及一些期刊，大小开本，应有尽有。

这里交易的主要是旧书。真正意义上的旧书，是指物主使用过的，在流通的，或多或少都带有一些使用或岁月的痕迹。还有的旧书，其实是未曾使用的书，或是出版社的库存，换句话说，就是一些过时的出版物。

琳琅满目,汗牛塞屋,以这些辞藻来描述眼前满目的旧书最恰当不过了。这大堆散乱的书册中,有些摊主略加以整理,归类摆放。但更多的就随地摊开,无序也无类,叫人目不暇接。

二

淘书,犹如海边拾贝。狗市的书确实很多,散乱地摊在地上,须凭自己的慧眼,弯下腰一本本地挑拣,总带有一种捡漏的心理。旧书的价格大凡比较便宜,但这也取决于摊主的识货水平。旧物交易,总是要讲价的,这也符合正常的消费心理。其实每一笔交易,都似乎是售买双方一种心理博弈。但有些摊主坚持一口价,持书待沽显得相当地傲慢,没有一点还价的余地,也许他们深谙知识分子抹不开面子不屑讨价的心理,不具有还价缠斗的经验和应有的市场素养。

然而,大多时候还是令人兴奋的,价格便宜的旧书可以成摞地收买。特别是一些套装书,颇受热宠。在这个书市,我曾搬回诸多版本的套书,如时代文艺出版社的十四卷本《莎士比亚全集》、十卷本的《巴金选集》、十卷本的《中国通史》以及宣纸函装版丰子恺的《护生画集》,其版次和品相都不赖,摆在书架上,其光艳度不让新书。

淘旧书还有一个好处,就是可以配齐自己手中不成套的书。多年前,朋友因工作调动留送我一摞书,曾获首届茅盾文学奖的姚雪垠《李自成》,共五卷十册,可惜尚缺二本,后来就在狗市先后两次配全。八十年代初出版的《京华春梦》全套八册,也在这里配齐了最后一册,尽管版次不一,但毕竟是齐了。江苏美术出版社的"老城市"系列是挺不错的图文书,最终配全了十三本,放在书架上感觉是全家福。而张恨水的系列小说,虽未能收齐,但配书过程中,又意外地收集了一些版本,比如《金粉世家》就有四五种不同的模样。将收集到这些版本比照翻看,相互辉映。文字内容都差不多,但其中的插图装帧各具特色,颇有情趣。

有人比喻旧书摊好比是一座矿山。这里的矿有深有浅,有的是伴生矿,也有属深埋型的。能否挖掘到什么,取决于自己的眼力与运气。经常来淘书,就会有些偶遇,算是一种小确幸吧。有时会碰到一些读者小众的书刊,如地方志书、专业年鉴、戏剧文本。还有铅印的、油印的,甚至有手抄的笔记型的。难得遇上一份个人剪报,主题内容是"春联",物主从不同报刊上剪下几千副春联,纸片色差却粘贴得整整齐齐,真是难得一见,最后经过一番议价,这本"春联"由我保存了。

每次前往狗市,我都会备上一两只大口袋,方便装书收纳。有一次,装了几乎满满的两袋书,沉甸甸的,一手一袋,提起来相当费力,但内心满足。提着大口袋,或背在肩上搭乘公交车,那感觉如同狩猎满载而归。然而,公交车上有些乘客嫌我的书袋占去一些空间,或许让他行走不便,鄙夷地瞄我及书袋一眼,一副不屑的模样。不过我无须看他人的脸色,自己找个座位,从装满书的口袋中随手抽出一本,伴着窗外流动的风景慢慢地品看,那感觉是无比自在的。

三

我相信世上有一种缘,叫书缘。

逛狗市,与逛书店不一样。狗市里的书刊品种繁芜,内容多元,许多出版物行世于我的学生时代,有不少书在年少时就爱不释手,可是囿于当时没有足够的购买能力,拥有机会一次次错失了。原以为此书与我无缘了,可走近狗市的旧书摊,足以让那些碎梦重圆。

大千世界,各类书刊图册无以数计,每个人所购买所览读的书,归根结底,都是与自己有缘。运气不错的话,会在旧书摊上遇见自己久违的书。这好比老朋友多年未见,一场久别重逢、一种欣喜而泣的感觉。

童年时期的我在父母的影响下爱背毛主席的诗词。记得有一种由安徽三所大学合作编印的《毛主席诗词注解》,封面红梅遍开。这本书最早是在一位小学校长的书架上看到的,特别羡慕。可这次书摊上竟遇到了同版,仿佛一下子点燃了我背诵诗词的激情,一番欣喜后,拎起来抖抖上面的浮尘,如愿地归我所有了。

哥哥在中学时代曾购买一本《歇后语四千条》,由上海文艺出版社出版的。那时我虽然才读小学,但因为这本书,慢慢地迷上了歇后语,闲暇时喜欢翻看,经常与哥哥提问式对答歇后语的前后句。凭这本书,让我对传统的语言精粹有所领略和掌握,也产生了许多兴趣。后来,我私下将这本书借给了一位同学。接下来糟糕的事情发生了,借书的这位同学不小心把书给弄丢了,也无法新买一本还我。书出未归,哥哥索问时,我刚开始拖延应付着,后来实在瞒不住了,只好硬着头皮老实交代。我们兄弟情谊深厚,哥哥平日关爱我,但他对书更是情有独钟。这件事他很生气,近似心疼地说可惜这样的好书,再也看不着了。多年后哥哥还提及过此事,我心中愧疚难当。回想哥哥当时斥责我,不单单是因为失去了一本书,可能是憎我及同学不珍惜书。这桩往事带来的痛楚深埋于心,一直觉得欠了哥哥一份情。

经常来狗市逛书摊,机会来了。一次在乱书堆前,我眼前一亮,发现了书堆里闪出了一册《歇后语四千条》。这是哥哥当年的版次,品相也不错,不论价格,当即买下,实质是为哥哥买下。我本想在适当的时候,把这本书交还于哥哥。但再三斟酌,最终还是决定不再提及这段近乎尘封的往事了,自己用心收藏好这本《歇后语四千条》,并在书的最后空白页上写下了几段话,主要叙述当年哥哥与我珍爱此书,又交代不慎痛失,心存亏欠云云,作为收藏的诠释。

物资匮乏的童年,却是读书的好时光。好读书的父亲曾订阅了多种报纸杂志,有他自己看的,有给孩子们学习辅导的。其中《安徽文学》为父亲所钟爱,他读后经常将其中的小说故事讲给我们听。依稀记得那时的场景,晚饭后,一家人在昏黄的灯光下,静静听父亲绘声绘色地讲述。故事结尾了,可大家还继续讨论和评价,猜想故事的后续。那时的我识字不多,但也会拿起这本刊物反复地翻看,主要是翻看其中的四封和插图,并就图向父亲询问,甚至追问不断,父亲耐心地回答,满足我的好奇心。这对培养我的童年阅读习惯有着较大的影响。可惜这些承载岁月印痕的杂志,连同我少时珍宝般的儿童画报一起,不幸在后来的搬家中遗失了。每每回想,心中不免有些怅意。可就在狗市,却有机缘看到当年的《安徽文学》,是一家企业图书室收藏的1980年度合订本,保存得相当完好。父亲曾经讲述的许多故事文字,都安静地躺在这里面。我不假思索地买下来,买下的不只是一卷书,是仿佛从中再能听到父亲带着微笑,在灯花耿耿中讲述一段段美妙的故事。

四

在这座城市生活了二十多年来,见证了狗市发展与变迁。有人说,狗市算得上一个文化大观园,看似乱哄哄的,实质是为人们提供了交流与怀旧的空间。

自从我知晓这个狗市,就极力向好友推荐,理由是,有机会淘到又便宜又理想的书。其实爱书藏书之人,或多或少都有过淘旧书的经历。新书固然有新书的风采,然而旧书自有旧书的韵味。淘旧书是件乐事。因为能从一大堆废旧的印刷品中发现有价值的东西,淘到一本稀罕的或自己期望的旧书,可谓"众里寻她千百度",从天而降的喜悦与欢欣自然难以形容。

狗市上的书摊,大多是些综合售卖的。但渐渐地有些书摊进行了分类经营,彰显特色。书市的核心地段有一家专营书画图书的,规模较大,每次开市时,淘书者里外三层,几个售卖人员光着脚踩着书穿梭其间。不过在这里,确实能让人看到各种印制精美的画册、书法字帖,包括书画的理论专著和教材,不同年代的,大小开本的,都在这里风云际会。这里品种繁多,地上摊开的,架子上悬挂的,成捆成摞的,叫人眼花缭乱,俨然一个书画小世界。

有家颇有特色的摊位,约莫只有两张报纸的大小,上面摊摆的一律是长篇历史评书,如刘兰芳的《岳飞传》《杨家将》、单田芳的《三侠五义》、张贺芳的《呼杨合兵》,还有《兴唐传》《明英烈》什么的,摊主是位蓄着胡须的老者,时常站在一旁与过往的淘书人交流、切磋,仿佛有没有人来问价与买书无所谓,关键是得找到有共同话题之人。

几家专营连环画摊位比较固定,围观的人非常多,大人小孩都蹲在地上翻阅,无论长幼,一脸认真地在挑选翻看,孩子们多是好奇,大人们则是怀旧,甚至有人一口气就看完一本连环画。如此看来,这些旧书也是魅力无穷啊。

淘书也是件苦差事,是一项体力活,每次得躬着身子,在席地书堆里不停地翻腾,甚至从布满灰尘和螨虫的旧书中寻找自己的钟爱,这是需要慧眼和耐心的,犹如沙里淘金。所以,一个"淘"字,道尽人们搜寻旧书的苦衷,若非身临其境,实难至深体会。

狗市交易主要集中在上昼。时过中午,大多数人都纷纷收摊离去。淘书累了,可以就在公园里找个地方坐下来,晒晒太阳,喝一碗豆腐脑,吃上一碗面条,说不定还能听到附近有人边拉二胡边唱黄梅调。我有时也歇息一会,带着欣喜翻翻新淘的书,那种不疾不徐的感觉真好。

旧书淘回来,自然是要整理的。每次大包小包地提回家,第一件要做的事就是清洁维护。这些露天于书摊历经风吹日晒的旧书,人们随意翻折,总会有污迹破残,需要慢慢地平整、擦拭或修葺。这个处理的过程,也是考验爱书之人的坚忍与耐心的。

五

狗市犹如书的江湖。

长年在狗市上摆书摊的,大多是些本分的书贩,他们以此谋生,收书售书,遵守市场规律,变废为宝;经常来淘书的,多为读书藏书之人。这样供需有度,促进了书刊的流转。然而这里也鱼龙混杂、良莠难分。有一类书摊经营老板，看上去算是个读书人，他们识货，懂行情，所以经营的书摊炒作的商业味更浓一些。一本"文革"版的小开本《毛主席语录》开价一百多元，口口声声此为绝版。他们能说会道，最大的特点是会讲故事，把每本书的作者、版本的来龙去脉都讲得一清二楚，最后的核心重点是这本书很少见，要珍惜机遇，机不可失等等。

不少旧书摊老板是纯粹的生意人，他们长年串街走巷，收购旧书，能赚个差价就心满意足了。据说他们收购处理书刊大多是论斤称重的，其价格基本上就是废纸的标准。大学毕业时，我的室友考虑书多不便带回家，就决定把不用的教材与复习资料悉数卖掉。那天我陪他一起去芜湖的春安路旧书摊，两人各背了一大包，相当沉。旧书摊里一位干瘦的老头，用手翻一翻我们送去的书，除一本《荀子》小册子愿意单出五角钱，其余的都当废纸称重。两大包三十多本书，最后只值七元二角钱，抵不上其中的任何一本书的定价。我当时激愤，劝说不要卖了。但室友嫌书重不便携带，最终忍痛成交。不过转而思量旧书交易，也确实促进了图书的流通与文化的传播，算是盘活了知识资源。

淘书有时运气不错，在乱书堆中能淘到作者签名或社会名流收藏的书。作者签名的书比较珍稀，遇上是一种幸福，而社会名流的藏书一般会有签名，或盖上别致的收藏书印。从收藏角度来看，这些签名本或盖有收藏书印是比较抢手的。能否淘到完全是凭运气的。我的书架子上有一摞是书的作者赠予友人的，用钢笔或毛笔题写，字写得相当不错。我由衷地敬佩这些作者写的文章如此精美，而书法也是有模有样的。

有一次，我在书摊上低头淘到了一本作者的签名本，字迹清秀，自然欣喜一番，准备收之囊中。接下来我惊喜地发现，又有一本签名本，看来今天运气真的不错。打开细瞧签名，笔迹不错，但感觉这字似乎在哪里见过，似曾相识。对了，就是刚才那本签名本。我将两个签名比照对看，这两本书的作者一南一北、一老一少，然而签名的字迹却惊人地相似，我不免就有些质疑了。再比较，我敢断言此出自一人之手笔。

我抬头看了一眼戴着眼镜显得斯文的书摊老板，恰恰有人在询问某书价格，我一听，其价格之高出人意料。我手里的这两本书若没有作者签名，自然是可买可不买的。我举一举手中的书询价，他开价约莫在常价的五倍之上，我暗自吃惊，没有应话，把书轻轻放在书堆上。老板却一本正经地说，这可是作者的签名本，难得一见的。可我此时心存疑惑。逛了一圈回来，这位老板正与别人谈生意，手里挥着一张纸，我走近瞄了一眼，大约是密密麻麻地写着各种套书的版次及价格，字写得相当漂亮。我笑着说这字如同字帖，他点点头，淡淡的笑容里显出一丝自豪。而我算是彻底明白了，所谓的签名本，不过是书摊老板代签而已。这种小把戏，不知欺骗多少善良的读书藏书人。

到狗市淘书，确实需要一双火眼金睛，学会揭示书的瑕疵，甄别书的真伪。书摊上有时也出现盗版书，好在这方面读书人容易鉴别。但一些所谓的新书，往往让人忽略。我有一本全品相的新书，价格也便宜，乍一看，没有任何异样和可疑之处。回家细阅，就发现问题了，里面出现了装订跳页，从56页直接到80页。这种印装错误之书，就是残次品，本该直接送回造纸厂化纸浆的，可竟然被这些书贩拿来以次充好地售卖。不过这应该属小概率情况。

无论如何,狗市终为人们喜欢的去处。走近狗市,可以真切地感受到一种大众读书的氛围,体现了全民自发阅读最接地气的形式。可惜的是,随着城市建设与空间拓展,富有特色的狗市却被勒令迁往他址。我曾循着地图去过两次,但感觉大不如前,淡了氛围,少了人气。久而久之,周末逛狗市的经历,就成了一段回忆。

二〇二一年仲春

邂逅

书友不远千里,寄来一只包裹。包裹单上标明了里面是书。每次收到包裹都触发了一种诱惑的心理,特别想早点知道里面到底都是些什么书。傍晚一下班,就抽空赶到了三孝口邮局。

领出来的包裹不大,黄色牛皮纸包着,站在柜台边就迫切地想打开。可是包裹上的细绳捆扎得相当结实,徒手一时难以拆开,柜台里面的小姑娘看出我的心思,热情地递过来一把剪刀。拆开一看,整齐的书脊就映入眼帘,厚薄不一并排着五本。有施存蛰的《感悟》、林清玄的《非常茶 非常道》,还有一本厚实的精装本《王明阳评传》以及两册教育理论专著。这些都是非常合乎我的口味,书友深知我心,特意买好给我寄来。

如今物联网时代,商品流通非常便捷。但对于书,尤其是非畅销型的理论专著来说,还是有着一定的小众范围与地域性。因此,我与五湖四海的书友达成协议,相互间照应。

邮局离我的宿舍不算远，迎着夕阳下的寒风，我顺着繁华的大街往回走。路上忍不住地从包裹里抽出一本书，一路上边走边翻看。街上行人络绎不绝，为避开人流，我小心地沿着道边儿走，眼睛总盯着书中一页小文章。

忽然，前面一个身影拦住了我。抬头一看，原来是朋友小缪。他理了个小平头，背着一只双肩包，风尘仆仆的模样。

小缪是一家报社记者，与我相识于一次笔会上。由于行为及观点相近，彼此印象不错，交往也就多了起来。论关系，我们毕业于同一所大学，还先后主持过一个学生社团的宣传工作，算起来是我的师弟。更重要的交集，则是我俩有类似的读书爱好。几次交谈中，知晓他颇注重书读的品位，心得良多。小缪读书有个优点，就是好问，稍有不明白的地方，就用心去请教，去感悟，感觉我俩共同的语言不少。

难得的当街相逢。他盯着我手上的书问我读的是什么，这么津津有味，可以旁若无人忘我地信步于大街。我笑着指了指手中包裹，说总是带着尝鲜劲来抢读刚到手的书。小缪则笑着说他若得到一本好书，一定是先回家，关上门窗，独自安心地去读。今天他外出刚刚回来，说每次出差一定会带上一本书，车上无聊时读，晚上孤单时读。说着从肩上的包里取出了两本书。

我俩顶着风，站在路边，彼此都抱着书，这种相逢，实是难得。虽然相交相识，但平日里在一起的机会不多，而且以这种方式，还是感觉非同一般。双方的眼睛都盯着对方手里的书，似乎都感兴趣对方的书。

关于买书藏书，我们曾经交流过这座城市里什么地方能淘到好书。但小缪比我有钻劲,几乎跑遍城里的大小书店和旧书摊,还经常上网去淘。据说他的房间里书堆得满地都是。

接下来的话题由我手里一部《王阳明评传》引起,谈到宋明书院的文化传播,谈及西方文艺复兴;又从郑和下西洋,牵涉到房龙地理,两人兴奋地唠叨着,一时好像讲不完。

他简介自己手中的书,一本是董桥先生的散文集。这本我看过,也挺喜欢的,说明彼此口味相近。还有一本是七堇年的《尘曲》。我瞅了一眼封面,没吱声。这个作者名字似乎听说过,直觉判断是一位文学新人。我有个成见,文学随笔类的一般不太爱看比自己年纪小的作者的书。我的理解是,书是凝练一个人一生的感悟,人生经历越丰富,越能真切地体味人生,讲述的道理自然会更深刻。所谓酒是陈的香就是这个道理。不太喜欢时下有些年轻人高调地推出的作品,又在自我炒作不停,所以这类书我少看或不看。小缪推心置腹地说,七堇年的作品蛮好的,作者虽年轻,文字里透露出其挺有内涵与思想的,且这本书刚刚出版。他笑呵呵地把书递过来,说看看也许就会喜欢。我将信将疑地打开,浙江文艺版,印制颇显江南风,从几行标题的文字来看,蛮精致,挺能抓住人的。看来这本书可以读一读。

不远处大钟楼上的时钟已报响六点,小缪要赶公交车回郊外的公寓。此番站着一聊不自不觉半个钟头过去了。分手道别时,还依然沉浸于书背后的话题里,意犹未尽。临别时,小缪把《尘曲》送给我,说他出差路上已经看完了。

回到家中,我翻开这本《尘曲》,挑读了其中两篇文章,果然似有一股新流涌动。站起身来,检阅眼前的架子上排列整齐的书册,这些年确实读了不少书,但我所读过的书,均属自己心仪之书,或者说是主动阅读。当然,主动阅读是一种选择,是以个人认知或评判认为于己有益的书才去读。然而,认知之外的依然还有许多好书,就可能与我失之交臂了。读书,切不能自己画地为牢,莫名其妙地形成一种自我封闭。

灯光下我掩卷浮想了很多。白天与小缪相逢交流有了一点感触,读书的旨趣是更好地了解世界,审视并融入这个开放的世界。台湾的一位学者打比方说,读书如择食,不能只挑精粮、细粮,粗粮不应该被忽视,因为粗粮富含多元营养,能补充我们稀缺的微量元素。

眼前书架上层层叠叠,名著经典俱多,几乎每一本书都是我认真挑来的,亦读亦藏。许多时候,我的读书不过是在不断地重复这些经典。其实,真的不妨去涉猎一些自己从未感兴趣的书,倘若"被动"去读一读看似陌生的书册,说不定可以从中读出一片新的天地。这也好比芸芸众生中一种不期而遇。

二〇一〇年十一月九日

月朗花朝夜

青砖黛瓦马头墙,
灯映回廊冰格窗。
花朝月朗群贤会,
徽州书局溢书香。

  徽州书局,繁华闹市里安静的一隅。翘角的门楼和木雕楹柱、斜檐瓦当、窗棂隔扇……这些徽派建筑的元素与书卷展陈相融,构成了一处美感四溢的阅读空间。漫步书林,墨韵书香悄然而至,躁动不安的心也渐渐平静、舒缓、温润……一个春风沉醉的夜晚,四方书友相约前来,一起聆听属于庐州本土的故事——《赤阑桥》。学者钱立青先生与尔一起,娓娓道来……
  这是三月间,春暖花开时节,育才书友会发布的一则网络宣传。
  育才书友会是一个民间阅读组织,会聚了本土一大批知名的作家、学者和文化人士,书友遍江淮大地,颇具影响力。合肥育才书店总经理张建兵先生是书友会的主要发起人,他以推进全民阅读为己任,悄然地引领了一股读书风尚。

合肥市阅读办与育才书友会联袂辟设"育才大讲坛",每月一期,以拓展与繁荣城市阅读文化。讲坛组织者夏冬波先生是一位饱学之士,多次诚邀我来徽州书局开设讲座。既是学术交流,亦有文化推广之用意,希望能结合自身的阅读与写作,与读者大众直面交流。

自从我家忝列为城市首届"十大书香家庭"以来,就经常接受一些媒体采访,主题皆聚焦于阅读推广。谈及阅读,我乐意为之。无论是全民阅读,还是校园读书,我都愿意袒露自己的心得与观点,也伴有一番劝读的激情。

我一直坚持,读书应该成为一个人基本的生活方式,不应该局限于某些固定群体。古人读书不论职业,"耕读渔樵"经世传家,连乡村民夫都把读书看作生活中的一部分。在我的故乡,一些终年劳作于田间的农民,每逢农闲,他们以"说书""听书"的方式进行别样的阅读交流,或凭着那双布满老茧的手,能琢磨出几副工整的楹联。毋庸置疑,长期读书确实能改变人的见识、格局和心境。读书价值在于此。然而,今人浮躁,发自内心地钟爱读书的人少之又少,且不以功利读书的人则更少。

这次讲坛的主题是阅读。当然不能一味教条灌输式地宣讲读书的价值与意义,而应切合区域文化的实际,做到与本土文化相关联。但这一要求让我有了一定的压力与挑战。

我认为一座城市的经济发展与文化繁荣应该齐步同行,这番双线平衡发展的城市，才是真正意义上的宜居城市。合肥提出了"大湖名城　创新高地"的建设目标，就应该系统而重点地挖掘其自身的文化底蕴。都说合肥建城几千年了，其文化根基仍须花一定的功夫进行夯实。江南三大名楼之所以名声远扬，就是得益于背后那些瑰丽的诗文捧场。一章章诗词名篇、一段段民间传说、一则则典故逸事，所承载的文化力量是深远无穷的。因为扎根于百姓心中的文化才是真正的实力。

再回过头来看看自己所在的这座城市，文化应以何为原点，坐标轴应该卡位在哪里？

每座城市都会有一些被尘封的记忆，然而，令人担心的是这些会在岁月的流转更迭中遭遗佚或摒弃。相反，越是经济社会向前发展，越要珍惜与夯实文化之根基。

由此，我想到了专属于合肥的"赤阑桥"，想到生发于淝河岸边的姜夔与琵琶女的故事。于是决定，这次就与大家讲述赤阑桥的故事。

反复比较合肥史上的几个文化基点，最终我认为，南宋词人姜夔及赤阑桥，其附载的故事传说就是难得的一段好素材，被后人雅称"合肥情事"。故事里蕴含名人的辞章，有坊间传说，有才子佳人，稍稍加以提炼，即能发现其中体现出忠贞友爱、邻里和睦的社会价值观和家国情怀。

两年前，我撰写了一部黄梅戏剧本《赤阑桥·合肥情事》，并由江苏凤凰美术出版社出版，这是一个七幕的全本戏。撰写剧本期间，通过采访与交流，我收集了不少的资料，也进行了一番研究与思考。主要着力点是将合肥区域文化与姜夔辞章融合，期望挖掘传说背后的核心意蕴与价值。所有这些，为本次讲座的开设提供了资料准备。

作为大学教师,平日我的教学讲座大多囿限于校园,主要内容围绕与聚焦于教书育人,面向主体多为青年学生或中小学教师。一定意义上来讲是传授知识,或基于学科研究。对于城市文化,我不过是刚刚一路跟学的入门者,说实话,没有多少底气。为了讲好"赤阑桥",我认真地把当时剧本写作的思路进行了一番梳理,统整与吸收了本土文化研究资料,再次重温了姜夔笔下的辞章。

说是讲坛,实质上是一种探讨式的交流。开讲时间安排在晚上,天刚刚擦黑,徽州书局灯笼高挑,二楼书堂里灯火通明,热情的书友早已济济一堂。讲坛面向的书友是一个比较笼统的群体,个中层次不一,有资深的宋词或姜夔研究专家,有地方文史工作者,也有教师、编辑、公务员,甚至还来了一群学生,界层多元,这就增加了讲座的难度与适性。到底以何种方式,拿捏到什么程度,才能兼顾到大家的胃口,同时还要做到既不庸俗化,又不能太学究气。最后的想法是,尽量扬弃往常一贯的学术腔调,多以喜闻乐见的方式来呈现《赤阑桥》的主题。

拉开讲坛序幕,我以图文并茂的课件向大家讲述这段合肥情事。首先对姜夔的生平介绍,本概括为"一生布衣、颠沛流离"。这番描述照理说观众是基本能明白的,但不深刻。于是又尝试以穿越或类比的风趣之法,比照当下,为八百年前的姜夔进行了时代画像,让人感觉一代词人就好比站在自己的对面。

故事叙述上,我从姜夔的辞章与赤阑桥的情缘叙起,讲述姜夔游历合肥,在赤阑桥畔偶遇琵琶女,拉开一段才子佳人相知相恋的序幕。选择了两条史据,现场以文献例证了淮西名都合肥作为宋金相峙边城的社会文化风貌,姜夔深深怀恋琵琶女托物相思的情形,缓缓地白描出八百年前合肥城南一段婉约而凄美的故事。

本次讲座必须兼顾到文学艺术性。在引领听众全面了解姜夔所有与合肥相关的辞章基础上,突出辞章中蕴含的深挚专一、历久不忘;以梦追忆、情深意长;意象梅柳、咏物相思的三大特征,并一起分析名篇佳句。由此,借诗词延伸至区域文化,以诗词为主线,再由故事发展到戏曲,引领大家一起探索赤阑桥内涵的延展。

末了,我还与书友们分享《赤阑桥》剧本的创作历程。起先创作纯属偶然,事关一篇短文的触发,再到文友的倡议、父亲的嘱托,最终完成了这部剧本的创作。为丰富艺术形式,围绕剧本的需要,还将绘画、书法、印刻和非遗等元素融合其中,使《赤阑桥》成为一个艺术的集成。讲座当天,我邀请了为剧本刻制"赤阑桥""合肥情事"两枚印章的王鹏老师,让这位年轻的雕刻者现身说法,申述创作思路以及他的视角来理解赤阑桥。

那晚,站在讲台上的我比较兴奋,留心眼前的一排排观众,都在注目聆听,有的还在认真笔记,讲述中全场相当安静。原来这些书友听众,多属琵琶女的知音、赤阑桥的拥趸,或者一些兴趣追随者。我心存感激,文化传播关键在大众。于是我抛出问题,作为赤阑桥畔的新居民,如何把这段故事以艺术形式在当下进行有效的传播。

一石激起千层浪。谈及发掘本土文化,讲述合肥故事,现场观众兴奋起来,频频互动碰撞,答疑解惑。梳理核心的观点是,这是一段美好的故事,要在人物塑造上注重生活化,不能一味追求艺术形象,生活气息要浓一些。有人还提出要多融入合肥元素,可直接以本土的庐剧形式来呈现的建议。合肥的柏玉萍和淮南的倪明二位老师专程赶来,俩人以美妙的声域,现场深情地朗诵了散文《赤阑桥畔忆姜夔》,实现丽音与美文的完美融合。

晚上九点钟,讲座的现场进入了高潮状态。此时,我让书友们拉开会场左侧宽宽的一排窗帘,一轮圆浑的明月正挂在天边。春夜月圆,我把大家的目光引向窗外,声明今天正是农历二月十五,恰逢古历花朝节。不少书友听后一派懵懂,莫名地惊讶,转而争相伸头仰望。花朝节也称为"花神节",是旧俗古祭日,但如今在杭州、武汉、大理等地依然息息传承。针对在座的书友不明就里,我结合《赤阑桥》剧本中演绎的一段花朝节赛歌,谈及了两宋时期庐州一带,花朝节时家家祭花神,也正是姑娘们赏花踏青时,将传统民俗与赤阑桥文化有机结合起来。这么一说,大伙望着天边圆月,兴致愈浓……

讲座谢幕时,徽州书局事先准备了几十册精装本《赤阑桥》,书友们认购后排队索签,我欣然提笔,为热情的书友、可爱的小书粉们现场签名,以花朝节作为这个落款时间,意义也就不一般。我一边签名,一边钤印,手有点累,可那一刻,让人滋生了一份莫名成就与自豪。

故事讲述到此告一段落,而天穹的春月正圆。一群铁杆书友不愿就此散去,一个个追着与我深聊,流连忘返。看来大家余兴未绝,茶虽淡而兴正浓,又再次围坐下来,继续叙聊这个话题。冬波先生雅兴颇高,现场挥毫泼墨,书写姜白石笔下《扬州慢》名句,并挑一幅"冷月无声"惠赠于我,纪念此次花朝雅集。徽州书局为延续这段美好的春宵,特意推迟了打烊时间。这夜难得的茶叙时光,关乎春月,关乎花朝,关乎宋词与琵琶声声。那夜,月色溶溶,诗意氤氲,书香正浓。

　　巧的是，这天正是本人农历纪时的生辰日。年年岁岁花相似，花朝月圆《赤阑桥》。这一天，我算是以特别欢愉的方式为自己庆生。

二〇一八年四月二日

辑五 牧野

山水间看似孤寂的身影

其实灵魂在导行

云溪间

我的居所濒临云溪。

云溪原本是城市近郊的一条小河,顺着高地朱岗的西北,逶迤南去,穿行千百人家,融流于荡荡的淝水中,经施口而汇入巢湖。如今城市几似摊饼式地拓展,这条历经修正的溪水划入了市区版图,缓缓地流经我家门前。欣喜的是,有心人赋予其这个颇具诗意的名字——云溪。

古人喜择溪而居。北宋大儒周敦颐归隐定居庐山莲花峰下,临溪筑室,雅称"濂溪书堂"。推轩而望,即可观莲赏荷,于是乎成就了名篇《爱莲说》。清代乡贤方苞,晚年自号"望溪",终日闭门谢客著书,崇淡泊之志,终成《望溪先生文集》。乐与溪水为邻,大凡为风雅学士与水亲近而期获一份灵性。

足下流淌的这段云溪,汩汩地伴我十余年了。每次伫立溪边,自然不必去问溪水从何来,又流向何处。溪溪涌流的溪水,轻巧欢快,不知疲倦地叮咚叮咚于溪谷间。轻依溪水的温软,陡感气韵淡然,无拘无束,一派自由。

坐拥溪岸,每天可缘溪而行,独自走走,或携女儿多多同行,尽享溪野之趣。云溪不长,曲折又仄斜地穿过了楼丛,安详迂回于林竹之间。整个水流走向呈自由状,豁达地顺地形而去,以散淡从容的样式流淌着。溪水自上而下,时而回旋湍急,时而一平如镜。一溪水谷忽开朗,也逼仄,最坦阔的潭面估摸逾半亩,而窄涧处则一步即越。

春　韵

当初迁居云溪畔,正值人间四月天。一次次步入溪水轻潺、林竹扶摇的画面,安存于美好的回忆当中。安闲的清晨,我的步子是循着流水声而上。轻行悄然,是不想惊动竹石间歇息的那群猫。近水的垂杨与枝叶浓密的香樟,是群鸟轮番栖息的去处。鸟儿是起早的,它们自在地鸣叫,给小溪增添了无限的生机。溪水悠逶,其流淌之声如舒缓的琴韵,润泽了每一寸路过的土壤。溪水中段形成的流水积潭,看似水平清澈,实则静水深流。水面上时不时地激起一圈圈的涟漪,想必是好耍的鱼儿随意游往。

微风轻拂,溪水边闪动着几只纷飞的蝴蝶,忽上忽下,扑跃于矶岸盛开的花丛中。临水的石隙里钻出了几根竹笋,裹着露水也拖带着泥土的气息。溪水口生长的四株柳树,不成林,却成行,一排挺立且浓密,也颇威严。全景皆似隐于市烟中的一处原野。

春阳苒苒,动静相宜的溪水碧漪,好比波光粼粼的眼眸,储满了对大地的厚爱。如若逢上细雨凝丝,溪水具显灵动与活跃,舒畅亦悠然。那份安逸,宛如一位温柔纯美的少女,婉约靓丽,纯朴的奔流中俘虏了尘埃俗念,滋生善良,也润泽了真情。

夏 冽

夏日傍晚,一溪静然。如镜的潭面上漂浮着几枝睡莲,青白色的莲苞,或绽放一朵、两朵。临溪依生的簇簇菖蒲,和不知名的水草交杂在一起,模糊了溪岸的边界。叽喳盘旋的水鸟,和绕溪旋飞的蜻蜓,轮番喧闹于溪流之上。石间清冽的溪水一路畅流,让人忍不住想伸手掬一把,感受那股清冽如一缕飞扬的流苏,沿着涧壁泻下。

溪岸随机散布着一些大大小小圆滚滚的石头。这些历经岁月磨炼的顽石,据说来自数百里之遥的大别山溪涧。溪流浅缓的一处水中央,突起一块滟濒堆似的馒头石,高有四尺许,上端较方正平整,也光洁。女儿有时兴起,直呼要登上去,于是拉着我的手,踩着两块垫石,就可借力爬上去。"行到水穷处,坐看云起时"。倚这块大石头,端坐歇息,可以静心俯视溪流二水中分,可以仰看枝头上的飞鸟和天边的浮云,油然而生一种成仙得道之感。

暮色下,布撒溪面的霞光,与清溪相映成趣,炫目而灿然。伫立溪头,恍惚间溪水潆潆,湍流溅起,或飞落,或安然,或激荡,任凭风尘的侵扰,任凭乱石的阻碍,纵算一路跌宕起伏,也化作载歌载舞的浪漫与深情。

秋 画

大自然好比一位画师,借着秋风敦催色彩变幻,绘制一条多彩丰姿的云溪。溪水上横架一座木桥,桥面是平的,栏杆也是平直的,行人可以倚靠其上,察周遭渐变的秋色,也可俯首观桥下溪水细流。天是蓝的,溪水也是蓝的,云映水涌动,人在水云间。跨过小桥移步溪谷,溪水叮咚相伴一路,顿感溪水之禅心。

秋风起,枯叶轻飘飘地打着旋儿,悠悠落于溪水之上。看似寻常,但每每免不了驻步,仰望枝头,算是行一个注目礼。告别枝头的叶落无声,平静的一潭秋水默然地承接着,一片,又一片。风儿阵阵,韵和着落叶景象之节奏。只是行人比较痛心地目睹枝头上的零落状,与水面一样,无声。

逢上连绵的阴雨,溪谷里只剩下寂静了。舒缓的流水变成了靛青色,目及凉意顿生,告诉人们这不再是掬水嬉戏的时候了。鱼儿、小虾看似安分多了,藏躲于水底石缝间。

入夜,溪谷上下点洒着淡淡的月光。静立于苔痕斑斑的沟壑边,散淡中深感溪在沉思,与孤寂结伴。溪水依伶,相拥错落有致的大小顽石,守望一片灯火万家。云溪不倦,坦然地深流,不问花开叶落几春秋的忧伤,不问季节更替谁人喜来谁人愁。夜半天明,水面映的,照样是天边云卷云舒。

冬　默

大寒时节的风,毫无遮拦地吹过来,确是冷凛了些。但风掠水面,浮尘涤荡,溪水亦显洁澈,天高的云朵和夹岸寒树,都凝映于一片水镜中。

冬之云溪,宛如一笺洁白透润的纸,温婉静默。溪水淡然,涓涓流淌。时潭面已水落石出，却仍泻流如线，依然保持着漫舞浅笑的姿态，悠行于凋零的林间。

无形的雪花，轻飘入溪，少声亦无息，溪涧愈添一通静寂。喜盼一夜之后，绵雪抚覆溪谷。晴早，着长靴，又不忍心地用脚踩踏出雪辙。飞鸟之外，唯我先问安。回首身后一行深浅的足迹，点画一道溪流的虚化线。止步侧听，溪水仿佛在静流，如同静听过往流年的禅音，品味光阴拐弯的味道。寒水虽瘦，却怀揣着纯净无尘的宽容，显得那般深沉练达，坦然而行。也许，每一处的流淌，一缕一滴，承载的是时光嘀嗒的声响，能让人寻回自己的足音和心声。

雪融时，远闻溪水淙淙，似乎把经历风霜雪寒的凄美，和一息尚存的眷恋，刻录于相依相伴的顽石水际线上，深情不已地缠绵于沟涧。此刻，溪谷上下风烟俱净，潭面如故，只为心底那份质本洁来的向往与追逐。

长　流

早春黄昏，趁着落日余晖，携多多在园子里散步。说是携她走走，实质是她在前面引路。路灯早早地亮了，映照她轻捷的步子，这一带她似乎比我更熟悉。

午后雷雨掠过一阵，地面上尚显潮意。清风徐来，空气格外清新。临近云溪，一路石板小径有些阴暗，小心地踏踩着浅浅的水渍。路边草丛里有几只小虫子在轻轻地哼叫，时有时无，一切都融入这暮色的主题。

多多走在前面，忽地折回来报告，发现似的说听到了水声。

果然,垂杨划水的潭面,涌动的溪水在乱石间回转,又从石级上跌落,泠泠作响。一直认为最美的声音,是来自溪水流动而致的摇铃击磬,清音圆润,节奏纯粹又激昂。一番新雨后,畅流的溪水,自然是叮咚作响。

一路伴着水声而上,行至溪流源头处。那里四树垂杨枝条如烟,细水长流,从断崖上跌落,水声入耳,听之忘忧。水流叮叮里,还伴有多多欢乐的脚步声。

我常想,倘若自己能将万千思绪化作眼下一泓溪水,细涌漫流,从容而淡定,思想所及一定会很远很远。从源头起步,沿着溪流的方向,一路携将,一路荡漾,在那片自由的境域无忌地徜徉。

二〇一四年三月二日

端阳芦箬

革命样板戏是一个时代的记忆。八大经典剧目中,《沙家浜》没少看。虽然多由当地最基层的业余文工团出演,却照样演得神气十足,这样的经典剧目节节演,年年演。然而,就这样的一支演出队伍,能站在大剧院的舞台上字正腔圆,而在村口打谷场上照样能唱个荡气回肠。

孩提时代有限的文艺生活空间里,弥漫着纯粹的革命主旋律。可毕竟年纪小啊,样板戏看了多少遍,也没能看出道道来。让孩童去理解剧中的"十八棵青松"巍然屹立的形象,自然是难以想象的。只是每逢精彩的"智斗"开腔,大人小孩便耳熟能详地跟着哼和,算是一番票友体验式的热闹。

戏渐渐地看腻了,可芦苇荡里这群英雄人物伟大的形象内化于心中,特别又辅以年画或小人书等静态的形式定格再现,印象自然深刻。最引人注目的是男主角郭建光的剧照。这位新四军某部指导员,虽然光荣地负伤挂彩,胳膊上包缠个白绷带,另一只手却还横端着一把锃亮的盒子枪,轻拨芦苇,英姿闪亮。这就是童年定义中的英雄模样,雕塑般地刻画于心。

我的故乡地处长江北岸,一片看似平整的冲积平原,星罗棋布一些低洼的湖塘湿地。这种地貌,芦苇便成了最寻常的植物,随处可见。村子周边不远处的河渠里,尽是一簇簇芦苇,有的是成片成片地沿水蔓生。芦苇以根茎繁殖,生命力旺盛,一到春天,抽芽露笋,繁茂生长。转而入夏就荫天庇日。一钻进芦苇荡中,仿若转入了一个迷宫。

大约是长期受英雄画面的影响,童年小伙伴喜欢聚在芦苇荡里打仗玩耍。规则是装扮敌我双方,模仿戏剧中的情节故事。关键得有道具,才能活灵活现。自己动手,把木板锯成一把盒子枪的坯子,用小刀细细削刻,再用墨水染涂成黑色,后面系上一条红绸布。这样歪别在裤腰带上,或举起来让绸带随风飘扬,那架势特威风,有点戏中人物在人间的感觉。

小伙伴们都有非凡的创造力,凭以芦苇这一天然材料,能制作出许多想不到的玩具。如选一段比较粗实的芦管,用小刀轻巧地掏挖几只小孔,做成小笛子模样,并就地取出芦管内的轻如蝉翼的荻膜,以唾液轻贴在笛孔上,然后吹奏起来声音相当悠扬。

秋风劲吹的日子,苇叶虽萎败,可芦絮在飘飞,慢慢地只剩下枯黄杵立的苇秆。这些长长短短的苇秆,被砍割后终究是要用大车拉进城里去造纸,或当作柴火。

家乡人充分地利用这些遍地而生的芦苇。用巧手将芦苇编制成芦席,曾一度成了当地一种重要的副业经济,处处呈现一片"冬闲人不闲,编织芦席忙"。芦席算属一种建筑材料,远销大江南北,由此致富了一批人。当地最早的万元户都以此发家的,这一带还衍生了一种新的职业,就是专门从事芦席的运输与商贸,人们惯称"芦席客"。这些人低价收取本地生产的芦席,以大船集中装载运送武汉销售,从中赚取差价牟利,不过这也客观上推动了家乡芦席产业的发展。

古人经常通过芦苇来抒发春去秋来的时序变化,或是江湖流转迁徙的漂泊之感,芦苇被赋予了丰富的人文意义。读《诗经》才知晓"蒹葭者,芦苇也"。一句"所谓伊人,在水一方",让人感受若飘若止芦苇,多了一份相思与牵挂。

上小学那会,在家中翻箱倒柜地找书看,偶然发现父亲年轻时创作的一本作品集,手写的,装订成一大本。我小心地翻开,其中有一部小说《当芦花飘荡时……》,通篇以蓝黑墨水,工工整整地誊抄在略显泛黄的方格纸上,厚厚的一沓,有几万字,典型的一部中篇小说。而第一页大约算是封面,还配有简笔手绘,表现出芦絮飘飘的模样,小说的题目也是用笔描粗突显的。由此可见,父亲生活中也深受芦荻环境的影响。

最美五黄六月时,芦苇已逾人高。每年这个季节,发现芦苇丛里会多了些身影。除了嬉闹的孩童,还有来打粽叶子的。

且不论粽子的历史传说与成因,必须尊重一个事实,那就是粽子确实是南方人喜欢的食品。尤其是用芦叶包裹着鲜米,煮熟后清香四溢。我爱吃粽子,不是因为里面的米饭多好吃,最重要的原因是冲着清香的芦叶。好比吃寿司,若没有包裹的一层海苔,谁也不愿意吃光光的米饭团子。这里就体现了形式与内容融合的重要性了。古人就很重视芦箬的采摘,看来包装的形式与载体也很重要,古人尚晓之。

在故乡，端阳时节串门访友，免不了要提上一串粽子，作为伴手礼，也避邪、祈平安。若是未婚的年轻男子，端阳节前是要去未来的岳母家"看节"的，其他礼品先不论，几串粽子是少不了的。所以大凡要聘请颇为专业的师傅帮助包粽子，包出来的粽子要有棱有角，用蒲草系好，五只或十只连成一串，送给女友及其家人亲戚品尝。

南方人制作粽子颇为讲究，追求精美多元。湖州粽子则呈长条形，形似枕头，故称"枕头粽"，泉州人爱吃的是烧肉粽，广东人喜欢把蛋黄包裹在粽子里；若要论名气的话，嘉兴粽子被誉为"粽子之王"。嘉兴人食用粽子具有悠久传统，又受"嘉湖细点"茶食的制作技艺影响颇深。如今市面上粽子的名目花样繁多，形式千变万化，细看发现外面包裹的，有的是芦箬，有的是竹叶，竟然还有人造叶子。生活经历告诉我，评价粽子，产地不说，馅料风味不论，但我觉得以芦箬裹粽，才是最为清香的。还有，讲究的粽子须是用蒲草来捆扎的，显得和谐得体，可惜这些彻头彻尾自然生态的物件难寻了。

女儿多多对粽子蛮有兴趣，一直想看粽子四个角、五个面究竟是如何包裹成的。幸好家里帮佣的阿姨是江南人，她掌握这门技术，于是从市场买来了芦叶，在家现场演示一番。还有一年端阳节在苏州，平江府酒店大厅里一位手巧的姑娘指导女儿包了一只拇指大小的粽子，让她真切地体会一番江南人生活的精致。

曾与一位体育学院教授聊起了龙舟竞渡，我们都感叹这项传统节日活动少见了，担心终将停留在人们的记忆中了。我读中学那会，学校临近的一条长河里，每年一度的龙舟比赛着实让观者兴奋不已。清碧的河水，五彩的龙舟，密集的鼓声，加上两岸观众的摇旗呐喊，人头攒动,欢声笑语不绝于耳。踏浪争先、勇立潮头,一条条具象的龙舟划动了一江奔流的春水,也推动了一份文化的传承。

今又端午。可我所在的这座襟江带湖的城市,水面上风平浪静。也许大家习惯了,一些传统文化伴着时光流逝在慢慢地淡化。遥想屈大夫再怎么富有想象力,即便他能写出多么浪漫的《九歌》,可能也不会想象到,当年他囚身汨罗河的清流,也正一年一年地在枯涸,而那个"渺漫若海"的云梦泽已大多填淤成陆。甚至就连湖滩湿地也越来越少了,河塘里的几丛芦苇,终将成了风景之物。我担心的是,不晓得再过多少年,还能否吃上芦箬包裹的粽子。

二〇一〇年仲夏

樱下

花自开，我自赏，风自来。十多年前春天，观人间草木，樱花散见于庭院、校园、圃苑，随笔而记《闲说樱花》，但自感潦草。而后偶读渡边淳一的《樱花树下》，颇为感怀，于是整饬旧稿，并更名为《樱下》。

樱植庭前

伫立窗前，静看楼下那株樱花飘落，飘零。

缤纷花落并未触动我什么。花自飘零水自流，既无相思，亦无闲愁。

这株樱花背后，有则樱桃樱花的乌龙。十多年前乔迁新居，屋前院子里有一块空地，于是趁着春光植栽了几株银杏、桂花和香椿。有人笑说还少了些果树。不久我的姊丈从几百里远送来一株树苗，说是樱桃。常言"樱桃好吃树难栽"，这株树苗栽培后精心养护，一到春天满树开花,可期待之下,就是不结什么果果。带着疑惑咨询园林专家,答曰此非樱桃树,却是樱花。樱桃樱花,一字之差。也好,从此院子里春天增添了一树绯红的灿烂。

孩童之时,对草木盛开的花朵几无兴趣,却关注后面的结果。时常惦记着外婆家村前山后哪里有杏树,哪里有桃林。桃李杏春风一家,这几种花开得都早,也炽烈,落得也利索。麦苗青青的暮春,若是遇到有风的天气,一定会到村口人家的杏树下等着拾落下的杏果。春风不劲,但呼啦啦地一阵吹来,树枝摇摆,刚刚长成的小青杏就可能随风落下,守候在树下的几个小伙伴欢乐地捡起来,那情景那快乐劲儿可想而知。站在树下,仰头望着枝头上密密的杏果,总是渴望风大一点才好。运气不错时,能捡一大把青杏,尽管其味道是青涩的,但咀嚼时滋味别出。

随风散落的,更多是时令竞开的花卉,暗自在风中凋零。庭前的那株樱花,何时凋零只剩绿生生的叶子,没在意过。

樱绽宜城

蒋大为一腔男高音,唱出牡丹的国色天香,由此知晓此乃花中之王。读课文,学诗篇,弄清了出淤泥而不染的荷花、高风亮节的秋菊、花之君子的惠兰和傲霜斗雪的蜡梅。花性如人,这些都与古往今来的诸多名士相关联。但对于鲁迅先生多次提及的樱花,从不顾及。

长江北岸的安庆,别称宜城,原为安徽省会,统治皖省三百余年。日本侵华战争时,几艘军舰溯江而上,飞机的轮番轰炸,这座当年太平军与曾国藩交手激战多年的英雄城市很快就沦陷了,随之这里便成为日军进军大武汉的前哨。日军侵占多年,给这座文化名城留下了许多疤痕。几十年过去了,时间似乎淡化了许多往事,但刻骨铭心的仇恨依然烙在人们心中。

二十世纪七十年代中日邦交,和平之下,两国之间建立了许多友好城市,以促进文化科技的交流。安庆与日本九州岛的茨木市牵手联谊。随后,茨木市使团来访,带来了几十株樱花,种植于菱湖公园的核心区位,命名为樱花园。每年春天,樱花开放,游人如织,争相观赏。樱花生长繁盛,灿烂如霞,一些恭褒之词也屡见报端。每年城里城外的中小学生都组队前来春游,并同题作文《樱花园游记》,少不了又是礼赞一番。当地的小学生几乎人人皆知此乃何方国花。而再问及中国的国花,答之则五花八门。

安庆是一座历史文化名城,人文丰厚,名胜古迹众多。然而樱花园,渐成人们春天首选观光的去处。我曾路过此片樱花林,不巧未值花期,树木丛丛一片,没看出什么特别模样。时逾三十年了,从开园至今,年年岁岁,尤其是花期正盛时日,这一带如庙会一般,人们争睹樱容。殊不知,七十多年前,也恰是樱花盛开时节,一群戴着樱花头巾的武士手执刀枪,让这座名城陷入了苦海,水深火热之困境持续七年之久。

樱驻珞珈

今日武汉大学,是中国最美的大学校园,也是心中仰止的高校。武大滨东湖,环珞珈,美不胜收。民国时期中西合璧的校园建筑堪称大学经典。前些日子武大好友来电,邀我赴江城赏樱花。说是武大举办一年一度的樱花节,盛况空前,本次还有日本艺术团来樱下表演。眼下正是时候,全国各地游人云集,浩浩荡荡持票入校园,那阵势不逊下扬州看琼花。我婉拒,笑说没的工夫。

记得武大校门口竖立一座仿古的汉白玉牌坊,以隶书横写校名"国立武汉大学"。依旧时规,六个大字自右向左而列,如今自然被人们趣读成"学大汉,武立国",特别是一些年轻的学子,站在牌坊前,如此语序句读地诵读起来,自然是豪情万丈,爱国之情溢于言表。但武汉大学是不幸的,一九三八年武汉沦陷,武大被迫内迁至四川乐山,珞珈山校区就成为侵华日军华中派遣军的司令部。为缓纾居住在这里休养的大批日本伤兵的思乡之情,同时亦有炫耀武功和长期占据之意,日军从本土引来樱花树苗,种植于武大校园。日本人据此六七年里,他们在山边楼前遍植樱花,一时校园里樱花成林,颇具规模,每逢花开时节,一些日本军人及随军妇孺借此消解乡愁。据说,裕仁天皇的三弟高松宫宣仁亲王曾莅临珞珈山,在武大留影的背景即有凋落的樱花。

大学刚毕业那年,我曾专程夜搭火车赴王城洛阳看牡丹。国色天香的花中之王,理当争相一睹盛景。白洋淀的莲荷一碧万顷,婺源油菜花漫山遍野,游人如织,我乐意摩肩接踵深入其间。但今日撂下手头工作去赏樱花,让我持什么理由来说服自己?

樱赏东瀛

樱花为日本的国花。在日本,如果单说一个"花"字,一般就专指樱花。樱花的魅力和影响力可以说渗透到日本人社会生活的各个领域。文学家写咏樱诗,画师绘樱花图,音乐人士谱赞樱曲,就连日元钞票上也印有樱花图案。

在日本,赏樱成了一种生活惯例。据说,樱花盛开时日,日本人可以放下手头上所有事,与家人、朋友或同事一起,带着便当与清酒,坐在缤纷的樱树下赏花。从九州岛到北海道,好像整个国度都为樱花盛放而发狂。日本人举办樱花节,那也不是一时半会的事,史载早在唐代就有花见大会。一代英豪丰臣秀吉钟爱樱花,他临终时发出了人生如樱花一样短暂的慨叹:随露而生,随露而散。

日本人之所以对樱花情有独钟,是因为樱花符合日本人的审美意识和价值标准。樱花匆匆开放,又匆匆凋谢,古代日本人常将其与忠勇武士的人生观相联系。同时,岛人崇尚樱花盛开时的那种执着追求和热情,崇敬樱花飘落时的那种孤高、纯洁和壮烈。他们还将樱花看作春天的化身,视为花的神灵,樱花报春,祈祷神灵的保佑。

"狂放般盛开,梦幻般凋谢"正是樱花的最佳写照。日本人在赏樱之美的同时,心中也充满了对樱花即将凋谢的不舍。年复一年,在如梦般的樱下花海中迎接四月新年度的到来。他们最为关注的是,开花时能否躲过春雨的淋洗,开得灿烂;凋谢时能不能遇上春风,落瓣洁净。待花谢枝空后人们才宛如梦醒,重归现实生活,这正是日本人在炽热的赏樱中所隐藏的微妙情绪。

樱在园圃

单位同事小杨毕业于农大的园林专业。关于樱,我请教于他,从科普中得知樱花竟原产自中国,日本栽种樱花历史比中国要晚一千余年。这么一说,让我对此种植物增生了一些好感。不过日本培育出了诸多独特的品种。樱花如今成为国内园艺中非常普遍的树种了。我平日出入的大学校园里,路边指示牌上标识前面有处樱花林,只是不识此树种。待到春天,满树皆粉,方知此乃樱花。一日傍晚,走进老城区看朋友,他家房前那条水泥路旁樱花成行,招来无数游人赏花拍照。我也注意到这种樱花品种独特,多瓣骨朵大,粉色比之杏花,也繁艳许多。

江淮之间,四月的天气多变。清晨出行,途经雨花塘,临水有片樱花林,许是经不起劲风冷意,花瓣在不时地飘落,片片飞舞,如雪片随风,地面草丛上已厚厚累积,早是落红覆径了。那场面颇为壮观,也蛮凄美,几十株树上的花瓣纷纷飘落,不似秋风扫落叶,但也像晴空洒玉屑。

落英缤纷,我驻足其间,只顾看着花瓣无声无息地飘零,一瓣瓣的,数不清,有点忘记了自身的存在。几片花瓣悄然落在肩头,或停在发梢上,似乎在提醒我,请勿随便移步,践踏花骨,此非木然的我持怜香之惜,而是尊重自然的规律。

二〇一〇年三月二十九日

玄武湖赏荷

炎热的夏天,自然惦想一塘清香的碧荷、饱满的莲蓬,还有被荷叶相覆难见阳光而清凉的水。

清晨荷塘边,俯瞰荷叶上的露珠如银。一阵风儿吹来,晶莹的露珠在荷叶上晃荡,好比是一粒粒珍珠,永远保持着圆滚滚的状态,轻盈地翻滚于荷叶面上。或以一个完整的状态,即便一阵猛烈的冲撞,露珠分裂成碎末,但瞬间又聚融在一起,仍然是圆满的整体。每滴露珠都是晶莹剔透的,在碧绿的荷叶盘面上自由地滑动,如闪亮的精灵,轻滑飞舞。

晨风轻拂,远远地就能闻到一袭清香,一阵,又一阵。漫步塘间的土垄上,香气弥漫,满目的荷叶尽情地展示着夏日的茂盛与丰盈。一枝枝高出荷叶的莲花,在慢慢地舒展着。

早晨的阳光,斜斜地照过来,荷叶更加碧翠。荷花绽放的状态,还有那昂扬向上的花蕾,虽然未开,小荷尖尖,但也是荷塘的一道寻常风景。这些小小的荷尖似乎在相互攀比,它们钻出水面,跻超荷叶,向着阳光生长。

生长在河湖星罗棋布的水乡,到处都是低洼的湿地,夏天一出门就能看到荷花盛开的模样。我喜欢盯看荷花安静的样子。一片碧绿的荷田,鹤立几枝荷花,仿佛支支蜡烛,点亮了整个荷塘,呈现的是那样安静又不低调的美。这种粉红的花与碧绿的叶相配,比较耀眼。每每路过河边,少不了对这些荷花行注目礼,她们的美成了聚焦点,吸引了所有的眼光。

我所见过的荷花,都是这样散布在大大小小的荷塘里,自由地生长,快乐地生长。喜欢站在河边,远远地观看这些荷叶,喜欢看鱼儿穿梭在荷叶间的感觉。古人所谓的"鱼戏莲叶间"正是如此。走近一步,手还是无法够着荷花,即便能折一片荷叶也非常舒心。

清荷致满塘香。阳光下荷叶散发的气氲,让人觉得沁香扑鼻。即便荷叶老了也残留着香味。儿时在集镇上买油条、包子,早点铺主人会用一片清香的荷叶包裹着。那片荷叶皱巴巴的呈墨绿色,虽然没有生命,但是依然散发着一股清香。就着荷叶的香气,吃着早点,那是儿时一种奢侈的绝配。可惜儿时的嗅觉更多的时候,忽略或漠视了荷叶散发的清香,只在乎口感、滋味。其实,这份美美的早餐,淡淡荷香首先给感官前置了一种舒适的基调。

说起赏荷,如今世人纷纷推崇几处赏荷胜地,曲院风荷是西湖的老牌名胜;武汉的东湖、南京的玄武湖,还有济南大明湖的荷花都被世人称道。十年前夏天去大连,要从南京登机。早上刚走出南京火车站,迎面而来的便是一袭清香,原来前面就是大片大片碧绿的荷叶。那是玄武湖的荷,半湖荷叶映着巍然的钟山、雄壮的城垣,成就了金陵一处绝美的风景。去机场时间还早,索性在此逗留一会,就向玄武湖深处行走。

玄武湖的荷花,名不虚传,沿着湖湾慢慢地移步,满目的荷花,目不暇接。丛丛的莲叶尽处是连绵的山体。城湖相依,湖山相望。一边是蓬草丛生的城墙,一边是生机勃勃的荷叶,还有那傲人之态的莲花,衬托出古城那份宁和之美。目及此景,深叹生命之蓬勃,映照历经沧桑的风物愈显厚重。

那天天气特别好,晴空万里,湛蓝的天空给成片莲荷做了很好的背景。

我在湖边慢慢走,边赏边近距离拍摄荷花的微观世界。阳光下的新荷各展形态,有富贵样的,有妖娆型的,有清丽型的,也有拼搏奋斗的姿态,都是美的化身。让人瞩目的是一处并蒂莲,彼此相依,成就对方,成就了一道风景。而更多的是自由生长,努力生长,为湖山增色。

游人愈来愈多了,男女老少结伴而至,指点荷花,欢声笑语中合影留念。一位年轻的女士手里拿着一台照相机,过来请求我帮她拍照。我看不远处,还有几位女士在阳光下,已经摆好了姿势。原来是合影,我欣然应允。她们一共五位,我举起相机,调整角度,一连拍了好几张照片。边拍边戏说此乃五朵金荷,其中一位女士笑着纠正我,原来她们是母女,中间的那位是妈妈。我一听,不免尴尬起来了,只好补了一句,妈妈和女儿一样年轻,又是一阵银铃般的笑声。接下来与母女同行赏荷,再一次为她们择景同框合照。

一路交流,知晓了这位妈妈共有四个女儿,如今四姐妹在不同的城市读书或工作,今天有幸相聚在古都南京。她们把难得的聚会地点选择在玄武湖的荷花前。我认真地给她们拍每一张照片,大多是以古城墙、荷花为背景,难得这场母女会,这个历史瞬间对于一个家族来说意义非凡。四个女儿,个个清纯靓丽,都好比朵朵清莲一样,而阳光下并不显老的妈妈却显朴素。为了此次相聚,女儿们都穿上了一件件亮丽的花裙,而妈妈依然是一身深蓝的衣着。不用说,这如同一片奉献的荷叶,甚至是隐于水下的莲藕,始终为美丽的莲花作背景衬托。然而,四朵莲花紧紧相拥,女儿们簇拥着妈妈,那是一种花叶感恩的场景,表达一份绿叶对根的情意。我抢拍地摁下快门,让这份美景与玄武湖同在,与千年古都共生辉。

二〇一九年六月二十九日

乌桕灿灿

一

初冬第一场雪,来得似乎早了些。不算大,却很烈。

一夜雪晴,山川大地白茫茫。可终究只是那么短暂的一现。瞬间,日出雪融,眼前又似乎回归了冬日常态。其实,变化悄然在枝头。

冬雪降临之前,让人忧心的是一段时日的绵绵阴雨。临迎于寒风中的枝叶,被催落了不少。枯叶满径,行人脚踏其间,滋生一声又一声叹息。

午后响晴,冬阳总是那么煦和,也温情。不经意的一个抬头,洁净的蓝天下,雪后门前那株乌桕,留守枝头的叶子显得格外纯净,每一片叶子都变得清纯。叶子有通红的,也有赭黄的,暖阳映照,光透润色。

不期遇见了初冬最美的景色。包河静水之上,最为显眼的是曲桥北岸坡上的几棵乌桕。似乎只有到了秋冬时节,人们才想起这就是乌桕树。冬阳煦照,乌桕满树的黄红、赭红和酱红相融,色彩渐变,最终由本色走向灿红发亮,也映红了桥下的清流。比之对岸的一排排吐红的丹枫红得厚实。

二

乌桕叶色随着时令而变化,可至黄红夺目,又何名乌?《本草纲目》所记乌桕之"乌",是因为乌鸦喜食其籽,而臼则是其木老则根烂成臼,故得此名。

看来人们对乌桕的认知是有历史的。世上最懂乌桕之美的,大概要数宋人了,因而常常现身于诗词文字间。辛弃疾《临江仙》中有"手种门前乌桕树,而今千尺苍苍"之句,梅妻鹤子的林和靖一句"微霜未落已先红",可以看出他对乌桕观察入微,爱梅亦喜桕。而陆放翁的笔下,"乌桕赤于枫""乌桕微丹菊渐开"都是对秋冬时节转换而叶变之状的写照。

树形清美的乌桕,入诗,也入画。乌桕成为画家笔下之风物,故宫博物院内藏有宋代的《乌桕文禽图》和《宋人画霜桕山鸟图》,其中蕴含乌桕最美的两个时令画面:深秋经霜后的红叶,惹人怜爱;或是在寒冬落叶尽时,桕树梢头只剩雪白果仁,远望宛早梅初绽,一点一丛,引得文采之鸟到此频频驻足。

我的书房阳台,不远处正对着一株偌大的乌桕。故乡的老宅子窗外也是乌桕满目。因而乌桕四季皆留影于眼中,且不说艳红欲燃的红叶、枝头密密的果子,也是童年时喜爱采撷玩耍的。乌桕叶落果熟,外壳自行炸裂,剥落后籽实白似薏仁,质如芡实。曾面对此景口占小令《云溪冬桕》,以记冬日乌桕之模样。

霜消晴穹映流丹,漂叶若舟溪水凉。
枝虬尚缀点仁果,一树白梅惜无香。

三

冬阳下,乌桕灿灿,自然想起了深藏于皖南的塔川。

塔川,一座独具魅力的山谷村落。村庄依水而筑,旧宅重檐翘角,层层叠叠,错落有致,远看整体就像一座宝塔矗立于山谷之中,此为"塔"。一条清澈的小溪穿村潺潺流过,给村庄带来无限的灵气,称作"川",合起来,即所谓的"塔川"。塔川村落风水独特,村庄及周围坡地上多植乌桕树。每入秋冬,枝头树叶由青绿逐渐变成黄色、红色、橙色、紫色……绚丽而唯美,是当下人们踏秋的好去处。

北京香山的红叶以黄栌、红枫为主,塔川的红叶则源自本土的乌桕树。每到秋天霜降以后,乌桕满树枝叶开始变色。叶子变红是有过程的,一般先由绿变黄,再转变红,变色中呈现出不同的色彩。每棵树的叶子变色也不尽相同,这与树龄、位置、光照等生长条件有关。

第一次去塔川寻秋,时值中秋后,我等一行进入皖南,先在太平湖上乘舟巡行,看水止荡漾,许是水润之故,岸边的树木、草木依然郁郁茂盛。目睹此景,就自认此行来早了,估计秋叶非正当其时。午后驱车抵达塔川,不巧又天降小雨,细细的。撑着伞,虽避了雨,但挡不住阵阵阴冷。站在观景台上,俯瞰塔川村落,岚雾如带,枝叶覆盖的村子笼罩在蒙蒙的细雨中,好比隔了层滤光镜。树裹村落,村里村外的树木多彩相间,如同油画上的涂料,一处一个样,由绿至黄,颜色渐变中显得柔和、迷蒙。

塔川的秋色名声在外。据说最美的色彩一定是浓烈的,眼前的阴雨中塔川最多只有些阴柔之美,少了那份明朗。

四

再入塔川,特意挑了一个响晴的冬日。

天冷了些,游人少。一处古村落,恰逢冬阳下的娴静。漫步于村口小径,映入眼帘的尽是合抱之树,有的逾百年,更有近千年的,多是高耸的乌桕,也有枫香、银杏、香榧和板栗树等夹杂其间。这些古树,有的如花冠,铺遮大地;有的如千手观音,无数巨臂自由伸展,仿佛要摘天空中的星星。树的样子虽斑驳苍老了些,可枝头依旧充满活力。树种不同,树龄不同,树木向阳背阳各异,其叶子的变色程度大不一样。因为树与树之间,由绿变黄或由绿生红,所以枝头还坚持挂有多少叶片也不尽相同。"梧叶新黄柿叶红,更兼乌桕与丹枫。"诗画同源,或许杨万里就是一位丹青高手。如此的林木生态成就了塔川的多元色系,整个村子仿佛就是一个个五彩斑斓的色块,伴着光影相间交融。

阳光正透过枝头红叶的光影斑驳地映照身上,暖暖的,挺舒服的。走在铺满落叶的路上,不慎脚下踩了片落叶,咯吱的脆响声,愈显此地的宁静,犹置身于一处与世无争的净土。蓝天白云、山峦田园间的一处一处粉墙黛瓦,也隐匿于红黄点染的片片叶子间。如此好的天气光影,线条分明的田埂,潺流的溪水,还有老宅屋顶上袅袅的炊烟,几棵通红的柿子树……涂绘出一抹恬静的山村冬色。

美景让人流连。我歇息于村口的一处平整石条上,任微风轻抚脸颊。仰首向上,不远处一株挺立的大乌桕,冬阳斜照下,树冠上的叶子似乎都被点亮了。历经严霜、雪压之后的乌桕,却成了自然界的调色大师,树叶的色彩渐变过渡,叶与叶之间温和地衔接,阳光下显得极其耀眼,仿佛把秋天所有的积蓄都憋着劲表现在通红的叶片上,红亮透了。

二〇一四年十一月二十一日

栏篱花

栏篱花,故乡的村口垄上随处可见的一种寻常植物。说起来有些惭愧,直至今日,才算知晓栏篱花的学名就是木槿。但我觉得,冠之"木槿",颇有些"谨"意,还是栏篱花比较随意,听起来亲近,又自然。

大学读书那会,好友中有几位生物学专业的,每次同行郊游,一路上就听他们在指点此为何树,那属何草,大论门科属种,讲得头头是道。虽然不全明白,但听着也蛮长见识的,弥补些许文科生自然生态学识的匮乏。

不过,对于村口路边的一树树栏篱花,就无人评说,原因是这种植物太寻常不过了。长江沿岸一带的乡间,随处都能看到一排排栏篱树。据说,这种落叶灌木对环境的适应性很强,喜水湿,又耐旱,极易成活,随手折下一枝条插在泥土里,确实能"插柳柳成荫",且长势很好。倘若临近水边,生长更加繁茂。

栏篱树虽不高大,但枝叶茂密,枝条向上。记忆中的田间塘埂边上种植有长长的一排,整齐得很。每天上学路过这些栏篱花,颇像检阅队列一样。一到夏天,丛丛墨绿色的栏篱枝叶间会绽放出一朵朵粉红、紫红的花儿,颜色淡淡,不太入眼,难比同期绽放的月季或石榴花的绚丽。

若有心细观栏篱,发现其花冠如钟,花朵单瓣,且花期不长,多是朝开暮谢,故有"槿花不见夕,一日一回新"之说。虽只开一日,但每天都一朵接一朵地陆续绽放,每一次凋谢都会迎来下一次更绚烂的开放,可谓生生不息,人们感慨其为"温柔的坚持"。花儿凋谢,落在路边,落在水沟里,无人问津,也绝不会让人心生葬花之怜。孩童嬉戏其间,可以顺手折摘,这不同于采摘桂花或栀子花那样,担心受人责骂。

木槿虽为传统花木,但不受人待见。之所以对其冷落,恐怕归之于太平凡不过了。与作家宗璞的感觉一致,栏篱花给人的印象就是平庸。论花,栏篱自然不入流,花红柳绿间确实难以引人注目。来来回回途经栏篱花丛的人们,也许眼中就不曾留意这些花儿的存在。树形普通,花的模样也一般,连质朴的农人也多视栏篱树为篱笆屏障,借以阻挡禽畜进入田地而已。若提起栏篱树,语气中显得相当轻蔑,不过是一栏篱而已。

木槿花香平平,色彩淡淡。但据说木槿的花、籽、根、叶和皮均可入药。木槿种子被称为"朝天子",《本草纲目》记载,可"消疮肿,利小便,除湿热"。还有,木槿花能食用,营养价值颇高,食之口感清脆滑爽。

栏篱树平静地生长着,不论是否有人用心关注,它依然一年一度,为乡野间填充了一种朴素美丽。其实,槿篱护药红遮径,早是古代文人雅士追求的烂漫景致。栏篱花点缀了人间一处不起眼的风景,也被赋予了"坚韧、质朴、永恒、美丽"的花语。木槿夕死朝荣,唯有永恒的信念和不懈的坚持。据说,朝鲜半岛上的韩国人将木槿称为无穷花,更尊其为国花。

周末前往西郊紫蓬山,车子一路行驶在宽阔的繁华大道上。路口红灯,停车歇息时随意向两边张望,一树栏篱立在眼前。原来这条大道中央的绿化带上,整齐地栽植着一株株与人齐高的栏篱花。让我惊讶的是,多年未见的栏篱花,如今现身于车水马龙的城市大道上,几朵随风浮动的栏篱花映在混凝土森林的底衬下,格外醒目,比之昔日伫立于乡野间显得更加绚丽、精神。

二〇〇七年仲夏

淮上柳编

翻看过沿淮一带的几卷旧志,有载宋金对峙初期,与黄河、长江、济水并称"四渎"的淮河浩荡千里,直接经苏北涟水地区奔流入海,且入海口开阔而水深,甚至秋季海潮可以上溯至盱眙一带。估计那时淮河含沙量不大,少有淤积,航运畅通,两岸灌溉便利。宋代秦观留有诗句"渺渺孤城白水环,舳舻人语夕霏间。林梢一抹青如画,应是淮流转处山"。字里行间似乎复原了淮河流域一派河津交错、沃野千里之景象。

静流的淮河却有飞来之祸。一一九四年黄河夺淮,一时泥沙翻涌的黄河水覆泗水入淮,从此淮河频遭厄运。尔后,黄河不仅霸占泗水,且从颍河、涡河、濉河多地侵淮,袭夺了淮河的中下游。淮河的自然水系平衡被搅乱,演变成一条多灾多难的河流。

洪水泛滥于淮河,可怕的是其所夹带之泥沙,沉积淤塞了淮河的干流及北部支流,渐渐使淮河痛失了平缓的下游河道,被迫由洪泽湖改道向南,遂成为长江的一条支流。然而,这条直角拐弯的水道并不畅通,洪水一来,就在江淮间的低洼处漫溢与泛滥,平地演变成了泽国,河岸渐成了滩涂。

地处淮、洪二水交汇处的阜南、霍邱一带,地势低洼。据文献所载,洪、淮两岸多滩涂湿地,自然生长着大片喜湿的杞柳。也有人猜测此为先贤们因地制宜,特意栽植耐湿、耐淹的杞柳,用以固沙保土。年复一年,杞柳繁衍形成翠柳万行的自然景观。

当初人们对杞柳的认知还是比较浅显的,当地俗称"簸箕柳"。每逢入冬时节,农民便将沿洪、蒙洼一带干枯的杞柳砍割回家当作柴火。直至十六世纪末,有人认为将杞柳焚烧未免可惜,便尝试用杞柳编制床垫,或用于家常,开始从简单的草篓到实用的簸箕、笆斗、提篮等。隔壁邻里争相效仿,这算是柳编业最初的兴起。在自给自足的农耕时代,柳编制品成了农户家中必备的生产生活用具,也在百姓坊间流传了手工编织技艺,世代相传。

直至明末清初,淮河沿岸的柳编业真正地兴旺起来。明正德年间的《颍州志》记载:"淮蒙盛产水荆,采伐加工,洁白如玉,坚韧如藤。"当时称杞柳为水荆。而阜南一带的柳条柔软易弯、粗细匀称、色泽高雅,是柳编工艺的上等材料。通过功能设计,可以编制成各种造型美观、材质轻便的实用工艺品。

多年前,我曾前往阜阳地区参加大学生暑假社会实践,目睹过蒙洼滩涂地上成片生长的杞柳,感觉与江南荆条颇为类似。只不过荆条性刚,仅能编制粗筐之类。而柳条既轻巧又坚韧,适宜编制是具欣赏性的工艺品。当地百姓说,每逢盛夏汛期,杞柳大多会被洪水淹没,但其依然挺立于水中,洪水退后,继而茁壮生长。由此可见,这细小柔软的柳条的生命力极为顽强。

沿淮两岸常遭洪水,当地百姓与洪灾抗争过程中,学会了利用杞柳编筐打篓来满足生存需要,柳编便成为一项传统的手工技艺。他们采用平编、纹编、勒编、砌编、缠边等多种技法,编制一些筐、篓、簸箕等日常生活工具,或轻便、实用之物品相互馈赠,以表达乡邻友好之情。随着商品经济的深入发展和编制技艺的日臻完善,不少掌握柳编技艺的手艺人将柳编制品由家用器物转变为市场销售之商品,柳编也由最初的粗加工演变为精细制作。许多家庭以柳编为生,一时促进柳编技艺的发展,柳编制品呈现出造型美观、花样繁多的发展趋势,进一步提升了人们对柳编审美价值和经济价值的认识。

号称"中国杞柳之乡"的阜南黄岗镇,属淮河蒙洼分洪道以北的沿岗区,土质色黄,盛产杞柳。春夏之交,随安徽知名媒体人及作家群前来文化采风,沿途看到道路两旁的洼地里种着成片的杞柳,微风吹拂,万亩柳田绿色的波浪此伏彼起,景致煞是壮观。这一带柳织历史悠久、文化底蕴深厚,已入选第三批国家级非物质文化遗产名录,如今又成为农民增收的特色产业。"白柳千万条,巧手编织梦",黄岗一带家家户户种植杞柳。在田头垄边,时而看到三三两两的农民相互合作,熟练地对柳条进行取材、浸泡、脱皮、晾晒、编制和成品的着色、罩漆等流程。如今,经过多年的演进,柳编工艺日臻成熟,并形成完整的产业链。可以说,沿淮柳编的产生与发展源于其独特的地理区位。

听淮河柳编协会的专家介绍,阜南杞柳的特点是实心、洁白,柔韧性好,着色力强,易于编出多种样式。早期主要靠手工旋编,产品仅限于草篓、簸箕、笆斗、针线笸箩等。如今柳编产品功能远超出传统意义上的生产、生活范畴,其成品实用与欣赏兼备,能生产柳线、柳木、柳草、柳藤、柳铁、柳瓷等多元融合的工艺品,可谓登上了艺术领域的大雅之堂。

沿淮的柳条种植和柳编虽有着悠久的历史,但出口创汇是近几十年的事。二十世纪八十年代,淮河两岸的一些有识之士就地办起了柳编厂,柳编开始从传统农户自编自足走向规模化生产。随后柳编规模日趋扩大,技术也日益精湛,并根据市场需要,改良传统柳编编制方式,创新产品样式,积极开发与现代生活息息相关的柳编产品,增加了产品附加值。熟知杞柳特性的沿淮农民量材适用,以自己勤劳又灵巧的双手编出了各种花篮、摇篮、吊篮、果篮、提包、盛盘及器皿式摆件等工艺品,这些工艺品既具观赏性,又具实用价值,在历届广交会上均受到外商的青睐。特别是柳编制品无毒、卫生、精致、美观,属纯天然的低碳产品,备受国外消费者喜爱,产品远销北美、西欧、东南亚国家及中国港澳地区。

其实,沿淮一带的柳编厂生产主要依托于当地农民。由周边的农户完成原料的种植及编制工作,再由工厂回购并完成染色、包装等深度加工。所谓的柳编厂,实质上是为农户提供一个合作平台,成为组织带动周围几个村庄的无形大工厂。当然,柳编厂也走出了传统老路,通过交易会、网络平台等手段获取订单,依照客户需求,分配农户的柳编制品的型号与生产量,形成一条柳编产品制作销售链。同时,柳编厂自身加强了技术研发,着重设计制作新款柳编制品,以满足新时期不同客户的需求,拓展柳编工艺品的潜在市场。

在黄岗镇一家知名的柳编厂宽敞明亮的展览厅里,举目四望上千个柳编制品,让人目不暇接。有供观赏的各式花盆、花篮、器皿式摆件等；日常生活用品如纸篓、洗衣筐、挎篮。架上陈列着白净玲珑的提篮、精致小巧的果盒，一件件玲珑剔透，色泽饱满。还有五颜六色、不同几何形状的柳编造型，静动结合，琳琅满目。目及功能各异的柳编艺术，不禁令人叹喟不已。由衷地感慨这些古朴、庄重、素雅的优美工艺品均出自沿淮农民的双手，其原料则全部来自杞柳天然的皮、干、根。细看每一件作品，似乎可以透析这些农民不单单是以高超的技艺在编制，更是注入了自己的精心与智慧。

记得有一本农村小学自编的校本教材里，收录了一首当地流传的《柳条歌》："涝洼湿地可发芽，青枝绿叶不奢华……"通俗易懂的歌词里回荡着淮河两岸的劳动人民对柳条的赞美之声。其实，这些努力让平凡的柳条价值无限外延的农民，正如一根根柳条一样质朴、率真、进取。他们是真正地坚守如同杞柳生存的精神信念，从不畏惧困难，选择适性而自强的生存方式，始终为淮河两岸的滩涂增添一抹风景。

二〇一七年冬天

园野

终结了一项文稿的撰写任务。两个多月以来,为此烦透了心,这下了啦,心里格外轻松。

若无闲事挂心头,便是人间好时节。那就该庆贺一番。与好友相约,傍晚驱车前往城西一僻静处,品味一席文气弥漫的晚宴。

端坐于餐厅吊灯的光晕下,描花的茶盏、雪白的台布和服务员的微笑,把心情调试得如一盅清明靓汤。临窗望月,又可听室内泉池叮当的流水声。娇黄的韭芽与梅子酱混合的香蕴里,餐叙尽是些无关案牍的人间"桑麻事",杯盏磕碰,一派逍遥。

几盘青绿的菜蔬,一尾鲜嫩的白丝鱼,把主客二人带入了开阔的园野当中。朋友年少时经历丰富,是个摸鱼捉鳖的高手。他能通过水色辨深浅,可知水下大抵深藏何鱼,确实神乎,让人敬佩之。我那时多半是个跟班,帮他提着鱼篓和鞋子,穿行于塘埂、芦苇荡间。末了他在渔获中,挑只铜钱般大小的螃蟹,或几只小虾给我玩玩。忽而又叙起六月的午间,觊觎人家围墙上头的一藤葡萄,青玉透亮,正思量如何得手,可待铁门后传来几声狗叫,即安慰地丢下一句"没长熟,还酸"而散去。一番往事琐忆,聊以解嘲,尽是欢笑。兴致里频频碰杯,也互敬那段年少美好的年华。酒性慢慢上来了,感到双颊发热。朋友一脸茫然地说,十多年没有下水捉鱼了,是因为找不到可以随心所欲的水域了。

喘着酒气回到云溪寓所,歪歪地踏进园子里,扑面而来的是一袭清香。正是桂子飘零时节,近日忙碌中也没顾上赏秋,金桂凋了,丹桂也落了一地,惆怅中咕噜着,恰树头不高的一树月桂尚在绽放,幸好赶上。月光淡淡,浓郁的清香笼盖了弥漫的酒气,夜色不简单。

回到家中,酒意散得差不多了,歪靠在椅子上,随手翻翻几册闲书,无所事事地写上几笔字,然后早早地睡上一觉,算是补上前些日子睡眠的亏空。

生活在忙碌、清闲交替中往而复始,从浮躁回归平静,抚平末了又开始新的奔波。啾啾的鸟声,唤醒了清朗的早晨。身着短衣出门走走,清凉中也格外清新。园子里比较寂静,鸟儿在树上,虫子躲在草丛中,一致的动作都在欢乐地鸣叫。娇养的狗、流浪的猫,时不时与它们在路上相遇照面。窄窄的小路上,不是它让我,就是我早早地驻步侧身避它。一对晨练的妪翁,每日准时在树下精神抖擞地习剑挥扇,一步一式着实到位。只是好久都没弓着腰临看溪水里快活的鱼儿。说实在的,这阵子就少有这样漫不经心的步履和心情。

凡是来过这里的朋友,都啧啧夸称园子里的生态立体,可媲乡野。方圆几百亩的坡地上,散布着并不密集的联排或双拼别墅,除了几处平整的广场和精致的游乐园,余下的皆是草地、溪流、湖塘和一片片竹林树丛,其间点缀几座亭子和斜斜的石板小径。生活于此,至少没有远离乡野。

寓所每家门前都以绿篱圈了一个小院子,可以培栽花草,也不乏间有果蔬,极易施种的南瓜、番茄居多。有户人家青绿的丝瓜长势喜人,一条条都攀越了绿篱边界,高高低低悬吊在路边的枝丫上。每年这个季节,柿子满树透黄,千果万果压枝低。一派田园景象,如同农村的各家自留地,不再仅仅留在回忆中。

就在园子里,曾不止一次见过浑身金灿灿的黄鼠狼。白日在园子里闲步,忽地一只黄鼠狼从草坡上蹿过来,瞬间钻入一丛瓜葛当中,一闪而遁,无踪无影。那精致的皮毛,与敏捷的跳跃姿态确实令人赞叹。当我描述此景时,有人提醒要注意称呼,说此物应称"黄大仙"为妙。坊间百姓都认为黄鼠狼通灵性,旧时老百姓避而远之。聊斋先生就把黄鼠狼描述成"五通"之一,认为其为一种被高度神化和人格化的动物,因而增添些神秘色彩。

然更令人惊讶的是,某天早上匆匆出门,临水路边竟遇一条小青蛇,在园内环路上以S形路径横身穿行,我目睹其运动全程。小青蛇长约二尺,色泽光亮,模样还不错,动作迅速,犹如闪电,一眨眼就消失于草丛当中。当然,此等描述不应有太多的溢美之词,毕竟那是条蛇。

满园秋色。秋日的天空是清朗的,明净又湛蓝。云淡风轻,心与天齐。

二〇一一年十月十九日

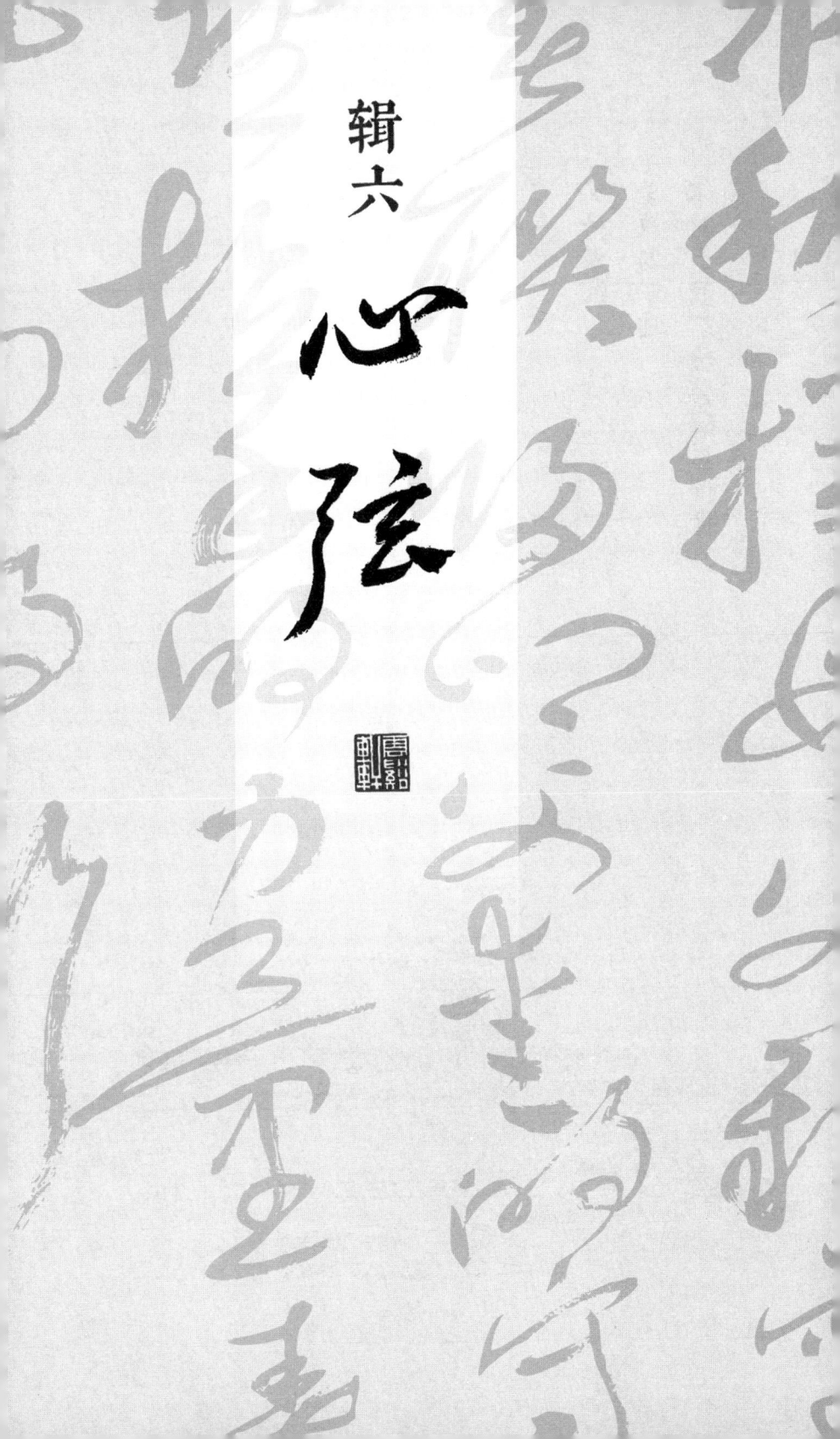

辑六 心弦

父爱深沉
坚决与旷远
不时予我一份警醒与催促

我的父亲,我的老师

相信不少人都读过《好父母胜过好老师》,从中读出父母是朋友,是玩伴,是师长,是孩子成长的重要力量。而我颇为幸运,有一位好父亲,也是我一生的好老师。

我的父亲执教讲坛四十余年,教书育人饮誉一方。一辈子当教师的父亲,更是我的终生老师,善教的他始终教育与引领着我前行。

父亲生逢特殊的年代,诸多原因让他无法继续自己的专业道路。他只身来到举目无亲的土地上,从一名乡村教师启步他的粉笔生涯。丘陵相环的山凹间,"品"字形结构排列着三幢平房与一面飘扬的红旗,构成了童年的我对学校的基本认知。在这所简易的校园里,我度过欢乐的童年,更有父亲十九年的艰辛与默默的煎熬,他把那火红的青春、燃烧的激情和严谨的作风都寄情于教育,抛洒于校园的一草一木。

无法想象,当时一颗年轻的心是怎样扎根于这片土地上,又是如何安然地执起教鞭当上了孩子王。这一幕今天似乎只能在张艺谋的电影《我的父亲母亲》里找到类似的场景。而父亲却有自我的诠释：当教师是幸运的,教师是传递文明的使者,可以在广阔的天地间植根自己的理想与冀望。

也许父亲说得没错,年轻的他与这所学校命运紧紧连在一起的。学校是新办的,师资短缺,父亲一人担任了多个学科教学；作为从教者,他自己从未间断过学习,经常借来图书资料钻研到深更半夜；物资匮乏的年代,学校没有现成的教具,父亲就自己动手制作。记得毕业班晚上自习课,学校经费紧张得连煤油灯都点不起,于是父亲带领学生从山上采割松脂,自制油灯,照亮了教室,照亮了书本,也照亮了几十张乡村孩子红扑扑的面庞。

父亲与其团队的奋发图强,促使这所名不见经传的乡村学校一跃成为当地的名校,一次次地超越与成就了辉煌。当地的老百姓说,父亲是改变这里孩子们命运的第一人。桃李满天下,这所看似平凡的乡村学校,却走出来数以千计的人才,有专家教授,有文坛作家,有商海巨贾,有科技名流……那个年代教育领域还没有"素质教育"一说,但在我的印象中,父亲的教育教学方式却真正让每位学生都能发挥个性潜能。他课余时间组织学生排练话剧歌舞,前往水利兴修的工地慰问演出。倡导学生健身运动,环山越野长跑成了学校传统优势的体育项目；他还亲自带领学生到山上河边采集生物标本,把农科教有效地结合起来。

无论是作为一名普通的教师,还是二十多年的校长,父亲始终敬业、乐教、垂范,既诲人不倦,又严格要求,多年后学生们回忆往事,依然对他发自内心地崇敬。一位著名的作家在访谈中,将自己的写作和成名都归功于当年父亲的鼓励和引导。那是父亲从练习本上留下的寥寥数语,发现了这位学生有超凡的想象力和跳跃性思维,于是极力地鼓励他多读书,勤练笔,直至其后来得以骐骥一跃,实现梦想。

在我的心中,父亲始终是双重角色,亦师亦友,启蒙、护佑我的成长。多年来他把对子女的深爱浸润在生活寻常的细节中,舐犊之情犹如细水长流般地隽永。他积极引导子女阅读,在经济并不宽裕的年代,毅然自费为我们订阅了《中国少年报》《安徽儿童》《作文》等报刊,并在同一盏灯下,与我们姐弟一起读书补充精神食粮;夏夜的星空下,父亲带我们玩成语接龙的游戏;腊底年前,我们拿着父亲书写的春联在街头售卖,换来一册册新书;还有父亲的琴、诗、书、画,无一不是我学习的榜样……在父亲心中,唯有以书籍铺就或文字码砌的道路,才契合他心底的价值取向。我的第一部学术专著出版,第一次全国性征文获奖,都是父亲在背后关切与教诲的结果。

在外读书或工作期间,每每回到家乡,我最为兴奋的是能与父亲促膝交谈,经常一聊就是大半夜。每次直面交流,我所收获的不仅是学识,更有宽容和人生的道行。大学四年,父亲亲笔给我写了 47 封信,字里行间更多的是鼓励我、敦促我。而像许地山先生《落花生》中描述的那般父子间对话,在我儿时算是寻常事。案前垄上,父亲大凡以故事或实践明理,浅显而深刻,至今都在影响与鞭策着我。

一支粉笔,两袖清风,三尺讲台前,父亲挺起了一位人民教师的精神脊梁,同时也白描出一副儒雅、善良与奉献的形象。"长大后我就成了你",师范大学毕业后,我以感恩的名义自豪地选择了教师的职业,奋斗在"教师的教师"的师范教育岗位上,为师为父的他一直以微笑相伴着我的成长。

如今，我的这位好老师、好父亲，却在一个寒冷的冬天离我远去了，然而，他给我留下的是那些永不湮没的精神财富和烛光里永远绽放的笑容。

二〇一四年十二月二十七日

中秋探母

台风来袭,阴雨连绵,注定这是一个难见秋月的中秋。

小雨淅淅沥沥地落了一个晚上。凌晨时分,听雨声,窗外的雨愈落愈大,急促的雨滴击打着阳台上的雨棚,与枝叶飒飒地交响,催醒了这个中秋的清晨。本来就无从贪睡,因为心中念想的是,趁着小长假,今天要回故乡枞阳看望我的母亲。披衣起床,临窗听雨,一场秋雨一场凉。然而我心潮澎湃,心系即将到来的佳节团聚。

收拾停当,趁早驱车出门。此时天空的雨渐已式微,但高速公路上车水马龙,阴雨天气阻挡不了归乡的路。秋日雨后的乡村真是美极了,远山如黛,田畴锦绣。只因归心似箭,诸多美景在眼前一掠而过。父亲离世后,我自责似的加密了每年回家探母的频率,争取多挤一些时间与家人团聚、叙怀。算起来,又有三个多月没有见到母亲了。

母亲年近八秩,身体状况尚可。前几日我电话告之中秋回家,她早已举首期盼了。当车子越过小山岗后远远地看见自家的院墙大门时,我一眼就瞥见门口有两个身影,那是母亲和哥哥冒着星星点点的细雨伫立在路边,那一刻让人深刻地体会着亲情的同频共振——一番超乎想象的心灵感应。走下车,我端详母亲满是皱纹的笑脸,看着她关切地招呼着女儿多多,心中自然认同一句话,家人团圆是天下老人最朴素的愿望。

回到家乡总有一番好心情,天也放晴了。我带女儿多多在前庭后院走一走,楼上楼下看一看,这里留有我太多的童年回忆,一草一木都是那么熟悉。院子里修葺一新,整枝后的树木又已成荫成林。多多也很兴奋,她曾在院子里香樟树下捡过知了壳,拽弯枝条采摘那黄澄澄的杏子,也与那一丛小桂竹比过身高,还有院子中央的那口水井里,她亲眼看见水中也有一张笑吟吟的脸。

中秋节源于古时秋祀,原是瓜果成熟、回报土地的节日。其节庆文化绵延不绝,历久弥新,世代相传的文化基因渐渐演进成为中秋情结,其中蕴含的浓烈情感,成就了亲人的团圆。平日家人各自一方,每每以中秋的名义相聚自然是最恰当的理由。哥哥为此提前策划与准备,姐姐也是一早从县城赶过来,忙着帮妈妈烧菜打理,附近的亲戚也都会聚一堂。

中秋食当先。午餐相当地丰盛。一桌子盘盘碟碟里都是些时令的菜,有刚上市的板栗、野生的红菱、娇嫩的荵瓜、开口打鸣的仔公鸡,还有鲜活的鱼鳝之水产品。每一道菜都是那么可口,看着亲切,可以唤起回忆。而我最钟爱的是红烧鱼块。这是母亲亲手做的,她选用河生的草鱼,破膛清洗后,加入蒜姜,文火慢焖。吃起来肉质鲜美,入味绵长,每一口都让人回味不已。我夸此等烧法当数一绝,而母亲却淡然,只推说用柴火铁锅烧菜就是入味。我与哥姐都觉得并非如此简单地归于一个设备问题,重要的是母亲的用心烹制和多年来她培育了我们的舌尖。

随后端上来一大盘阳澄湖的大闸蟹。看这些螃蟹个头都不小,颜色也是红通通的。配好姜醋,可打开蟹壳,发现里面几乎见不到什么膏黄,两肋的肉质也瘦少。特别是螯脚不够坚硬,用手轻轻地就能剥开。感觉此季的螃蟹还是稚嫩了点,完全没有"秋风起,蟹脚痒,正是菊黄蟹肥时"的节奏。看来还是秋意未浓,佐证此说还有一个现象,就是今年时值仲秋,至今未闻桂子飘香。有专家解释桂花需要昼夜温差大才能开放,我个人理解关键是时辰未到。

可见今秋时令偏早,往年的中秋节大都与国庆相伴。其原因是阴历每年日数与阳历年相差约 11 日,自古就有三年闰两头之说,历法规定每 19 年要置 7 个闰月。这样才能使阴历与阳历保持时段一致。明年是闰月年,又是秋前闰,相信来年的中秋正当时。

欢度中秋佳节,除了举国通行的月饼之外,沿江一带还盛行几样地方特色的传统食品,一是南瓜渣肉,一是糯米糍粑。这两样均属标志性食品,都预示又是一个丰收年。渣肉即米粉肉,南瓜渣肉就是以切成块状的南瓜作为衬料,这样蒸出的米粉肉与南瓜相得益彰,油而不腻,清香馥郁。作为肉食,如今人们对米粉肉不稀罕了,但糯米糍粑还是能唤起童年的回忆。糍粑需要人们用当年新收割的糯米自制。小时候记得外婆每逢中秋节做糍粑,一大早就先把糯米煮成饭,然后盛起放入盆里或石臼中,用类似木槌的器物把糯米捣烂,等黏性十足时,再摊平成形,上下抹撒芝麻、细盐之粉末,快刀切成方块。这种糍粑都是当天现做,香糯柔软,趁热食用,相当可口。现在少有人家做了。今年偏有口福,隔壁一邻家竟然自制芝麻糍粑,并送来一大包,足够让人回味这份浓浓的节庆。

午后时光,一家人边聊着往事,边围在一起陪母亲打几圈麻将。母亲打起麻将来有章有法的,精气神十足,特别是摸牌欲和之时,她将手中骨牌轻掼桌上,那种笃定之坚决及欣喜溢于言表,一脸笑容如同花开。母亲打牌不急不躁,我敬佩其永持信心,更有的是,她易将欢乐感染全场的人。

中秋月饼是当日的主角。不管月亮是否藏身云彩之后,人们还是惯以借月抒意,以食寄情。女儿协助打开各式月饼,切开摆好装盘,让大家一起来分享。我爱吃苏式月饼,虽然吃时粉渣乱撒,但觉得那是古法月饼之味。吃饼应就好茶。正好前几日教师节一位学生敬送于我一罐龙井,茶源地属梅家坞,并以传承人的名字作为品牌,想必不赖。打开精致的包装,发现其中只有二两茶。多少不重要,先泡上一壶,虽不及杭城人取用虎跑泉之水来冲泡的讲究,但瓷杯中可见清汤尚黄,沁香宜人。桌上还摆有从台湾带来的"川南风"茶香南瓜子,加上一大串亮晶晶的紫葡萄,煮熟的小毛栗子,果然是一桌秋味。开轩面场圃,把茶话桑麻,大人小孩皆围在桌前,慢品秋获,闲话家常。

既不闻桂花飘香,也未见月圆星空,这季中秋却倚村野的宁谧,置秋声之背景,家人欢聚又何止囿限于那平淡落俗的"花好月圆",一盅盅清香的茗茶、一股股浓浓的亲情,与一阵阵欢笑,皆融汇入一个圆美的中秋!

二〇一六年九月二十四日

父亲写春联

临近春节,下班时拥挤的电梯里有人聊起了春联。听着听着,便勾起了我对春联的一番回忆。

如今人们对春节,常挂在口头上的一句话是"年味越来越淡了",抱怨许多传统习俗都已近乎消失,尤其在城市,这种现象渐渐而习以为常了。然而,无论在北国南疆,或都市,或乡村,始终有一项传统依然被人们传承与坚持,那就是贴春联。

隋唐以来,岁月更替,人们惯以新桃换旧符。千年相传,通红的春联构成了中国年味最核心的元素。这种象征表达的春联,也确实是华人世界独有的渲染节庆氛围的举张,已成为传统佳节最闪亮的"门面"。大年三十,家家户户的大门一旦贴上红彤彤的春联,那就标志着过年啦!

春节诸多的记忆中,叫人难忘的一幕是父亲写春联。父亲不单单给家里写春联,还要为更多的街坊邻里写春联。

父亲是一名教师,虽算不上多么知名的书法家,但在我看来,他的毛笔字遒劲十足,别具一格,在地方有着一定的影响。每逢春节,义务为亲朋好友、寻常百姓书写春联,成为父亲义不容辞的一项责任担当。

腊月本来就是忙,忙收获,忙总结,忙过年。记忆中,家里每年从腊月底一直忙到大年夜。而忙的原因,主要是父亲写春联。大约腊月二十四,农历小年一过,就是父亲书写春联的黄金时段。父亲把一张方桌摆在客厅正中央,端坐在一把椅子上,将大瓶的墨汁倒进砚台里,润洗好几支粗细毛笔,就进入了书写春联的状态。

中国城乡,不论贫穷富贵,不论门户高低,张贴春联是每家每户通行的仪式。印象中,我家周边的七八个村庄,几百户人家都将书写春联之事委托于父亲。每天携带几张红纸、登门恳请父亲书写春联的络绎不绝。父亲一边客气地应承着人家的交代或要求,一边规划需要多少副春联,然后再将送来的整张红纸一一裁开。父亲裁纸一般不用刀子,只见他把红纸折叠好,顺势随手一拉,整齐划一,干脆利落,这也是多年来练就的一项技艺。

每次书写春联时,大凡都有许多围观者。大家一边观看父亲运笔,一边跟读笔下的每一联句。写得较多的是"天增岁月人增寿　春满乾坤福满门""新年纳余庆　佳节号长春""春回大地　福满人间"之类的传统联文。间有一年,父亲笔下尽书"寒雪梅中尽　春风柳上归",许是真的遇上了一场瑞雪,许是一场期盼的变革在悄然潜行,父亲也将人们喜悦的心情凝于笔端。

写春联不同于一般的公告抄写,特别是大幅面的春联,父亲需要有人在前面将红纸抚平,确保书写平整。而年少的我,就经常恭恭敬敬地站在桌前,面对父亲,双手展平春联的顶端,跟着父亲运笔的节奏,将书写中的春联一字一字地向前抽动。那种配合与协作,是隐于我们父子间多年的一种默契和心照,无以数计的绝伦妙句在彼此的手间、心间传递。

每写好一联,我就小心翼翼地将其端平,轻轻有序地摆放在地上,等待晾干。由于春节时段多逢雨雪,气温较低,写好的春联需要晾置一段时间。于是,家里满屋子的地上尽是通红的春联,堂屋、卧室,甚至厨房和走廊里都纵横有序地摆放着一副副春联。有些地方还层层架叠,使得在家走路时都须踮着脚尖。一时屋里屋外,无处不散发着浓浓的墨香,那通红的年晕也渲染了家中的每一个角落。

春联需要一字一字地书写,有时一写就是大半天。若写大字时,父亲站起身来,以手腕悬空握笔姿势来书写。他说写字是一种技术,也是一种体力活,如果始终坐着写字的话,只能写一些小字或工整的字体,而以行草为主的春联,最好站着书写,这样才能运笔到位。父亲每次书写的时候,表情看似严肃,但内心是畅快的。经常一边写字,一边抽着香烟。写到兴致时,还会哼起小调,有时也与围观的大伙讲些联文背后的典故与寓意。

那些年,父亲不仅服务于群众百姓,还为当地的学校、医院和机关单位书写春联。当地一家知名企业每年都邀约父亲上门书写。有一次我随父亲同往,从下午一直写到晚上十一点,才完成了一半。后来,疲倦的我在一旁睡着了。一觉醒来,只见灯光下的父亲依然精神抖擞地书写着。而此时,他旁边围着的一群人,似乎受到父亲的精神感染,不知疲倦地欣赏父亲的每一次运笔,念读每一句联文。想必刚刚成就的一副副春联,悄然地散发出浓浓的年味与春意,将这群人沉浸其中，难以释怀。

　　弘扬传统文化的同时，父亲每年都购置几本春联主题的书刊，着力对春联进行研究。每次报纸上刊有新征的春联，他都一一抄录在笔记本上。父亲主张推陈出新，时常活用一些与形势结合较好的联文，与时俱进恭迎新春。针对欲借春联来标新立异的，父亲就精心地为其择选联文，时常斟酌与推敲许久，甚至还要量身定制。比如有办企业的，有跑运输的，有开理发店的，不同的行当与职业，父亲尽量为他们书写个性化的春联，力求做到与职业关联，借此彰显特色。

　　一副副红彤彤的春联，每一个字都可见父亲的用心。父亲书写的春联，可以说是自成一体，渐具独特的风范。有人曾对他的书法特征进行概括：圆点翘捺，坚挺绵长。我时常审视许久，感到确实有些与众不同，亦融合大众审美的意向。春节期间，若在家乡方圆十里走走，随处可见机关单位或民居的大门上张贴这般熟悉的字体。每当看到人们以父亲的笔惠作为门面来喜迎新年，心中自然抑制不住那一份自豪与感动。

　　自家门上的春联，大多是父亲每年的收笔之作。大门上的春联始终采用整张红纸拼接的形式，整整贴满了两扇大门，而多年不变的是八个大字，"学贵有恒　业精于勤"。在父亲的眼里，春联不仅仅是一种体现辞旧迎新的节庆标识，更重要的是人们凭此载体寄托对来年的一份期盼。父亲时常说，每次运笔书写春联时，都会激情万分使出浑身解数，因为笔下要写的不单单是汉字书法，还是门楣的希望、家族的未来！

二〇一九年二月二日

归乡

朋友是东北人,经常说我做事有板有眼,凡事必循规蹈矩。究其原委,是因为车辆年审时,他惊讶地发现我这么多年的行车,竟然一次交通违章记录都没有,简直不可思议。

听得出来,他的话语本意并不是在褒扬我,其中蕴含另一种意味,那就是说我做事太拘泥于规矩了。当然,南方人小心翼翼的谨慎模样在东北人的心中是难以理解的。不论怎么说,我坚持自己的原则,凡事首要是遵纪守法,这是现代法治社会最起码的文明体现。

说实话,这位东北朋友在驾驶方面,无论是技术层面还是实践经验,都远远在我之上。论驾龄,比我长;论驾资,比我高,而且他曾在军队服役,驾驶的车辆行走过艰险的滇藏公路,其胆略与耐心都是百战磨炼出来的。坐他的车出门,我少不了对他娴熟惯用的一些技术性夹塞、抄前等现象提出鄙视的谴责。他回敬"怎么着都安全无恙"。

昨天,手机跳出一条信息提示——我驾车违章了。这可是平生第一遭啊。认真查看一下，竟然是发生在距离家乡不远的省道上，途中一处电子眼拍摄的。判定违章理由是车辆行驶违反禁止标线指示。确切地说，是车压中线行驶。这就违章了？我的脑海里回放了一下当时的情形。

前一阵子，母亲专程来合肥为女儿多多庆生。多多今年九岁了，几乎每个生日，我的父母姐弟都借机前来一次聚会。母亲也照例在合肥休息几天。正好这个季节春暖花开，景色宜人，适合外出行走。只是母亲常年居家，很少外出长住，她依恋的是家中前后院子，那一片家园。每日赋闲在家，她一有空就精心打理庭院，忙碌于几畦菜地间；也爱与乡亲友邻一起共叙话常，兴致高时打打麻将。因而，来合肥长居她多少有些水土不服。本来计划住一周时间，可其间发现她手脚上有些皮肤炎症，虽在当地医院治疗过，但效果不明显，依然瘙痒不已。于是决定趁机通过中医理疗的方法试试，观察效果。

中医的手段主要是药剂的内服与外敷。医生诊断后，要求每天煎熬一大包中药，辅之外用药膏，这个疗程要持续两周，根据效果再决定后期的治疗方案。治疗皮肤炎症是件难题。采用中医疗效比较缓慢，尝试也许有可能改变现状。她的目前症状，可能类似于皮肤银屑病，主要原因是年老身体机能衰减，循环不佳。

接下来的这段日子里，母亲非常重视与珍惜此番治疗，她早起煎中药，闲时涂药膏，大多时间都宅在家里。她生性是爱走动的，但由于周边的人文环境相对陌生，很少与外面人群交流，大多时间在家里看看电视，与保姆拉拉家常。我下班后，常陪她叙叙家乡事。

那段日子偏逢春雨绵绵，淅淅沥沥的雨滴声中，不免让人陡生几份乡愁。母亲虽然言语上没有触及内心的愁绪，但我还是能察觉到一些,毕竟近三十年她都很少长时间离开家的。她经常独自计算着日子,惦记着哪天可以回家。我再三奉劝却收效不大,她表面颇为安静,但难以掩饰心中的焦躁,念叨着家中的菜地有没有浇水,那几棵作种的山芋有没有发芽,还担心哥哥在家能否照顾得过来。为纾解顾虑,我特意组织了一些在肥的家乡亲友前来聚会,找与她熟悉的人在一起吃饭,聊聊家乡人和家乡事,还安排了三位朋友陪她一起去棋牌室打麻将,尽量为其化解那一抹乡愁。

精心地调理下,母亲身上的肿块渐渐消去,转好迹象明显。她自然很高兴,更重要的是她一天天感觉到离回家的日子又近了。毕竟这次离家出门超过半个月了。疗程结束那一天,去医院复诊,情况很好,医生允许她第二天回家。她得知欣喜之情溢于言表,高兴地打电话通知哥哥姐姐。

可就在医院复诊回来那天,她感觉有些头晕,到家倒头便睡。这事引起了我的重视,原以为是晕车缘故。可后来在家测量了一下血压,发现血压高达 160mmHg/95mmHg。直至晚上吃药后才降到了安全数值。

因为决定次日回家,她相当地兴奋,早早地收拾好行李。由于晕车,她素来对乘车有着惧怕的心理障碍。但自从去年五一我亲自开车送她回家,一路上平稳,由此她得出一个结论:如果车子由我驾驶她不晕车。这算是给我的一份褒扬,同时也赋予我一种不可开脱的责任,还能让我尽孝心。这次,当然还是由我来护送。

第二天,她早早就起床了。其实,这一夜她估计没有睡好,半夜里就起来了好几次。天还没有亮,她就在窗前张望。也许是期盼今天回家,让她一夜难眠,看来家的引力还是无穷大啊,即便是年近八十岁的老人也是如此。

早饭期间,发现她面色有些泛红。我猜测是不是兴奋缘故。拿来血压计一量,结果血压高位。家人都警示我,这种情形,母亲是不能长途行路的,况且她还晕车。我有些为难。一方面,母亲归乡心切,恨不得马上到家;另一方面,身体不适,尤其血压问题,是经不起旅途颠簸的。怎么办?

母亲坚持要回家,强说没问题,她的自信完全是来自归家的心情迫切。我心里矛盾,其实自己的时间也不好支配,眼下正在筹办一个大型学术论坛,过了今天,越往后就越难以抽身来送母亲了。工作与亲情总是难以两全。心中盘算,若实在不行,只好改日请朋友开车来送母亲回家。

后来再三考虑,让母亲暂不回老家,转而前往医院诊治高血压病情。幸好,医生认为血压比较稳定,使用的新药效果也明显。这样再次决定次日送母亲回家,她又转而高兴。

关于由谁开车送母亲,我思考很久。当前形势,我觉得还是要克服困难,请假自己驾车送母亲。母亲虽然没有拒绝我让别人开车送她,但我想,她心里还是希望自己的孩子与其同行。

那天真是好日子,天朗气清。我驾着车,一路上力求平缓、匀速地前行。母亲坐在后排,她一路上谈笑风生,感觉不错。交谈中她一个劲地表示没有晕车。

车子下高速后,离家只剩下二十公里了,通往家中的省道、县道都比较畅通。特别是S329两边栽植高大的水杉,枝叶相交,树荫浓密。车行其中,好比进入一条绿色隧道,非常舒适。

早上出发前,我电话告知哥哥,估计十点钟左右能把母亲送回来。也许,为了兑现诺言,早点赶回家,可能在路上加快了些速度。这段林荫路上几乎没有车辆,窗外细风徐徐而来,伴着原野里油菜籽收割成熟的田园气息,清爽宜人。母亲的精神状态很好,也许此时她的视野里,透过绿色延伸的通道看到了自己美丽的家园。当然,就因为眼前平直的路面上无车,自由而行,快乐而行,我的车轮可能压着道路的中线前行。其实,这条普通公路的路面上,所谓的中线早就被来往的车辙轧得难以辨识了。而我,可能就这般糊涂地违章了。

当然,电子摄录时我绝不知晓,只负责一路畅通、平稳地驶进家中规整的小院子里。回到母亲阔别了18天的家,这也是我18岁时离开远行的家。站在院子里,感觉回家的心情真好。

我停好车,看母亲背着手,在院子前后巡视一遍。从背后看去,那步伐又是何等轻盈,她直奔属于她的菜园地,伸手摸摸地里的玉米长多高了,弯腰看看马铃薯长得怎样了,当然她肯定也少不了有那么几句,指责弟弟没有及时浇水,或没有按时掐枝……丝毫没有疲惫之态,更没有高血压困扰之虑。待哥哥回来后,她又当面听取具体的情况汇报。其实,这些她已多次在电话里知悉了一切。

回到家里,我的心情自然是坦然的。坐在后院香樟树下的水井边,一边喝着茶,一边与哥哥闲聊着。母亲又钻进厨房里忙一通,很快,就端上来了她亲手做的一大碗佘肉面条。这是我的最爱,非常可口,将满满的一大碗吃得干干净净。看着母亲归家自如的情景,我自然舒心、放心。返程路上,心情如头顶的蓝天,分外清朗。

这次得悉由于自己一不小心而致的交通违章,我毫无怨言,因为那是一次欢乐的、幸福的行驶,与母亲同行,那份亲情时光总是美好的,尤其是她心情舒畅之时。从这个角度来看,碰触这种教条式的规章又何足挂齿？不过让我更为深刻记住这次我们母子同车之行，感谢那条绿荫荫的道路，我的提速是让母亲争取早点时间回到家中，让她那份点点乡愁在清风中迹化成为美丽的家园景象。

二〇一六年五月三十日

父爱的守望

今天是西方的父亲节。我却早早地出门,前往蜀山脚下参加一个学术会议。由于时间太早,于是就破例地没有送女儿去上学。本来是周末,因为女儿学校作为中考考点而调休,所以依然要上课的。

车载广播里,两个主持人起劲地聊着父亲节的话题。都说父亲节是洋节,其实,父亲节并非完全"舶来"的节日。中国本土也曾有自己的父亲节。一九四五年抗战胜利在望,在侵华日军控制的上海,一些有志之士提出了设立"八八"父亲节的构想。颜惠庆、梅兰芳诸君公开署名,在上海《申报》刊文《八八父亲节缘起》,"暗中表示怀念祖国之意",颂扬和纪念在战争中为国捐躯的父辈们,小范围地发起中国的"父亲节"的庆祝活动。抗战胜利后,沪上名流联名向国民政府建议,确定每年的8月8日为"父亲节",并阐明理由:"中国十四年抗战,终究得到了最后胜利,这十四年中阵亡将士不可计数,而这辈将士,前赴后继,杀敌致果的忠勇精神,实受父亲平日教养和随时激励的结果,所以父亲对于这次抗战胜利的影响,十分伟大……规定父亲节,同时纪念这次大战中阵亡将士的父与兄,因为他们对国家也有伟大影响,使父和母同沾其光。"

嗣后,国民政府确定"爸爸"谐音的每年8月8日为全国法定的"父亲节"。是日,倡导子女佩花以作纪念。若父健在者,佩以红花;若父已逝,佩以白花,借此表达对父亲的敬重和思念。举国号召,实为罕见。作为父亲节的首倡者之一,颜惠庆还被邀请为青年做关于父亲节的演讲,"谈了不同社会中父亲的地位和责任"。上海等地还借此开展了义卖纪念花的捐资助学活动。想象一下,七十多年前的那些言行都充满一股暖意,即便是抗战刚刚结束,社稷满目疮痍,但人们的精神追求依然外化为积极的行动。父亲节的设立,突显了纪念抗战文化的意义,也是弘扬中华孝文化的重要体现。但遗憾的是,由于内战持续与政局更替,父亲节昙花一现,旋而夭折,逐渐被人们遗忘。然而当时传唱的《父亲颂》,其歌词却被人们抄传。

其一

劳苦劳苦父亲苦,我爱我父肺与腑。

羊跪乳,乌反哺,爱我父,爱我母。

为我拿起锤与斧,为我背起弓与弩。

荆棘山林耕与耡,绿野千里田与圃。

其二

苍苍古树根与土,世世劳苦父与祖。

点点汗,粒粒谷,父与祖,子与父。

风风雨雨愁与苦,子子孙孙歌与舞。

劳苦劳苦父亲苦,我爱我父肺与腑。

西方的父亲节则诞生于二十世纪的美国。时临父亲节,多数人都在思考如何表达对父亲的敬爱之情。而作为父亲,也一直在努力地扮演着上苍所赋予其的负重角色。此时,最重要的并不是要该为父亲买一件什么样的礼物,而需要反省一下:我们是否发自肺腑地爱父亲?能像他一样为子女无私地付出一生。

学术会议的茶歇时段,我独自静静地坐在一张长椅子上,用手机查看了一番女儿的班级群信息后,再举首而望近处的高树,天边的流云,眼前反复浮现出已离世而去的父亲形象。心恸之余,用手机下载了一部波兰电影 *Father and Daughter*(《父亲和女儿》),这是由迈克尔·度德威特执导的一部剧情片,片长仅 8 分钟,且通篇无对白。中文通常译为《父与女》,也有人意译为《父女情深》。然而,近邻的日本却普遍译为《岸边のふたり》,即"岸边的两人",我觉得这种译法太过于理性了,纯粹是一种于我无关的架势,倒不如以《湖边》为题,还能给人们一种想象空间的文艺味。我双手捧着手机,凝神观看。个人认为以《父爱的守望》为名,更契合主题。

这部 2001 年前后上映的影片,讲述一个秋日温暖的傍晚,父亲带着年少的女儿一起骑单车,他们穿过了林间小路,骑过草地,翻过高坡,来到平静的湖边。父亲抱抱女儿吻别后,独自登上了小船,挥手辞别。女儿在湖边静静地等待,等到船在视线里变得模糊,等到太阳西沉。然而父亲迟迟不归,女儿一个人骑着小小的脚踏车顶着晚风回去了。从那以后,女儿经常性地来到湖畔,站在岸边远望,等待……日复一日,年复一年,她一个人骑着脚踏车来来返返,风雨无阻。时光荏苒,多年过去了,小女孩渐为人妇,又为人母,转眼白发苍苍了。但苍老的她依然时常来到湖边,远望,等待。直到某一日,眼前的湖水干涸了,湖底化为草地。她走到沉睡于湖底的一只小船边,发现里面空空如也。然而她轻轻地跨上小船,平平地躺入船舱里。从其面部表情臆测,此时的她依稀感觉就像躺在父亲暖暖的臂弯里……

　　静静地看完,随之抑制不住的是我内心情感决堤式的溃发。敬爱的父亲,已远离我快三年了,每次想起都悲怆难抑,虽然没有如同剧中小女孩那样每日行动式地冀盼,但父亲没有一刻不浮现在眼前,驻留在我的心怀,经常是白日不见梦中会。与父亲共处的四十年,是我人生成长最重要的四十年,是他帮扶与勉励我的四十年。缅怀父亲,回忆父亲那一段段语重心长的嘱托,回忆父亲那一次次鼓励而慈祥的微笑,让我对生活多了份希望,也增添了勇气。

　　父爱如山,缄默无言。父爱似海,仁厚宽容。

　　岁月流连,如今的我亦为人父。我常以感恩的名义,在心中垒起一座崇敬父爱的丰碑。但是,我等不能止于静静的默哀与缅怀。父爱的坚决、久远、纯粹与深沉,不时给我一份警省与催促。我决定要学着父亲的模样,悉数、倾力地照料与培育下一代,让父爱散发的那份精神与力量代代承传。

二〇一六年六月二十日

拉手的力量

这个暑假尽是阴雨天。女儿多多大凡时间宅在家里,毋庸置疑,学习生活一切皆自由自我。晚上还可以看看电视,手持着遥控器寻找她钟爱的自然或地理节目。电视屏幕上预告晚些时候将播放意大利电影《美丽人生》。这是一部曾获奥斯卡金奖的影片,太太在一旁也极力推荐。只是时间显得有些晚,十点多钟才开始播放。多多饶有兴趣地端坐在电视前,起先,她是独自一人抱着枕头在看,等我忙完手头的活后,也陪她一起观赏。

第一次观看这部电影。影片讲述二战时期,德占区的一对犹太人父子身陷纳粹集中营的故事。为竭力保护孩子,这位父亲充分发挥了自己的想象力,编造了一个善意的谎言,彻头彻尾地让孩子认为他们正身处在一个游戏活动当中。虽然在枪口皮鞭之下,孩子几乎没有受到恫吓,也没有体验纳粹的血腥。更重要的是,在孩子的所有视听中,始终是欢乐的、充满游戏性的。然而,电影的结局催人泪下,父亲千方百计让儿子的童心不受到伤害,自己却惨遭厄运。即便是最后离别的背影,也在孩子面前表现出那么轻松与诙谐。

　　这部电影并没有什么惊天动地、波澜壮阔史诗般的场面,却时而在紧张恐怖中释放一丝丝欢乐与欣喜,让观众在一次次心境失衡中又得以校准。剧中的父亲形象平实、音容朴素,然而他特有的机智与乐观笑容无时无处不折射出人性的光辉,让少不更事的孩子虽身陷虎穴,却始终体验的是等待美好的人生。父亲一切为了孩子,心中坚守的信条是"无论如何,人生都是美丽的"。当然,他努力地为孩子尽瘁不懈。

　　看完这部电影,夜深了,然而我的内心在翻腾不息,如此的父爱,虽点滴琐碎,却世间罕见。寻常的父爱,最有价值的是如何让孩子多体会一份幸福。

　　次日早起,推门看多多依然在睡梦中。看完昨晚电影有些晚了,不忍心扰动她的晨睡。但我又坚持暑假不能让她养成慵懒的习惯,还是想方设法地搅醒了她。孩子大凡都是贪睡的,于是在她耳边重复昨晚电影上的画面与情节,说着说着,她蒙眬着双眼,开口说话了,与我共鸣或争议。可能是电影情节内涵对她触动不小,她起床后一个劲地讲述电影里的一些细节,表达她的悲悯与赞叹之观点。

　　我们一边说着一边下楼,打开院子门出去走走。这是平时上学前晨练的节奏,假期我们依然延续。清晨雨后的园子里略显凉意,草丛树木上的露珠点点。枝头上的鸟儿发出几声清脆的鸣叫。清风微微,溪边的几枝青荷变得越发清丽了。

　　我俩手牵手走着,跨过小木桥,多多说听到水声了,那是上游小溪乱石间的水流潺潺,近日连绵的雨水让溪流水位提升了不少。绕过小竹林,眼前一片开阔的水域,不时有鱼儿欢乐地在水面上翻腾。这一带临水岸边,摆放着许多大石头,都是大块的圆乎乎的,一个个兀立水中。

这块石头也成了我俩每日晨练的谈资。多多每每路过这里,都关注水位升降与小岛的淹没情况,也经常小心翼翼地一脚跨过去,好比跨过海峡,自豪地站在小岛上,可俯身细看水中过往的鱼虾。她胆小慎为,大凡都要牵着我的手方可走上去。

今天的水位升高,小岛被淹得只剩下中间的一小块区域,裸露的部分也只能容下两只脚印大小的样子。多多说要上去,我支持。于是我们先移步到一块临近岸边的大石头上,好比先站在海峡对岸。

站稳后,多多拉紧着我的手,抬脚就跨过去。然而在梅雨时节,小岛的表层是生有苔藓的,只不过不明显而已。多多的脚踩过去,身体的重心也随之迁移,可是不妙,她大叫一声,因为鞋底打滑了。

这一叫,我也震惊了,本来没有什么准备,牵她的手本来只属一般鼓励与安慰的架势,从没想到这下危险传递过来了。我顺手一拉,不好,多多的身体已经向前滑过去,脚上的白皮鞋已经入水,眼看整个身体也在向前滑去。我情急之下,另一只手也来抓住她,这下我的重心不稳了。也许慌乱中自己的脚本能地向前迈动了,而脚下那块石头本来就是一块斜面石,脚下一滑,"哗——"身体顺着石头一屁股坐下,两只脚都插进水中。这下倒好了,我的重心稳了,双手牢牢地抓住多多的手,让她保持了一个平衡。其实,受到惊吓的她已经有一只脚入水了,如果没有牵引的平衡,她也许会全身滑进溪水中。

此时的我,双腿都浸没在清凉的水中,我与多多的双手交握在一起,形成一个稳定的支架,好比双人舞的一个造型。在这样稳住格局下,多多沉着地收回脚,退回岸边的大石头上来。我也松了一口气,放开多多的手,慢慢地用手撑着身下滑溜溜的大石头爬起来,这时我才感觉凉水早已顺着裤管上侵,潮润几近腰部。

我俩面对面地站在石头上,多多左腿的裤管也潮了一大截子,而我整个裤管与运动鞋都在滴水,不过刚才瞬间的悚惧早已烟消云散了,剩下的是冷水入肤的清凉与刺激。我表现无所谓的样子,轻轻地抖动裤子。俩人对视一下,无奈地给对方一片笑容。我拍拍多多的肩:"就算是我们与小溪一次最亲近的体验吧!"

今天晨练就此结束,转身赶紧回家。林间的小路上,留下两串带着水渍的脚印。多多主动拉着我的手,似乎有安慰之嫌,而她的步伐故作轻松,一扫刚才落水的狼狈之状。我快步跟上,这样拉手的力量是无穷的。接下来的路上,我俩不再低头细数身后脚下那湿湿的印迹,而仰望天空,指点林间自由飞翔的鸟儿,开始一个新的话题。

记得多多说过,最幸福自由的要么是水中的鱼儿,要么是天边的鸟儿。

二〇一八年八月四日

春风一面

手机上显示陌生的电话号码,一接听后才晓得是画家大樵打来的,有点意外。更意外的是,电话那端他一个劲地向我致谢,理由是我曾经给他一个鼓励的微笑。

大樵与我有一面之缘,是在市文联乐会长攒局餐叙上结识的。画家的外形颇具个性,留长发,蓄髯须,衣着仿古又宽大,举止舒缓而少语,眼神里似乎透露着几分傲气,好像与在座的不处于同一个世界。

那次餐叙现场展示了大樵的一幅长卷山水画,非常了得,众人都推崇其构图与笔法不错,而我感觉丹青背后藏露着一种情绪与理想。与其对话,发现他其实有着外人想象不到的随和。席间,他低头只顾自己夹菜、自饮,别人向他敬酒时,他就端起杯子示意,应付而已,看来他对人情世故确实不讲究。

我们再次相遇纯属偶然。春节后的一个周末清晨,我在京城乘坐地铁二号线西行。由于人多拥挤,我紧紧地拽着吊环拉手,侧看窗外。我的正前方,站着一个戴礼帽的人,侧看上去,感觉似曾相识,只是一时想不起来。

车过公主坟,下去了不少人,戴礼帽的扭过身来,靠在过道的立柱上。我迎面一看,这不是那个叫大樵的画家吗?可我又不敢说,因为面孔相像的人太多了,叫错了多不好,反正我们俩又不太熟悉。这样我就低下头闭目静心。后来由于乘客上下,我被动地向前挪了位置,更靠近他了。此时我看到他倒背在胸前的双肩包里,斜插着应该是几轴画子。这下我笃定他是大樵了。

正好此时他抬头张望,我们打了一个照面,趁机笑着寒暄一句"您也来北京了"。

他一下子似乎没反应过来,看着我,忽地嘴角动了一下,但没声音。

我补了一句,我们都是乐会长的朋友。当说出了彼此熟悉朋友时,他露出齐整的牙齿:"对,我俩见过的,你还点评过我的画子。"

他乡遇故人,自然是亲切的。交谈中得知他此行要去西四环方向,我的目的地是中科院,这下可巧同行。

大凡公共交通中,拥挤的人们都板着面孔,表情木然,面面相觑,却没一个好脸色。车厢里少有人说话。只是人流涌动时,有人脸上更添痛苦的表情。

本来在外看见不算熟悉的人,也就一闪而过,感觉没有必要去搭讪交流。其实,这就是人的一种自我表现。相逢都是缘,况且在他乡,起码打个招呼,彼此也会觉得心情舒畅点。

我俩一路上问候式地交谈了几句,基本上我问他答,但看得出来，他是真诚的，彼此眼神相对，这番交流还是倍感亲切。北京的早春相当冷。然而这样相逢的清晨，让自己有了一个好心情。

那次出差归来不久，乐会长遇到我，说大樵感激那次在地铁上给他一个亲切的招呼。我笑了，不就是一个招呼嘛。可后来一想，也是，那时那地能张嘴叫出来，这确实也不容易啊。

乐会长说，大樵自己坦露，那天我在北京的一声招呼，却改变了他的主意。本来他是去找一位家乡人办事，因为不太熟悉，一路上担心别人不理会他，心中犹豫，正在打退堂鼓。本来他就属于那种社恐之人。此时我主动的一声招呼，让他觉得暖意融融，深感情谊绝非烟云，于是鼓足勇气前往。当然，结果如愿以偿。

大樵后来托人送来一幅画子，说是专门为我画的。展开画面一看，主题并非他擅长的山水，而是一幅六尺的牡丹。画面上深红的花瓣鲜艳迷人，浅粉的花朵淡雅轻盈，水墨的清香与色彩的妖娆交相辉映，极具富贵相。虽是大写意的风格，但细读每朵花的表情，都相当自然地诠释了"花大色艳，仪态万方，雍容华贵，端庄秀丽"的牡丹之品格。

我抚画细看，感觉到每朵外形相似的花样中，有一朵明确是含笑的状态，又发现边上的另一朵也是，再细瞅，似乎每朵牡丹都笑起来了。

再留心题跋，念读"春风一面"四个字，我顿悟大樵的用意了。小心翼翼地收藏这轴画，存一个念想：心有牡丹花开，世界便是暖阳。

二○一一年三月十九日

期行

刚入秋后的一个傍晚,细风微微。

朋友相约,晚上依然是无主题的小聚,只为享受一壶清茶。

天色还早。打开窗户张望,晚霞还没有完全布置好天空。楼下目力所及是一片绿肺似的森林。这片条状丛林地带原本是旧时城邑的墙郭。几十年前一声号令,全市干群一起拆城修路,说是要打破城市发展的藩篱。一番折腾后,号称"铁打的庐州"城墙消失了,好在拆去的原址上没有再建工厂高楼,而是就地筑成了一条环城马路。道路两旁的树木依然自由生长,虽没有参天古木,但花木成林成圃,一些文化雕塑点缀其间,成为城市的一个好去处。

朋友来电,言及开车来接我,并说路上较堵,意思要耐心等待。

我俯身向窗外一看,楼下横竖交错的道路上,塞满了各式车辆,只能慢悠悠地蠕动。

于是,坐在电脑前安心地看了几则新闻。过了一会儿,估摸时间差不多了,开始下楼前往约定的地方。从办公楼大门口绕到环城马路不算远,一路树林茂密,相当阴凉。路北有棵树冠如盖的大樟树,这是我经常驻足等待的地方。朋友是知晓这个坐标的。

伫立树下,静看路上车来车往。朋友的车,车体与色彩都容易辨识。可我望眼欲穿,类似的车一辆又一辆,始终不见朋友的车。

此时天空突然一声响雷。我抬头,透过枝叶,看天边乌云涌上来。难道要下雨?这季节的天,说变就变。刹那间,天就变暗了。

估计要下雨。本想先回办公室避避,可心存侥幸,想这雨没这么快吧。等一等,要不然朋友车子恰在此时来了,找不到我,那又得麻烦了。

劲风扫过,雨点开始落下来了,起初不算大,但地面很快就潮透了。

好在背靠的这株大樟树枝繁叶茂,站在树下还颇优哉。尽管地面开始积水了,但我这边却安然。偶尔头顶上也淋上那么几滴,感觉还蛮清凉的。

天色越发暗了。伴着一声炸雷,雨大起来了。枝头的树叶有些挡不住了,雨滴开始淋在我的身上和包上。

可此时路上的车子更堵了,似乎乱作一团。看着不远的办公室,我想先回去避一避雨。给朋友打了一个电话,不通。再打,还是没接通。于是我迟疑,担心一离开,朋友到了怎么办。见不着我,又停不了车,自然着急。心想不能失信于他,决定坚持等。

电闪雷鸣,大雨越下越急,滂沱如柱,几无间歇。此时的我,即便想撤也来不及了。大树底下,雨水不断透过枝叶,毫无节奏地淋灌下来,衣服、鞋、包无一幸免。

雨真大,眼前的视线都变得模糊了,路上的车辆在蠕动,一辆接一辆地驶去,还是没见朋友车子的踪影。渐而,我的头发淋潮了,衣服湿了，透了，脚上的鞋子也没有干的部分。而眼前的大雨，丝毫没有就此罢休的意思。实在是有些受不了啦。但我没有离开，心中想着，这是一种信任的坚持。

地上的积水在流淌，似乎已经漫过了我的鞋面。一阵风起来了，空气凉了许多。雨更大了，雨点的密集与速度，让我的眼睛都睁不开。雨水从头上淋下来，流在衣服上，再顺流至脚上。我全身彻底地湿透了，里里外外都透了。

此时，我反而不作任何躲避，其实也没有必要了。如有人看到我，应该是那种大无畏的形象，任凭风吹雨打。如此恶劣的环境会激荡人的情怀，我甚至想张口大叫，让暴风雨来得更猛烈些吧！此时心中只有一个愿望，就是坚守。

苦难煎熬的等待，终于到头了。一台满身泥渍的车子停在路牙边，车窗打开，朋友伸出头来，见我一副落汤鸡的模样，也一时语塞。

赶紧就着水淋淋的身子坐上车，骤雨依然敲窗。稍安稳，内心平复后，我用手捋着头发和衣服上的水。凉意阵阵，不禁打了几个寒战。朋友侧过来说了一句，手机碰巧没电了，但我就知道你不会离开的。我无言以对，不断地挤压着衣服上的水。车子转了个弯，朋友又笑着谈及《世说新语》，说我曾经讲过一段《陈太丘与友期行》中信与礼的典故。今日虽然遭遇雨淋，却显魏晋风流。

这天晚上，城里那家小楼茶舍温和的灯光下，一壶清茶氤氲，我不断地用手拢着湿湿的头发，自然也有了一个话题。

二〇一〇年九月二十一日

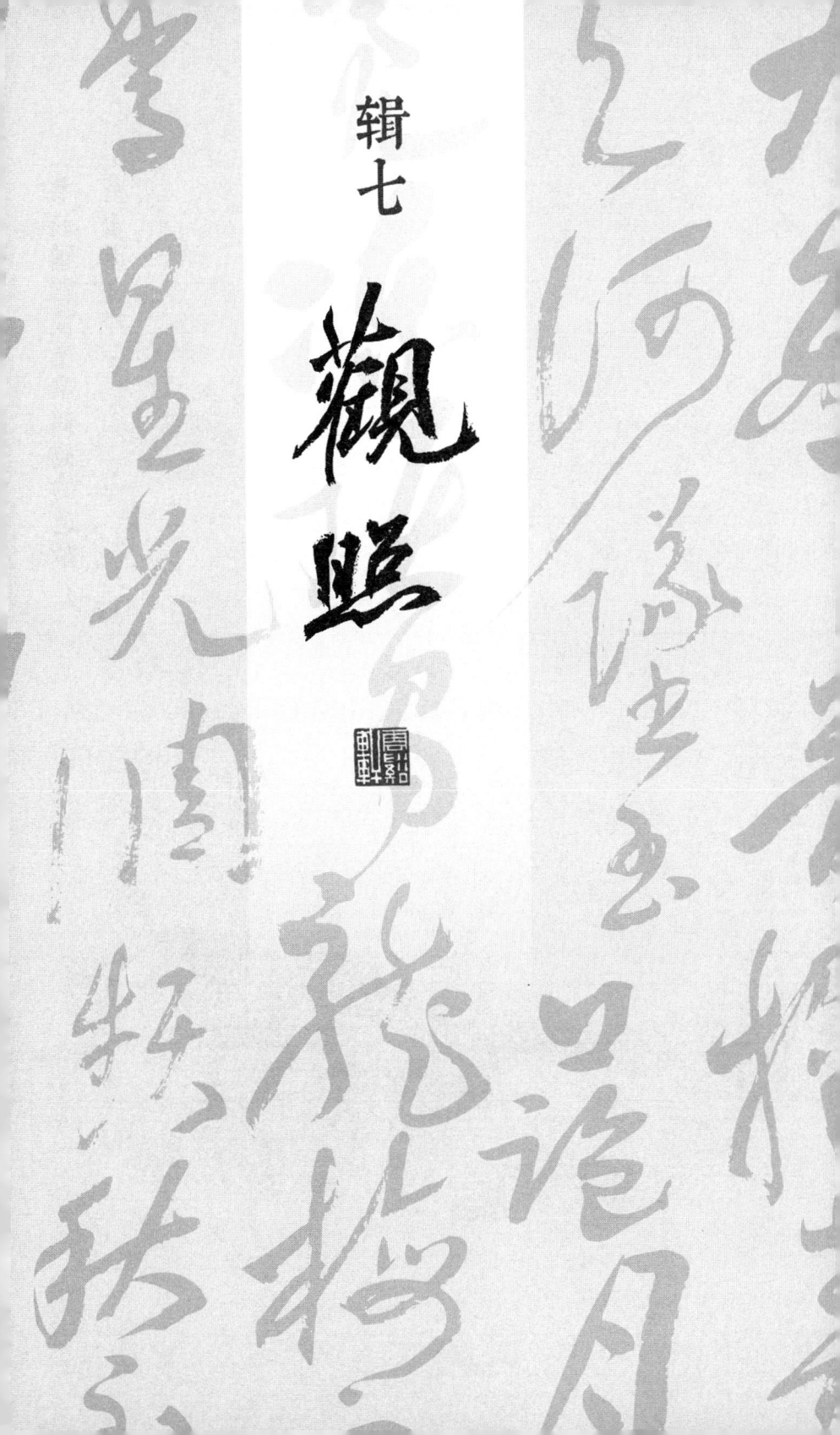

辑七 观照

书籍铺就或文字码砌的道路坚实而宽广

大繁至简

谈及中国古典家具,人们自然首推明式家具。

明式家具合乎甚至代表了中国传统的审美取向,简练、淳朴、典雅、文秀,不论造型、做功,都堪称一流。王世襄先生概以"十六品"和"八病",精辟地分析了其形态与内涵的优劣。

虽起源于明代中后期,但明式家具发展黄金时段一直延至清初。当时的商品经济潜在涌动,促进了城镇商业的繁荣。时逢国泰民安,物产富庶,又恰西风东渐,与海外文化交流融合,家具制作便趋向雕饰繁复,彰显绚丽、豪华、繁缛的富贵气派,渐渐形成一种独特的清式家具气息与风格。

一

中国古典家具建造的巅峰时期,应该是清初的雍乾年间。

清军入关,刚刚闯入北京的大顺政权不稳,李自成及其队伍撤离南逃。有些农民军逃离时上演了一场空前的毁焚砸抢,北京城内多少宫廷和民间的屋宇及家具物件惨遭劫难。

清帝入主紫禁城,先后修建工程浩大的圆明园、清漪园以及避暑山庄等宫苑,而一些战功累累的王公贵族也大兴土木,建王府,造豪宅,致使能工巧匠逢上有史以来家具制作的绝好机遇。时值商品经济发展,社会习尚大变,民间普遍兴起讲求家具陈设的风气,大大地促进了家具生产。伴随着硬木家具的大众化普及,一些文人雅士开始关注家具的材质、样式和雕刻内容等,甚至有些皇帝还亲自过问,家具制作技艺得到文化扶持性发展。

在沿袭明式家具制作的基础上,雍乾年间逐渐形成的所谓清式家具适应了社会发展的需要,慢慢独立出来,呈现较之明式家具繁复独特的款式风格。

二

由于明代家具历史的积淀,以及满汉文化的糅合,清式家具制作样式讲究豪华,整体造型相对厚重,尤其重视形体的装饰细节,强调精雕细镂,结构奇巧,匠心独运,常常融合多种工艺手法。

风格上,清式家具崇尚豪华,注重陈设效果。一张几桌,可以雕刻数十条龙凤纹饰;每一件橱柜,都能看到密密麻麻的灵芝、蝙蝠等吉祥图案。此外,家具制作中还衍生了镶嵌木、竹、石、瓷、螺钿等辅助工艺,可以说开创了木工艺术的一代新风。

然而,这种创新也是有代价的,遭受了诸多业内人士及保守者的大肆批判,有的从美学角度,有的从文化层面,都言及清式家具背离了"少就是多"的哲理,脱离了明式家具精巧、灵秀、线条柔美的风格,尤为强调结构繁缛,没有给人留下艺术想象的空间。

在北京,我认真观瞻了故宫、恭王府里的家具陈设,专程去过陈丽华女士兴建的紫檀宫,细细品观了中国紫檀博物馆馆藏的珍品,直面了解许多制作精美的清式家具。走出博物馆,我思考一个问题:什么力量促使人们认为登峰造极的明式家具转而演变为风格迥异的清式家具?难道这是审美与工艺并行的后退。细思之后,我觉得这点应该慎重地看,历史地看,进行社会化分析与研究,因为这不单纯地是工艺技术问题,也不应过早地下什么美学结论。

认真审视,感觉清式家具虽然繁缛,但呈现的气派也确实令人震撼,自身焕发出一种权贵与威严,甚至表现出一种强迫人接受的霸气风范。也许,清式家具就是凭靠气势取胜的,突出了当时的等级差别与人的自信,也可从中管窥泱泱大国的气派。博物馆里可见的端正庄重、敦厚气派的太师椅,有"千工床"之称的雕花架子床,以及雕满灵芝葡萄纹饰的八仙桌,随处可见雕镂的装饰,或多元化材质的融合,加上漆饰技艺的灵活运用,显得华丽庄重,足以体现出那个时期家具的特征。

然而,华贵取向与炫富定义的清式家具,终究难以进入寻常百姓家。这是经济分配制度的必然结果。清式家具最终让人既敬之,又远之,余下的是感叹、惊奇。

三

相对而言,明式家具的线条简明隽永,清式家具则以雕工繁复华丽著称。风格的变迁,主要归因于清人生活起居较之明代奢侈、华丽和虚荣。稍有经济基础的家庭或达官显要府第中的家具,除了具备家具的基本功能外,还讲究家具陈设价值。

清代宫廷家具大都用紫檀、鸡翅木、黄花梨木等硬木制作,选料相当讲究,有时一件家具只限用一根木料制成,稍有不如意即弃之不用。许多家具体积庞大,并镶嵌牙雕、贝壳、金银、玉石等。由此看来,家具便成了工艺的集成体,而大量的浮雕、透雕工艺技法运用在家具上,纹饰精细,做工讲究,整体富丽堂皇。

至清中晚期,家具比较注重繁复细腻的雕花,结构、线条上不再时兴传统的简洁利落。雕花图案几乎都关系吉祥,具象多为龙凤、如意、牡丹等,华丽炫富的气息无处不在。

其实,一切器物,如自然成纹,总比人工雕刻装饰显得隽永耐看。但是,搁在经济迅速发展的大清帝国,士大夫们主导的审美取向发生了变化,讲求一种繁复之美。于是,工匠们开始钻研雕工的细腻,恨不得在家具的每个部位都加上雕刻装饰,成就艺术精品。为了使自家的家具雕工上优于、别于他人,达到登峰造极的地步,宫廷以及一些大户人家都豢养一些木匠雕工,让工匠们专心致力于家具的制作与研究,即使两三年才磨出一张椅凳也值得,正所谓"慢工出细活"。在这种有钱、有闲的氛围和优势条件下,也难怪清代的家具雕刻达到了淋漓尽致的境界。

由于雕琢堆砌过于烦琐,追求豪华气派,炫耀金钱地位,相当一部分清式家具走向了功能需要的反面。家具上书香、文气少了,奢华的形式深入每一处边角。

四

中国传统家具之造型，原本尽量避免几何形态，以柔和的曲线和对称图案装饰，使形体刚中带柔，雍容大气。明式家具多属关键性的点缀，繁简相宜；清代则为大块面的雕刻，显得厚重与繁华。

雕刻装饰手法上，清式家具没有继承明式阴刻线雕或浮雕的技法，而多采用透雕，以虚间实，这样比浮雕更能衬托出主题花纹。线条上也不追求传统的简洁，而是设法变换花样。主题内容广泛使用吉祥与道德题材，把家具当作了人们精神寄托与道德感化的重要载体，如在家具上呈现福禄寿"三星聚会"，讲究形神兼备，突显祥瑞之气，世人乐于接受。同时这些雕饰器具讲究色系，如通体朱漆，图案描金，使人物雕刻各具神态，金光灿灿。

镶嵌是清式家具装饰的重要特点。普遍运用包镶或填嵌等多种镶嵌技法。康熙年间流行黑漆五彩螺钿家具，镶嵌的材质就有瓷片、螺钿、玳瑁、象牙、犀角、玉石等天然材料，并将嵌件依纹样和质地的差异构成装饰画面，提高了家具的艺术表现力。

明式以造型取胜，清式以装饰见长。清朝中期家具制作盛极一时，制作中运用多种材料，采用多种工艺装饰，达到艺术组合的效果。但清式家具往往只注意技巧，一味追求富丽华贵，而忽视艺术的美，形成烦琐堆砌的作风。但在民间，传统家具仍沿袭明式的程序，尚保留了朴素简洁的风格。

五

随着西方文化与科技的传入,以及新式材料和工艺的采用,清式家具融合了西洋家具的式样和装饰方法。五口通商后,西式家具纷纷进入了教堂、租界,中西文化交流互融更为密切,国人的思想、观念、心态与价值取向随之发生了嬗变。中国传统的家具风格固然还在坚守,但西式家具相关元素慢慢地渗入了肌理当中。特别是巴洛克风格的融入,使清式家具制作发生了重大的变化,大众审美情趣日渐异化。

受西洋文化的影响和冲击,一时出现了中西合璧式的家具,家具造型和雕刻的设计、工艺,都带有浓厚的西洋色彩。基于中国传统文化,从纯粹的古典家具的美学观为基点来谈论清式家具,不谈民族性和汉文化传承,相对明式家具而言,清式家具是一种异化而不是进化,处于一种退步的境遇。

清式家具可以说是一段社会文化的缩影。就其造型、图案工艺来看,借鉴、吸纳了西洋文化,虽淡化了些传统的正宗,但也多了些特别的意味,不能不说也是一种发展与创新。从国际视野、文化互鉴的开放眼光来看,是对世界优秀文化的融合与包容。社会发展进程中,国人不能一味法古守旧,适当地纳入多元文化,才是最受世界人喜爱的。因而,作为中国古典家具的奇葩,清式家具也一直深受东南亚以及欧美人士的喜爱。

若从这点来看,清式家具不输明式。

二〇一〇年十月十二日

掬春

清早出门，一抬脚发现，门前的石阶上已湿漉漉一片。昨夜不知何时下起了雨，细小又无声，但湿意重重。举步轻行，深感经霏霏的春雨的一番洗涤，留下的是一股清新。只怨气温不及，柔风拂面，依然寒意不减。

早春，无边光景一时新。大地苏醒了，万物待发。雨后天晴，屋外园子里静伫的一树一木，如临起跑线上，等候春风的号令和催化。历经长冬的种子，在土壤中厚积薄发，新生的力量悄然而起。

欢乐的孩子们挣脱掉那身厚拙的棉衣，带着"咯咯——"的欢笑，在草地上轻快地奔跑起来。惊动了枝头的鸟，声声鸣叫的也是春天的故事。

春来了。如朱自清所述，春天走近时是那般令人欢欣。再说，谁又不爱春天？

手边有本北师大版的《历代四季风景诗三百首》，书的封面有些破旧了,在它伴随我的三十多年里,我常随手翻翻。书中歌咏春天的篇章就占四成之多。春景当前,以诗述春,是古往今来文士佳人乐用的表达方式。吟诵几句唐诗,好比将春意浓缩其间,又慢慢在舒展、化开。

春天的华章,象征着一番美好的寓意,早早地、慢慢地感受春。

玉兰映春

春光的灿蔚,似乎都凝聚于檐前的那株白玉兰上。

上昼的庭院里,煦阳暖暖,一小块新翻的菜畦散发着丝丝泥土的芬芳。移步看似败萎的草坪下,一股柔嫩劲在酝酿似的聚集,偶有尖尖露绿意。这一切,似乎都在衬托一株高挑过檐的玉兰。

貌似光秃的干枝上,已密集地竖立起枝枝玉兰花蕾,尚无绿叶相衬,但每朵都持舒张待放状,白皙、晶莹、瓷润。不经意地看一眼,一定会让自己的目光刹那间定格,温和的眼中也自然生成一轴设色的工笔画子,细长条幅式的那种,宛若天降。此刻,即便堆砌多少华丽的辞藻来描述此景,也不为过。

仅一树玉兰,就为院子增色不少。庭前过往的行人,就连每每路巡的保安也不愿意错过这份天赐的美景。

我喜欢坐在客厅里,透过落地的玻璃窗户,静窥玉兰树的全景姿态。女儿多多距离玉兰最近了,阳台上专属她的矮矮的书桌正好与树毗邻,读书写字,抬首即对花。

推窗,春色入户。满目的花朵即在手边,自然不会去碰的。不敢,也不舍得,剩下是无言直面,终悦然于胸。

看了又看,美景入画,多多的笔下早早地描绘过此等景象。不过时在冬日,记得她窗前写生,面对寒风早收罗完了树上所有的叶片,白玉兰枝丫光秃秃地耸立着,这般场景触发了她绘画的想象力,然后便有了一幅玉兰绽放,映于窗前的画面。

原来可以这样画心中的风景。其实,她最清楚的,年年都面对这株玉兰,与花伴读,花容铭心。

春景入心,值此欣然。

春夜听雨

雨,细细的,不大。因为春雨,自然不再是那番寒彻彻的模样。

去校园餐厅午餐,没有顾及天气,压根儿就没带伞。走出门,头顶上是蒙蒙细雨,轻触在脸上,一袭点阵式的清凉。

虽然蒙在雨中,也无须加快步伐,这种雨,撑着伞是挡了雨,也会挡隔了些许诗意。缓缓地漫步,走了一段不近的路,道旁樟树枝叶雨湿滴淋的,氤氲一份春的气息。

自古农谚就高评"春雨贵如油"。若胸怀田园,自然就不再嫌弃雨了。

又到周五下午了,时光都似乎焉了些,感觉无所事事。旋至下班光景了,也没有急于收拾回家,背着敞开的窗户坐下,听檐篷上的雨滴滴答答,温温的节奏。借着天光,随手取本书,翻翻也快乐。

没有赶时间回家,为的是体验雨滴式的慢生活。

天色渐渐暗淡,许是饭后光景了。拨通了远在故乡母亲的电话,电话那端传来朗朗的笑声,母亲高兴地说她有先见之明,猜我今天肯定会给她来电话的,理由是春天了。听着老人质朴的言语,疚心的是自己总借口忙,连打电话的工夫都少了,别说回家看她了。聊了一通春天和家乡的事,末了,她催我早点回家休息。

迎着小雨驱车回家,到家已是晚上八点钟。进门一看,屋里灯火通明。女儿多多听出我的脚步声,用特殊的叫声招呼我,然后又将自己给藏起来。孩子大了,也学会了调皮逗乐。

家里的晚餐早就结束了,餐桌和厨下餐具都已擦拭干净。索性泡杯咖啡,再烤两片吐司了事。多多小步跑过来,执意要亲手操作吐司烘烤,算是为我做点服务。

雨夜很静。裹着吐司和咖啡的香气,钻进书房,在柔和的灯光下,浏览桌上的书册。书皮陈色的几本,是上周在花冲公园书市上新淘的。其中有本薄薄的,打开设计简洁、考究而留有岁月印痕的书封,顿感一股时光倒流的意味。

屋外,雨声渐起。掀帘而望,一串灯光倒映,在如鉴的柏油路面上拉长。

一年春好处

春的演进,最初是渐入式。

刚立春那会,春意初显,颇为羞涩,属慢热的,一点一点,缓缓地进入;伴着煦阳、和风、细雨,春的步履陡然加速,快得相当,一不留神,眼前许多妙色新景都一溜烟而过。一年之计在于春,可总是"春色未曾看"喃喃在口。张望枝头,早已绿意盈盈,心中又是一份憾疚,愤然中只好寄望于来年。

春日之机在于晨。

闹钟叮叮,声声难催春困,睁不开眼啊!

早起开窗,院内外落英缤纷,杏花不再了,玉兰也谢尽了,矮矮的一树樱花正绽放着。枝头,草地,都青了绿了。放眼满目青翠,似乎天光都变得暗淡了些。檐前树上,鸟的欢叫声不绝于耳,只是没有催醒贪睡的女儿。

我们有约定,早起在溪边走走。手牵双眼蒙眬的多多,出门后就感觉不一样。雨后的清晨真好,天是蔚蓝的,每一口空气都是清新的,两条腿走起来也特别有精神。

一路上听着鸟儿们的欢叫,路旁护坡上噙着露珠的映山红格外鲜艳,集群成片地映出了春的丽影。

我们边走边伸伸手、弯弯腰,身体也跟着扭动起来。

静悄悄地来到云溪边,一对老年夫妻,天天如一地在桥头习剑、练拳。每每遇见,多多主动地向他们问早,欢笑嘉许,如春花竞放。

雀跃地穿过溪桥,石板路上绕开遍地的落花,步履轻轻沿溪而上。溪水潺潺,一段静静的潭面上,浮漂落花片片,如同天上繁星。多多打个比喻,说是风姐姐给水里的小锦鲤们做了一床漂亮的花被子。一阵细风,柔柔的柳条轻划着水面,映出两张笑脸。

一路欢歌,乐律如水流潺潺。

二〇一二年二月二十二日

天河坠玉

长江北岸,有我的家乡枞阳,一个山清水秀、文气悠然的好地方。

皖中腹地深藏着一处风景名胜——浮山。这名字不算特别,据说神州大地有无数个大小浮山与之同名。皖江南北,稍有名气的就有繁昌的浮山、明光的浮山等。但这不影响桐城文派的发祥地枞阳浮山的别致与特色。

远古时期的枞阳浮山是座火山,曾数度喷发,多次岩浆侵入地表,形成了岩奇洞幽的景观。如今,这座沉寂多年的山体,远远望去犹如一叶轻舟,漂浮于烟波浩渺的白荡湖畔,因而浮山又称"浮渡山"。如若走近浮山,不大的山体中,却随处可见具有典型火山地貌特征的峰壑和岩洞,甚至有幸可以捡到一小块别称为"浮石"能浮于水面的火山渣。

第一次前往浮山,是因高中组织学生干部春游。虽是春游,实为一项研学活动。一辆大巴车,从县城一路颠簸,驶入了浮山中学。这是一所远近驰名的中学,学校依山而建,名山名校相得益彰,山为校赋名,校为山增荣。浮山中学的领导非常重视我们一行的研学活动,专门安排了地理学科的陈日新老师陪同讲解。陈老师是著名的特级教师,头发花白的他刚刚从课堂上过来,袖口和手上还沾留些粉笔灰,也顾不上清洗,就领着我们上山。陈老师朴素低调,路上他面带笑容作了一点说明,意思是他着重讲解山岩的形成与构造,也可以解答一些地质与植被等问题,但对山上人文话题未作深研。知之为知之,从这一点即能看出陈老师治学严谨的态度,也让我等深受教育。我非常珍惜这次研学活动,所到之处,都拿出了笔与本子,认真地对所见所闻详细地笔记或抄录。

那时的浮山尚未被辟为国家地质公园,但美景如一,自然天成。山中的奇峰、怪石、巉岩、幽洞构成了浮山四大奇观,其美景及其形成,陈老师都一一作了科普而生动的讲解,这里就不作导游般的赘述了。且只说浮山拥有的"三十六岩七十二洞",而深藏于锁云巨石之后的滴珠岩,确是一处奇景,被后世誉为滴水洞天,令人叹为观止。

通往滴珠岩的入口处,两边峭壁对峙,形如峡谷,仰头可望浮云如白缕,仅见一线蓝天。"削成绝壁千寻峭,生就悬岩万窍空。"可谓洞天福地。随后钻入岩洞时,顿感一阵阵凉意袭身而来,隐隐听见水流潺潺。再移步转身,豁然开朗,一个巨大的洞穴呈现在眼前。洞内中空,状如旋螺倒立,鬼斧神工。令人称奇的是,洞壁上天然形成一圈石阁,像阁楼一般,可以栖身,号曰"隐洞",也有人称"复岩"。据说古时常有避世的高士藏身于此,吟诗品茗,倾听天籁,怡然自乐。

向上望,头顶的洞口一窍见天,间卡有一块陨石,如龙口噙珠,景致非凡。洞顶半空中有几线水珠顺落而下,直泻数丈,似珠帘倒挂,飞溅散作雨花,腾起一阵烟雾,飘逸飞洒,弥漫岩空。这滴水声清脆悦耳,石间漫流澄碧。倘若在冬季,想必又是悬流飞挂、冰柱擎天的景象。

洞内四壁上留有不少摩崖石刻。借着天光,这些斑驳的石刻可以慢慢辨识。最醒目的是"洗心处"三个斗大的朱色字,此乃明代桐城县令黎道炤所题,意指此处飞泉可以洗心,让人一时心清、心净、心明。游人到此,似有体悟,心去杂念,都仰止赞叹。而我的目光却停留在刻有"天河队王"字样的横幅石刻上,笔酣墨饱,字迹浑厚。当时没弄明白此语究竟是表达何意,就连同落款"曲梁和斋陈于阶"一字不落地抄录在笔记本上。本想就此请教一下陈日新老师,由于同行的领导一直与他交流,没能插上话。再说,这类问题不在陈老师解答的范围,只好就此搁置一旁了。

多年后,整理笔记本,发现当年的疑惑依然未解。近日在省图书馆查询资料时偶然发现,原来为滴珠岩题字的那个明代陈于阶,源自直隶曲周世家,学有渊源,通于世务。万历年间,他以进士官桐城县令,广施德政。后来知晓,他当年在浮山滴珠岩题写的"天河队王",本意是面对从天而降的水帘,想以"天河坠玉"四个字来赞誉,可是这位才华横溢的学者,因景造句,别具匠心,对文字巧妙处理,呈现的是"坠"字少了一个"土","玉"字少了一点,二处变动,即意为"没有一点土",不掺杂尘土的水,方为纯正的漱玉,自然会更清更美。这番艺术的表达,应该寓指从洞顶而垂流下来的水来自天河。天河里飞溅的水,当然是不带有尘泥和污淖的。

这么一说,存留多年的疑惑也似乎就释然了。若再细思,还可以理解为作者借景寄情,人生于尘世,心灵难免蒙上一些尘土,倘若坦怀于滴珠岩,放空自我,如同让清澈的水流涤净如初,回归一份安静祥逸的心态。

有人说,此不过是一则文字游戏而已。在我看来,恰恰是一种高明的文化隐喻。世间许多美妙的文化表达,需有一番特定的氛围。而在号称"文章之府""诗人之窟"的枞阳大地上,类似的巧设妙喻俯拾皆是。

二〇一八年十月十四日

蓝月亮

在博客上先拟了个标题,可是没来得及写出完整的文字来。

有朋友在下方评论里催促,言及这轮"月亮"升得也忒慢了点,等了几天都没能升起来。

说起来也不巧,最近几天,每至傍晚时分,就一会大一会小地下起雨来。秋雨秋凉,夜晚倒是舒适入眠,可仰望夜穹,当然不会有月亮。意念里,天边林梢间挂着的是一轮蓝月亮!

蓝,与月亮,一个多么动听又富含诗韵的组合。也许,洁净的蓝,流畅的蓝,在人们心中,永远是一种美而优雅的色调。再把这份色彩,涂于本身具有浪漫气息的月亮上,那整个世界夜色自然显得清宁而美丽。

大学有位态度谦和的教授,曾从心理实验的角度,例证了色彩的变更对人的心情产生的影响。现在放之生活中细细一想,不得不认同的是,同样的场景,同样的人物,包装的色彩不一样,基调不一样,整个环境状态就会发生难以预想的变化。

明月当空,原本就是一种美妙景致。也许,步履急促中不曾回首用心顾及。也许,晚宴霓光中努力消费着应对的微笑,习以为常,或不经意间,一次次地错失了融光天下的月华。

月儿每月圆一次,祖先的历法算得相当精准。北欧童话里,月儿每月也蓝一次。只是在茫茫的东方夜空,难以想象夜空中高悬着一轮蓝悠悠的月亮,那又将是何等的一番意境呢?

好比在奇思妙想,只能放飞于梦幻中了。

所有这些,都缘归于一部电影——《蓝精灵》。

早年也曾听过这段主题的北欧童话,但从不迷恋。因为心中,一直钟爱与推崇本土的故事和传说。而因为女儿多多,从她那眼神里淡淡地期待她所知晓的蓝精灵。

赶上电影晚场,这是女儿第一次持票进电影院。

她如大人一样,自己伸着小手在剧场入口处领了一副偌大的3D眼镜,端坐在我与太太座位之间,刻意地靠着后背,还得仰着头,因为那宽大的眼镜时不时会从她的鼻梁上滑掉下来。

近两个小时的影片放映中,她丝毫没有倦意,手脚还配合音乐节奏,如同银幕上的精灵一样快乐。

蓝月亮冉冉地升起来了,她起身鼓掌,小手拍得那样坚决、真诚,与快乐节奏一起律动。蓝色月光透过她3D眼镜黑黑的镜片,映蓝她闪亮的眼神。

蓝月亮伟大,让正义、快乐、美好重回人间,普照人间,包括我们所在的这间放映室。

临近中秋。家人相商,月圆之夜何处去。中秋正逢田园收获的季节。以往出行总是瞄准乡土美食,湖江的渔获,山林的野味,也在意过一山一水一世界,所有的都在记忆里不断地涌泛。

太太突然提议去扬州。我窃喜。扬州号称"月亮城"。"天下三分明月夜,二分无赖是扬州。"徐凝的讹夸,如月光溶溶,淡而定格地映印我心中。

六七年前,我步履轻轻地行走在蜀岗上,荡漾于细柳拂船、塔影横湾的瘦西湖,体验那"两堤花柳全依水,一路楼台直到山"的桃柳景观。白塔,五亭桥,伴着近岸隐绰传来的丝竹声声,美景尽收,柔情揽怀。

我叹喟生在扬州、居在江都本身就是一份幸福。而扬州朋友伴着同情的口吻,言及若中秋再来一次,感受、收获大不同。于是心里埋下了愿望。

梦想促思想,一定要在中秋月圆夜来扬州。渴望借传统佳节,伴妻女同行。湖光秋月里,为好奇好问的多多,作一个唠叨的解说。让她身临其境,月光下诠释那一段段的故事:挖运河,赏琼花,还有一夜造塔。

也许,多多能亲眼看到有一轮蓝月亮升起来。

二〇一一年九月五日

冻顶乌龙

正是岁末。民间祭送灶王爷的日子过了,腊月二十四旧俗的小年也过了,腊底年前尚有几天。

时逢寒假,庆幸远离了案牍,自在地宅守家中。台历上注明时入六九。"五九六九,河边看柳。"照理说,天气不应该还这般严寒,可江淮间冬春交替的气候总是飘忽不定,看窗前风吹树枝凌厉的样子,不用说,户外还是相当冷。

女儿多多迟迟没起床,若不是刚才我以讲故事的腔调干扰一下,她一定要睡个自然醒。假期是自由的、幸福的。她悠悠地穿衣、洗漱,纯粹是在享受一种慢生活。其实,我也在偷享这份冬日的柔性时光,平日倥偬的节奏早已远离了这种感觉。站在镜子前看两颊的胡楂不算长,索性今天就不刮脸了。用手拢了拢乱蓬蓬的头发,裹着厚厚的棉衣,走进书房里独处一会,窝在坐垫软软的靠椅上不想动弹,只是盯着一排排书架与墙上的几幅书法,发一阵呆。

多多拾掇完了,踮着脚站在书桌边,问这问那。书架上有她夏天去北京游玩时即兴绘作的画片,她取过来与我一起回忆当时,还是蛮开心的。我顺手打开笔记本电脑,记下这些,作为一种生活情趣。点滴记录平日这个浮躁的生活常景,算是一种闹中取静。

玩了一会,多多说想要画画。于是她坐在小桌子旁,照着一期《儿童文学》的封面,埋头去临摹那个装饰画。

剩下的是独自静坐的我,随手翻了几页书,一时没读出个头绪来。起身下楼,准备去泡杯茶。天冷,喝杯热茶以御寒。

餐厅一侧的茶水柜里,堆码一些铁盒、纸袋的咖啡和茶叶,最近被阿姨收拾得一片整齐。整齐好是好,可改变了我所熟悉的物品方位。索性弯下腰来,翻找钟爱的那盒霄六野茶。

安徽盛产绿茶,皖南和大别山都是知名的茶产地。我一直对绿茶情有独钟。清心,明目,许多理由让我一贯饮用绿茶。数十年的茶认知世界里,绿茶第一。

有一年去广州,不远千里给一位文友捎去两盒黄山毛峰。茶是我挑选的,包装与品质都相当不错。递交礼物时,朋友淡然地收下,甚至没有回敬我所期待的谢意。我心中对如此欠礼有些不悦。次日清晨,朋友约请我吃早茶。在我看来,广州的早茶,不过是名副其实的"吃",吃的是各式别致的点心。所谓泡的那一壶茶,感觉就是些茶叶末子而已,遑论喝出什么茶味。想着人们都是冲着早点来的,谁又在乎这个茶味?朋友用茶壶给我斟茶时,解释这种黄汤是乌龙茶。接下来,他的话语中透露出岭南人不兴喝绿茶,主导都是乌龙茶之类的发酵茶。当时我心里洼凉洼凉的,无怪乎昨日送他绿茶时,一副不在乎的样子。

从文化的渊源来看,粤、闽两地地缘相近,文化相通,广东人品饮与理解福建的乌龙茶是显而易见的。然而江南一带的绿茶,相对就生分些,也不关注。我原以为家乡的特产绿茶,一定会让世人迷恋,可这一回有点遭受打击。

看着桌上花样繁多的早点,思考南方人的早餐如此精致,但似乎这茶不能与之相配。心想若是给每人泡上一杯清碧的绿茶,光从颜值来看,也是悦目的。

当然,茶色也不一定碧绿就好。行游峨眉山的万年寺时,一行人曾被导游约请至山腰的一处茶店,品尝当地名茶"竹叶青"。给每人免费泡上一杯,用透明的玻璃杯子盛着,那个茶真是汤清水碧,颜色绿得让人难以置信。我抿了一口,觉得草青味重了些,茶味自然也稚嫩,不知是茶味本身还是烘焙技术,反正口感是一扫茶的厚重与芬芳。

今天我想找的是盒霄六野茶,品相一般,却是当地茶农手作的,纤细卷曲,可茶味清香。此茶产地为霄坑。坑意即皖南山间的小坪地。霄六,是指霄坑的六队生产的。同理,还有霄五,都是难得的高山野茶。

终于找到了盛霄六茶的小锡罐。罐子边上还立有一只黑色的纸盒子,不大,外观显得蛮精致的。侧着光线,瞧见上面烫金"冻顶乌龙"字样比较醒目。冻顶乌龙,名字听起来耳熟,一定是听过的。我顺手拿起细瞅一眼,原来产地是台湾。于是好奇并探索性地打开包装,张望小袋里每一粒茶都揉成半球状,色泽墨绿,边缘隐隐泛黄。

看上去不错,今天要不品尝品尝?于是洗好杯子,先沏上一杯。

我端起白瓷杯回到书房。平时很少沏乌龙茶之类的外地茶,今天是一时好奇,新鲜,想感受一下台湾高山茶的口味。

感觉屋里有些阴冷,于是关严书房的门,双手捂着瓷杯的外壁,借此暖暖手。杯中热气腾腾,让人顿生暖意。轻轻揭开杯盖,茶泡开了,一股清香缭绕。乍一看,汤色清亮,茶叶舒展开了,颇似铁观音形态。又不太一样,淡绿色叶片,其边卷曲成虾球状,似乎镶了红边。

杯盖一揭开,杯中氤氲而出的是茶香与雾白的热气,轻轻抿上一口,醇香且略带焦糖味。我享受这种少有的茶香,一时感觉与书房的环境蛮相配的。

多年前品饮安溪的铁观音,对我来说那是对绿茶以外茶叶认知的一次颠覆。从此,我对茶饮的理解渐渐走向多元,一改我只认绿茶的偏好小格局。

接触一位久居香港的朋友,她的意识里,茶就是 Break Tea,只喝红茶。不过其茶是粉末状的那种,宜泡宜煮,据说多是锡兰货。一些文艺电影可见,哪怕在家冲泡纸包的立顿红茶,也操作出一丝下午茶优雅的影子。

第一泡茶喝得差不多了,茶香溢满书房。赶紧下楼去添注些热水,汤色黄绿明亮,又泛点清绿,其味醇香不减。

追根溯源,我拿出茶的包装盒子,仔细打量一下。这款打印台湾地区的商品条码,产地为南投县的鹿谷,一听名字就颇对味。

由此循着茶香,我深度地了解一下冻顶乌龙。

传说咸丰年间,南投的鹿谷村民林凤池赴福建应试,高中武举人。还乡时,他从武夷山带回了青心乌龙茶苗,后种于家乡冻顶山。

冻顶山是凤凰山的支脉,海拔较高。传说在山上种茶,因雨多山高路滑,登山的茶农必须要绷紧足趾,台湾俗语称"冻脚尖",这样才能在登山中避免下滑,故又称此山为"冻顶山"。山上盛产的茶叶即冻顶乌龙。茶亦因山而名。

冻顶山一带产茶久负盛名。《台湾通史》称:"色如松罗,能避瘴祛暑。"冻顶茶产量有限,品质优异,被誉为台湾茶中之圣,尤为珍贵。茶根在福建,但其茶味与福建的铁观音相比,略有不同。传统冻顶茶属轻中度发酵,带有明显的焙火味。当地茶农多采用陈年炭反复地慢烘焙,研制出的茶甘醇,后韵十足。优等冻顶茶外观色泽墨绿,并带有青蛙皮般的灰白点,条索紧结卷曲,干茶具有浓烈的芳香。

我捧着杯子,茶香馥郁,近似桂花香,又饱含熟果浓花之气息。

多多在一旁专心画画,她不知冷似的,握着笔画个不停,小手冻得通红。我递过茶杯对她说,把手焐一焐啊,她说她的手是暖和的,我试着握了握,果然热乎乎的,一点寒意都没有。而我,焐着暖茶,感觉还是冷飕飕的,想来想去,是不是"冻顶"二字带来的感觉?

揭开杯盖,此时茶汤金黄,略偏琥珀色。三泡之后,杯中茶味丝毫不减,喉韵回甘十足。加水续杯,依然滋味醇厚,清香满屋。

家里很静的,年前这段时间难得如此清静。多多笔下的画子一幅又一幅。她在临摹,又不限于临摹,也会加上自己的创作。这就好比台湾的茶与福建的茶,同根形似,也有些差别,而且显现出来。

我随手拿起其中一张画子,比照那个样稿,说画子上应该有这个图案,不应该有那一棵小树。多多回头对我说,不一定完全照别人的画子去画,可以画自己想画的样子。后来,她果然是按自己理解的画,颇有新意,也有看头。

  遗憾自己平日教育就是这样,一定要孩子全盘接受自己的想法和建议。其实世界本来就是多元的,并非只是一个视角看到的天空,还有许许多多都是自己从未尝试过的,自己却囿于窄仄的视野,经常画地为牢。世界是无限的,虽不可能一一去见识、去体验,但除了眼睛,还可以有思想。人们常说思想多远,才能走多远!

  我不曾研究美术,多多笔下的画子就不评了,但我认为她的画是开放的,一种现实与梦想交汇的,奔放的,不受限制的,她也就能游刃其间。画子之外是格局啊!

  一只小鸟双脚立在大鱼的背上,是很有可能的;小松鼠躲在鸵鸟的羽毛里,也成立。世界就是这样,不能强求一个模式的,存在是多元的。就好比平日喝惯了绿茶,今天一杯冻顶乌龙反而让人有了一份新的感受。

  年前居家,难得如此清静。感谢这杯冻顶乌龙,让我清思一番,感悟良多。

二〇一五年二月二十九日

梅雨季

五黄六月,江淮流域有段雨天专属一个美丽的名字——梅雨。

地理教科书对梅雨有定义描述,是由于受太平洋暖湿气流的影响,初夏长江中下游地区亚热带季风气候形成独有的一种持续天阴多雨的气候现象。这种现象独特,与地球同纬度的其他地区的气候迥然不同。通常,每年六月中旬到七月上旬前后属梅雨季节。进入梅雨季,沿江江南一带几乎天天都在下雨。

眼下梅雨正落江淮间。梅子黄时雨,以梅界雨,寓指当江南梅子渐熟时,霖雨连旬,阴雨霏霏,绵绵不绝。古人称之黄梅雨,因杨梅而称呼的时节,令人有着丰富的想象空间。

梅雨,这两个汉字绝伦的组合,听起来颇具诗意,感觉梅雨算是一种巧妙的文艺表达。细看以"梅雨"为主题的文学作品,绝大多数源自古典诗词。而民间流传更多的则是农谚,如"腊月里多雪,水黄梅""三九欠东风,黄梅无大雨""发尽桃花水,必有旱黄梅",人们凭以前期的气象来预测梅雨的量多量少,这种经验非常可信。

梅　黄

　　江南盛产梅。古往今来,青梅、黄梅这些字眼,在诗篇戏文里都预示事物的美好。青梅黄梅,实为生者为青,熟者变黄。

　　同是六月天,一千八百多年前魏武曹公征讨张绣,途中随行的军士皆口渴人倦,曹公于是鞭指前方有一片梅林,军士闻之,口皆生唾,渴意顿消。这则"望梅止渴"颇具机智,最早出自刘义庆的《世说新语·假谲》,比较可信。而在《三国演义》中,梅子与曹操关联的故事还有一出。青梅煮酒,更让后人津津乐道那一段英雄间的对话。湖海散人罗贯中虽出生于山西,但他自小随父客走苏杭一带,谙熟梅子文化。也许,他曾经在淋漓中体验过梅雨的理趣。

　　江南是梅子的故乡,太湖沿岸尽是梅林。再往南,杭绍一带也是梅子的丰产区。吴人多以望梅止渴为梗,谓梅子为曹公,因而清代王士禛《董起男送风雨梅戏占为谢》中就有"吴中五月梅黄雨,想象千年舶棹风。珍重遗来看软齿,不须将醋浸曹公"的谐谑之句。

　　一场场梅雨,渐渐催熟了枝头上的梅子。

梅　额

　　自小生长在扬子江畔,自然领略过梅雨的习性。芒种见"丙"人梅,即入梅时刻在芒种之后的第一个丙日。记忆中入梅后几乎天天梅雨,上了年纪的老人会提醒家人,这一等要等二十多天后才能出梅。

我的记忆里,梅雨总是温和的,但少不了有股缠绵不休的意味。黄梅时节家家雨。沥沥细雨里,有意无意地淡化了炎热的初夏,温和地催放了簇簇鲜花。梅雨时节,也让多色多姿的雨伞在街头、田埂上撑起了一道道绚丽的风景。

从情感上来说,我因适应而喜欢这种天气。而其淅淅沥沥,阴晴转换,本身也是一番行为艺术的表现。然而,有些年份的梅雨,似乎不近人情,竟然抛弃了温文的外表,给世间带来灾难。雨打黄梅头,四十五日无日头。梅雨源自冷暖气流交汇,经常出现暖湿气和冷空气势均力敌,相互交缠,就形成了狭长的雨带。这条雨带,随着各方势力的强弱波动,会在长江流域一带滞留徘徊。

即便如此,在我内心深处,还是觉得梅雨并不像台风、热带风暴、强对流天气那样让人望而生畏,只不过一时愤然,有些"调皮"而已。随即"雨过天晴",天边就会现出美丽的彩虹。

祈祷梅雨时节平稳安澜,祈祷风调雨顺。

梅　润

梅雨是季节性的雨天,也是绵绵湿热的天。

太阳在此段时间变得珍贵难见了。如果还是那个爱淋雨的少年,在蒙纱雨、毛毛雨中奔走,也是带有一种急促的惬意。倘若明晃晃的太阳照在湿漉漉的马路上,水蒸气蔚,憋着气远不及淋雨时舒畅。

梅雨季室内户外的空气湿度满满,气温又高,衣物、家具都极容易发霉。小时候本以为梅雨是发霉的"霉",因为这个时间段,温度高、湿度大、风速小,又光照奇缺,身边器物与食品都易霉变,随处可见霉点斑斑。但霉也未必都是不好的,倒是土法制酱的绝妙时期。少时上学路过小镇的酱坊,高高的围墙阻隔不了食物霉变的气味弥漫,久而闻之颇特别,转为一股淡香,这里酿制的蚕豆辣酱在沿江一带还是负有盛名的。

梅雨加速"霉变",殃及了家中那些可怜的书,几度触霉。早些年我的几架书册屈驾于单身宿舍的平房里,雨季潮气滋生,逢潮便是霉。只好每年入梅前,都将书册搬进搬出,趁着阳光,一遍遍地晾晒。门前台阶上、草地上,横竖摆放着花花绿绿的书册,算是一次检阅吧。

迁入新居后,颠沛流离的书册倒是改善了安放的环境,悠然隔窗听梅雨。

梅　鱼

梅雨徘徊于江淮间,河川水满,也是鱼虾生长的好时机。

淮水奔流,其南有条支流曰"池河",源发于凤阳山南麓,山中的双龙泉和喷石泉为其东、西两股源头。这条池河曲延畅游,荡荡东流女山湖后汇于淮河。然其河中生长一种梅鱼,鱼色如银,体形细长,民间俗称"翘嘴白",这是池河流域中特有的鱼种。由于水质优良、鱼质鲜嫩,从古至今,一直列为席上佳肴。

享食梅鱼的最佳时节,是关联黄梅的熟度。实质上,还是与梅雨相关。

梅鱼产在梅雨季。梅雨绵绵、久日不见阳光时,翘嘴白便从池河下游的梅家市一带逆流乘波而上,洄游排卵后,成群浮游水面。这一段水深清澈,河底有大量沙砾、泉眼及茂盛的水草,恰新雨活流翻滚,鱼儿处于求偶情动劲满之状态。随后翘嘴白开始变化,慢慢地演变成头小嘴尖、体肥扁、鳞细白的梅鱼了。梅雨季节一过,此种现象随之消失,直至来年梅雨季节再现。

梅雨季为捕食梅鱼的佳期。是时鱼肥入市,小者数寸,大者盈尺。梅鱼烹制时,鱼尾有乳汁一样的分泌物溢出,此为梅鱼独具鲜嫩而富营养的标识。

浆汁如奶、肉嫩味鲜的梅鱼早已闻名遐迩。明代梅鱼就专作珍馐献给皇帝膳用,所以也称"贡鱼"。但名称上还是觉得称之"梅鱼"好听,也有想象力。当地游子归来都要品尝此鱼,"犹有梅鱼供一醉,不须著句话乡愁"。三县交界的梅家市河段自然是品尝梅鱼的理想之地。有幸两度在当地品尝了通体银白、肉质柔嫩、肥而不腻的梅鱼,一口色白味鲜的汤汁回荡舌间,印象深刻。

梅　出

今夏入梅以来,天气一直不热,午昼时分温度略高些,一早一晚还是蛮凉快的。最妙的是,隔一天便落一场雨,淋透了大地,淋了雨心情也畅快。

院子里外的草木,在梅雨中的温湿环境下生长最为繁茂,如笋拔节。杏树枝头上的杏子早落得一个不剩了,几颗大石榴藏在浓密枝叶中,天晴估计躲不过鸟儿的眼。南瓜藤蔓的长势颇旺,攀在绿篱上的几朵小黄花格外入目。而齐人高的玉米秆子上的苞谷露出来了,绛红的须须随风飘飘,甚为可爱。

梅雨结束,意味着出梅。历法推算,小暑见"未"出梅,而后便入伏,阳气最盛的暑夏随之到来。

二〇一四年七月七日

星光调频

每逢夜幕降临,爱独处的我,悠然沉浸于自我的世界里。

说起来还是蛮有幸福感的。居住在四季书香的大学校园里,虽一墙之隔便是喧嚣繁华的大街,这厢却安静依然。

钟灵毓秀的校园深处,高大的梧桐树下有一排低矮的平房,靠近路边的第一间单身宿舍,杉木门窗经常是紧闭的,而光亮的帘后出奇地寂静。不管窗外是小雨渐渐,还是月光如银,都习惯地坐拥与守候这份午夜的宁谧,默默中伴着青灯黄卷,把白日的浮躁、烦忧都消融在一盏氤氲的清茶中。

生性好静的我,带着一身书卷气,来到这座陌生的城市。社会多元,着实让人难再保持学子心灵不设防的豁达,少了些指点江山的激情,心底沉淀的是一片冷峻和无言,渐渐自封了一笼孤寂。然而,我却渴望在璀璨星光里,点亮心灯,借此驱散一份心的落寞。

夜半未眠。除了沙沙的翻书声外,与心相悦的声音还有来自空中的电波传递。

"午夜的收音机,轻轻传来一首歌,那是你我,早已熟悉的旋律……"拧开小巧的收音机开关旋钮,锁定的频率是一段段美妙音乐,或是诵读用心感悟动情的散文诗篇。听觉世界里,激情万分地循着动感的音乐,去寻找多梦的星光,徜徉于串串珠玑的字里行间。钟情夜沉的意境,由此滋生一份超脱白日烦琐的怡然,更甚的是,偏爱聆听较为熟悉的栏目主持人声音,有的是柔柔中迸发沙沙的磁性,有的是缓缓流淌绵绵的甜意,虽然这未必就是最好的,但与审视心灵的散文组合,让人很快融入文章的情境之中,其实又何曾在乎文章的品质?那声音磁性地吸入我的耳鼓,为文而喜,因声而悲,沉潜传递世间多少故事情感,喜悦、悲伤、恢宏、凄凉,都在吐字配乐里定了一个调。够了,如此赏心悦耳的声音,足够让人陶醉,不眠的是夜晚。

我把每夜这段光景称为星光调频。也沉下心来,把自己心灵深处的感悟汇集成段段文字,交寄予那音乐与声音开始的地方。而晚上,坐在桌前,或靠在床头,依然是那熟悉的音色,声情并茂地播送自己昨夜笔下的文字,那夜更无眠。导播配放了优美的抒情乐曲作为文章底景,是那么浑然天成,又是如此和谐如一,契合内容的主题,也契合了听众心境,仿佛音乐就能延展我心灵深处的每一句话、每一个词。而那甜美的声音是用心用情的,是完美的。感觉伴载电波穿越黑夜而来的,肯定还有一朵灿烂的微笑。

午夜有你,并不寂寥。

一九九八年十二月七日

秋至无言

夏、秋二季之交替,似乎来不及过渡。酷暑,大凡在一场秋雨中潜然作别,转瞬就得抱着光光的胳膊,踏入凉凉的秋了。

与秋相伴的,多是不大不小的雨,一落就是难以消止的绵绵。

秋风起来了。可授一件无须加长的风衣,伫立坡上,迎而体验一阵秋爽的滋味。阵阵凉意里,学会了珍惜阳光。

一叶知秋

历经夏日的雨润,园子里的草木盎然。晨昏俱静,最宜林间择小径漫步。清风徐徐,绿意盈目,亦可借一块裸石倚靠歇息,侧看溪水,正是一出红鲤戏睡莲;或立于柔垂的柳条之下,聆听鹂雀争鸣。钻进竹林里,说不定能探看几只自由浪荡的猫,或立石上,或卧树根,还有几只一时不见踪影。青石板拼接的小路上,少不了总有那么一两片落叶,但不影响打理洁净的视感。此时的心,也是宽宽的、清净的。

秋阳点点,给大地洒布一份温和。比之燥热的夏日,眼下一片静然,聒噪的蝉声难再了,偶有鸟叫一声两声,从这棵树飞至那棵树。伴着鸟的鸣叫,不时有枯叶无声飘落,轻盈盈地覆在草坪石径间。

清晨与孩子相伴,且行且聊的话题就是秋叶,一叶知秋。

前几日秋风涤荡过,园子里的树木一阵哗变,原本绿绿的一片,无人关注也不会多看一眼。如今不同了,枝头变化可大了,成排的银杏树自下而上,一种渐黄之势欲来,树梢虽是挣扎地守护绿色,但成片的叶子变黄了,地面上散落了不少金黄的小扇面。早晨的清道夫没来得及清扫。乌桕满树的叶子如着了火一样,燃烧之后的枝头,大多黄了、红了。叶落后的枝上止留下黑黑的果实,也在不时地坠落,坚实的外壳迭散在路面上,有的已经裂开了。路边散落着一颗颗白生生的粒仁,不小心一脚踩上去,咯吱作响。

一沓秋光

晚秋天高,缕缕白云淡而欲透,浮映在蔚蓝的天边,似动非动。蓝白经典般的相衬,互依,刻画出秋的一股清爽劲。

午后的秋阳煦和十分。驱车前往郊外的王拐岗,为的是一桌农家土菜,闻一闻久违的乡村烟火。

开轩面场圃,田园秋收是最好的背景。石桌竹椅旁,恣意地来个汤足饭饱,就着阳光融融,尽显慵懒之相。一壶清茶两泡后,方悠悠地驾车返城。一路秋色隐隐,途经城西的大蜀山,侧望窗外,山体被渐熟的秋色点染,略显色彩交互的层次。

美,可致人留步。一时兴起,效法古人,停车,赏景。渴望在一片蔚然里,找点风雅。从南山口弃车,徒步而上,一路静谧,清新自然。

山势不高,沿环道而上,自然是平坦无虞,但也少了攀登的激情。遂钻入丛林中,择小径踩乱石而攀行。然荆石当道,移步不易。四周苍枝虬干,峭岩嶙峋。行进其间,可谓难,每进一步,喘吁声声。秋光透过树丛,落叶上光晕点点。倚石驻步稍息,举首张望,少不了嘘声秋色的惊叹。

落叶缤纷。低头足下,尘叶覆履,此乃踏秋也!

一轮秋月

北纬 31 度,不南不北。候分立秋即入秋天,凉爽宜人。

前阵子操办一场学术论坛,忙得不分昼夜,每每晚上驱车回家,途中总是可以享受那习习秋风与无边的夜色,无与伦比。即使每次停车等信号灯的歇息工夫,也可以把头伸出窗外,身感的疲惫都消遁于徐徐风里。

今晚路上的车流依旧,而我却心情怡然。偶一抬头,前方正悬着一轮圆月。媒体在炒作眼前的月亮,称史上多少年来难得一见的圆。举目望去,圆月初升,似乎就在前方,那纯净色彩确是少有的亮红可爱。

农历九月十五,月华初至,城市高楼大道闪放的霓彩灯光都似乎黯然失色,人间大地上仿佛普洒了一层淡淡的玫瑰色光晕。

都说赏月的佳处应亲水。比及赶到郊外波光粼粼的巢湖北岸,滨湖大道上择位停车已成了难事。圆月如盘,正冉冉升起。情趣与诗意牵绊住了人们,可放慢脚步。驻车赏秋月,难得这份好机缘、好心境。

转视湖面,平铺的是一泓碎银点点,与一轮秋月相衬。从枝头与草丛里传来的秋声吟吟,想必是在伴和月色。

一宿秋雨

再过二日就要立冬了。上昼燥热如春,午餐一碗羊肉粉条喝下去,额头细汗涔涔。可午后风云突变,秋风劲刮起来了,一阵接一阵,天空被刷得泛蓝。

傍晚,走出灯火炫亮的体育馆,因一群球友相约,几场篮球对抗让全身上下都呼哧着热气。此时的室外俨然已是另一个世界,风起了,凉飕飕地逼人浑身打战,更伴有小雨沥沥,落滴在头顶、肩上,顿生惊凉。抱着光光的膀膊,钻进路边的车里,任凭小雨敲窗,一车温暖地穿行落叶缤纷的校园。

甫一到家,屋外的雨就大了起来。雨滴敲打门前那株广玉兰尚存的墨绿色叶片上,或废弃的花盆沿,叭嗒哐哐作响。

沏好一杯碧螺春,双手捂捧着茶杯,再披件厚厚的衣服,安坐在书房里。秋夜宁静,隔帘的雨声清脆依然。侧耳细聆,或不经意,一声声都颇有意境。直至夜半时分,雨势未有递减之势。大抵要落整整一个晚上。

只因周末,自然睡了个晚起,算是刻意放慢生活节奏。

推窗,雨后放晴了,气温却断崖似的掉下了一大截。枝头枯黄的叶片散落纷纷,地面上早已落叶覆径了。风虽微微,可阵阵袭人,感觉完全可以称为"寒流"了。

平日可能没在意,似乎一夜间,阳台面对的那株乌桕的叶子差不多染红了,些许是净洁的秋雨,洗涤了累积的浮尘,色彩变得明丽醒目,让人目光停驻不愿离去。

户外格外寂静,空气静得好比被压缩了似的,听不到自由鸟儿的什么动静。路上偶有一二行人,也紧裹外衣,颇有临冬之状。

不知不觉中,门前的草坪褪色了,低洼处尚留有一摊雨渍。都说,这算是最末的一场秋雨。大约冬天来了。

二〇一四年十一月三十日

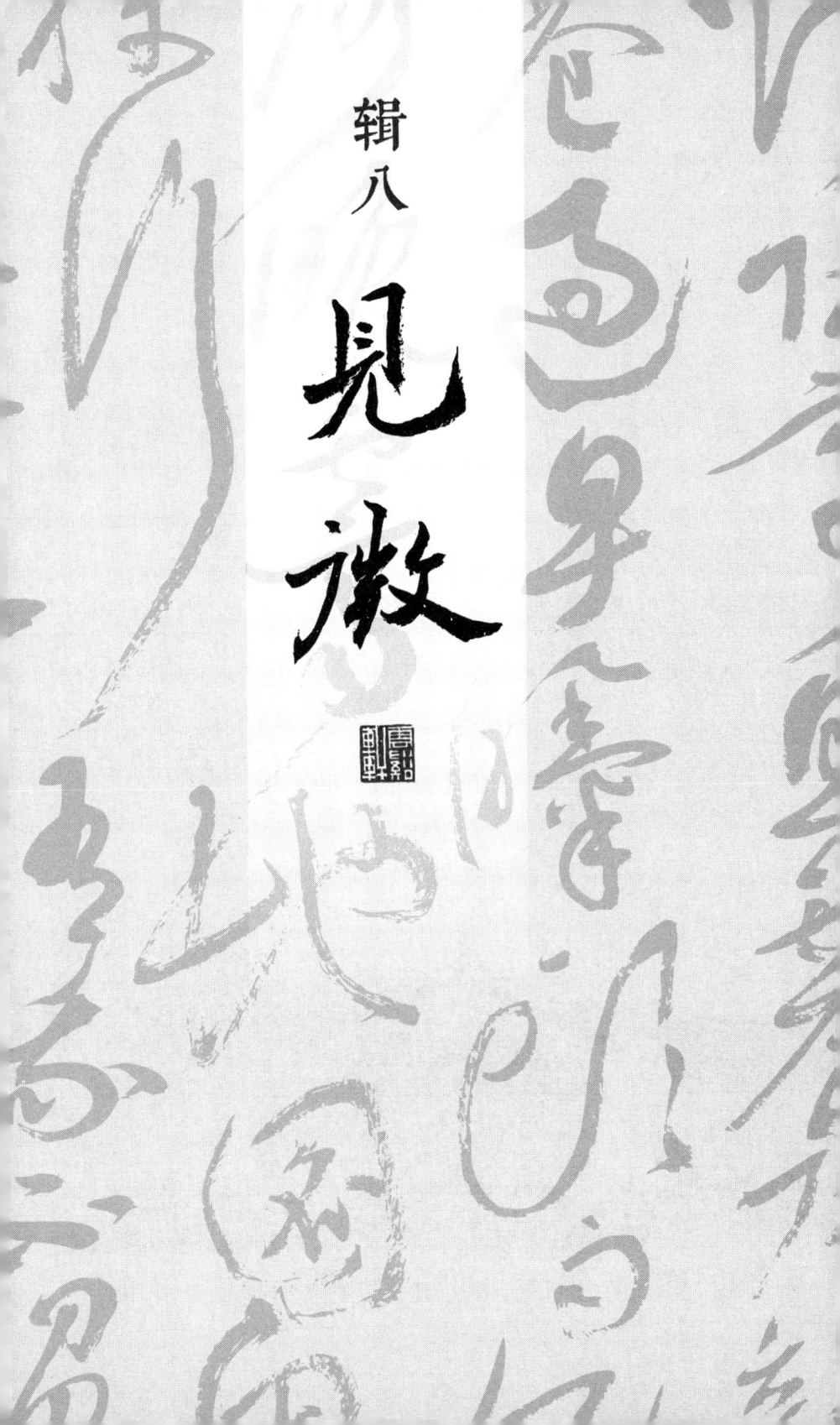

辑八 见微

静看山河景变
笑对草木易生

惜阴亭

时光轻逝。立冬初至。翻开书桌上的台历,但凡时逢某一节气,心中免不了一阵惜阴之悲怆。

前几天,还可身着单衣,倚靠窗前,静观那秋风秋雨。不待尚未枯黄的枝叶凋零满径,转眼大地已宣布冬季模式了。

其实,秋冬之交,收获、成熟、淡定、宁静,是时季的特质。蓦然发现,这比较切合人近中年的一种无为又无奈的心态。静看山河景变,笑对草木易生。时光荏苒,内心暗自痛惜。悄然中,又覆一度春秋。

回想二十年前,我就读的高中坐落于长江北岸的一座县城。城小,却襟江带河,山水簇拥,城中央隆崛起达观山等几座山丘。窄坪谷地上,密集地修建了许多屋舍。而老县委会院墙边,有一处早已堙没的旧址,上了年纪的人都惯称为"惜阴亭"。而惜阴亭关联着大器晚成的陶侃。

西晋陶侃"少长勤整,自强不息",曾在庐江郡任督邮,领枞阳令,客居于此。陶公位卑未敢忘忧国,胸怀远大的理想抱负,时刻想着要增长才干报效国家。他为官一方,勤慎行政,检摄无遗,未尝少闲。"大禹圣者,乃惜寸阴,至于众人,当惜分阴。"经常警谕民众珍惜光阴,不能只念想安逸、游玩,过着醉生梦死的生活。为锻炼体力与增强意志,他每天早上将一百块砖搬运至屋外,傍晚又搬回室内,以此勤力励志。唐人为纪念陶公,在达观山南坡百步云梯下,修建一座"运甓(砖)亭"。明代正德十年,桐城知县张崇德以"惜阴"劝教为题,将亭易名为"惜阴亭"。

陶公好学,世人公认其为学习楷模。《晋书》有载陶侃每天读书习字,经常在门前的池子里清洗笔墨与砚台。据说池水久旱不涸,久雨不溢,池面绿荫掩映。这处"洗墨池"就成为缅怀陶公的一处古迹。临近洗墨池的岩壁上留有宋人吴绍的一首《题陶公惜阴处》:

幽房翠竹笼苍藓,更有流泉溅石砆。
莫道尘埃人易涴,试来摇足濯清风。

陶公所处的魏晋时代,士族门阀享乐与苟且盛行,士大夫居官不屑理事,一片腐朽颓废。然陶侃一寒门子弟,能勤政爱民,受人爱戴,他一生尽心于国,成为朝廷倚重的名臣,最终成为封建王朝的中坚守护者。

后人感恩在达观山修建了一座"陶公祠",奉祀陶侃像。可惜的是,陶公祠连同惜阴亭均在日本侵华战争中遭到毁坏,那个洗墨池也不知何时被渣土填平了。曾记得这里围墙根边立有一块碑,刻有"惜阴亭洗墨池",算是地方文物保护标识。

读书期间,我时常放学后去邮局或县图书馆借书,都从惜阴亭这里上下台阶抄近路。每每途经时,自然会放慢脚步,转首注目碑刻,心中默默地吟诵陶公的几句警语,给自己一份策示。然后则加快脚步离去,时不我待啊!

古往今来,圣贤先哲对岁月流逝的咏叹之句不计其数,而陶公的举张颇具影响,惜阴遂成了"陶分"的同义词。游历苏州园林的网师园,留意了濯缨水阁门柱上郑板桥题写的一副楹联:

曾三颜四

禹寸陶分

全联仅八字,却巧妙地化古贤之名言,嵌了四个典故,以最简练的语句,囊深邃之内容,蕴守礼惜阴于一联,寓意丰赡。以此激励世人珍惜时光。然则,最为重要的是,我等不应哀叹自责,而更侧重于行。不必总是抱怨昨天的过失,今日不做,才是后悔。

珍惜岁月,如今做起。

二〇一一年十一月八日

旦晨

都说西历元旦不比传统的春节,可此时零点的钟声已淹没于鞭炮声中,远近交织,浓烈非凡。我没有起身打开厚厚的帘幔向窗外张望,也许,多彩的焰火已把夜空点燃。可一时莫名的懒惰,不想动,靠在椅子上,借着一杯咖啡的香氲,手敲键盘录下心中流淌的字符。

码字时间有点久了,略显肢体疲劳。我努力地起身调整了一下姿势,好比一年到头都忙碌不停,总要有个间歇的时候,哪怕一点点也好。

妻女都早已进入梦乡了,她俩欢欣地看完新年晚会,讲着明年美好的愿望,在憧憬中入梦,在睡梦里迎新。室内暖气吱吱,让她们睡得更温暖、更甜美。

此时的我,睡意了无。这并不是在守岁,也不是什么兴奋劲儿,只是心中自然而然地有一番年末感悟。中午的时候,对新年的到来感到有些特别的意味,在博客上拟写个"一年一结"的标题。原本年年岁岁花相似,只是此时的心境有所不同。当然,对于生命中的每一个人,不单单是因为岁月的流逝而伤感,还有许多设想未成现实而忧愁。岁月更替,总会平添一些落寞感。

晚上本想与父母通一个电话,但心中忽存一个意念:不要一味地辞旧,而要学会去迎新。决定明天一早,不,是新年的第一个清晨,趁着第一缕阳光撒向人间时给他们致电祝福。问候一声,新年新气象!

我起身站了起来,伸伸胳膊,决定在天明之前去冲一个澡,此时室外的温度许是零下几摄氏度了,窗户玻璃上可能凝结了晶莹的窗花,但我坚持这个决定,相信锅炉里的热水会带来贴身无限的温暖。水管里流动的不单单是热水,是温度,还有新的一层意蕴,借这股新的热量,可以冲刷身上一些尘垢,以洁净的身心来迎接新的一年!

喻义正是一种心理暗示。其实,元旦本是人为的时间划界、纪年的标识。年前,认真地给师长亲朋寄送几枚贺年片,发送几条祝福短信。平淡中一年少了交往和走动,只能借此表达情怀。

屋内安静,桌上闹钟嘀嗒,声声催人。可是我自在寻思,理性所忆。这一刻,很平淡,也很坦然。

一般来说,逢上元旦这天早上,我都很早自然醒来,似乎要在特定意义的日子给自己增负一份责任。换句话说,就是心里感觉不轻松,也许还咎责自己过去的一年留下的不足。其实,无论是过去的求学,还是如今的工作和生活,总感觉有所欠缺,才会每逢元旦都有一个自省和反思。坚持写日记的那些年,我大凡都会意气风发地写些元旦感怀,构成一段畅想未来的文字。记得工作后的某年元旦,一大早起来就写下一首古体诗,记录于台历上,以此鼓励自己。每逢岁末年头,总是冀望自己更好地向前迈一步。

桌上的手机在闪跳蓝光,好几条祝福短信来了,每条祝福少不了迎新纳瑞之辞。是啊!正需要这些朴素的语言扩张内心的快乐。只有快乐,才能规划好新的一年,让生活更美好。

想到此,不由自主地站起身来,拉开紧闭的窗帘,面对黎明的灯火流霓,伸开双臂,舒展舒展一下自己的筋骨。

二〇一〇年元旦

户部巷过早

"过早"这词乍一听颇为新鲜,实为江城武汉人的专用名词。

区域文化确实丰富而独特,武汉人把用早餐称为"过早"。正如本地人自豪地说,他们把吃早餐提升到与"过年"般"过"的地位。

这个汉味十足的称呼"过早"源自何处?据说,最初可追溯到清道光年间叶调元撰写的《汉口竹枝词》。竹枝词多以吟咏风土为特色,属一种融合民谣色彩的诗歌。落榜的秀才叶调元两度流寓汉口,将自己平生的所见所闻创作了292首竹枝词,汇编并刻印成册,叙记时令风习、诸行百业、民俗风情等,描绘出一幅清朝中期"贸易巨区"汉口的市井生活画卷。这册竹枝词中多处提及了早餐为"过早"。"三天过早异平常,一顿狼餐饭可忘,切面豆丝干线粉,鱼糁圆子滚鸡汤。"文辞清新风趣地描绘了过早吃米粉的世态情形。"且慢梳头先过早,糍粑油饺一齐吞。"意为遇事别急,一切都等过早了再说。由此可见,每天"过早"在寻常的武汉人心中是何等重要。

前往武汉多次,大凡在下榻的酒店里用早餐,同行都是外乡人,不曾听有"过早"一说。而这一次在武昌,由当地的朋友接待陪同,人人见面提及"过早",觉得用词新鲜,值得玩味。

我倒是记得施耐庵先生笔下有"过午"一说。《水浒传》第六十一回有这么一段,是述吴用乔装打扮为算命先生,深入大名府的卢俊义家,给卢俊义算命写完卦歌后即要走,卢员外客气地留其吃午饭,便有了"先生少坐,过午了去"。通读全文,可以理解过午即为吃午饭。

过早,过午,这种表达,需在指定的环境下进行理解的。

说起"过早",武汉人自豪地首推小吃闻名的户部巷,那是江城久负盛名的"汉味早点一条巷"。据说此地集中了江汉五粮、天下干鲜而精烹细调,以鲜、香、快、热为特色的汉味小吃。而我等"误入"户部巷过早,纯属一个偶然。

金秋十月,偕同太太前往洪湖赏荷采菱,途经武汉。一夜火车,清早刚抵武昌,风尘仆仆赶到好友桂君早已安顿好的宾馆。桂君约吃早餐,他的精心安排是坐船渡江前往江汉关,说汉口那边早点精致些。当时下榻的宾馆就在蛇山黄鹤楼下,说实话,一夜颠簸,我感觉有点饿了,想就近先吃点,于是三人就在司门口附近走走。这一带尽是些老房子、老街道。目及的是电线杆斜立街头,几处破残的布质店招幡旗在微风中摆动,而散居两边的人们却闲适地搬个竹椅子坐在路边,一边听着收音机,一边享受清晨的微风,怡然自得。穿过窄街,前面人流如织,渐渐繁华起来了。原来这里叫"户部巷"。巷子入口处,铭刻着"汉味早点米当先,户部巷里快热鲜"字样。走进巷子,可热闹了,窄窄的街道两边尽是早点铺子,摊位一一铺陈开来。再一瞅,眼前早点繁多,琳琅满目,看得让人咋舌,且一律都是现场制作,热气腾腾。

　　桂君虽是土生土长的武昌人,却并不知晓此地此状。但他熟知这些老字号品牌,因为像石婆婆热干面、谢氏面窝、徐嫂子鲜鱼糊汤粉、陈氏红油牛肉面等在三镇内外妇孺皆知。

　　户部巷里熙熙攘攘,我们只能随人流缓缓地穿行,不算长的巷子两边招牌上标识着当地负有盛名的小吃,观望一番就决定亲口品尝了。只是空间狭小,人流不息,每家店门口都须排队等待。很多人手里捧着纸筒式的饭盒子,边走边吃,眼睛总比胃口先行一步,瞅着两边,若发现中意的又赶紧接着排队。大凡过早的人流里,都希望品尝多个品种。我们从南至北,品味了几项经典:有面香酱香芝麻香的热干面,有油炸两面金黄、外酥内软窝中脆的面窝,再夹两条糍粑,吃来更是爽口。太太还劲头十足地排队等待那看上诱人的水晶饺、酥鹅颈等等。此番过早印象深刻,就是心有余而力不足,品种花样多得连数都数不过来。

　　过早一个月不重样。此话放在充满烟火气的户部巷是绝对不夸张的。巷子口的展板上力推的色泽金黄、香气扑鼻的豆皮,形如银菊、油重不腻的重油烧梅,根根焦脆香酥的枯炒豆丝,甘甜多汁、香味浓郁的桂花糊米酒等,无一不深受食客的喜爱。两日后,从洪湖赏荷归来,我们特意又折回户部巷过早,补缺补差似的慢选慢品,终究遗憾因为花色品种过多而无法一一尝遍。

　　肚子饱了,嘴角还嫌不满足。巷子口有售一种"户部巷"的扑克牌,牌面上图文详解户部巷一带的早点小吃,于是买了一副,准备回家慢慢地品尝回味。

二〇〇八年七月二十九日

曝头雨

闷热的夏天，大凡在午后时分，都会暴下一场雨，对流雨。沿江江南一带俗称这种天气为"打曝头"。打曝头天气，大多出现在酷暑伏天，立秋前后。

清早，一直临近中午，分明都是个好天气。艳阳高照，晴空万里，蔚蓝的天空飘着几朵淡淡的白云。但就在午后，只屑一丝丝白云从山顶上隐隐而上，就预示有一场暴风雨降临，且说来就来，行动疾速。

外婆家地处沿江平原，西望临江兀立一座山峰，海拔虽不算高，相对于平原地带凸显高耸，一副鹤立鸡群的模样。这座名称㠇山的孤峰，成了当地人研判天气的重要参照物。仲夏以来，当地人在晌午时分都习惯地抬头瞄一眼山顶，若山顶上有云儿飘忽，八成就要下雨，相当地灵验。这一带富有生活经验的老农，他们并不完全信任或指望报纸、电台播报的天气预报，而坚持亲眼观察天气动向，彻底相信自己的研判。因为夏天气象万千，变化常在一瞬间。

雨的形成多样化的。海南岛东海岸有处东山岭,乘车途经时发现一个奇妙的现象。有个自东而西方向的山坡,迎坡而上时小雨沥沥,而下坡则一片晴天,几乎天天如此,路人无不称奇。其实,有点地理常识的就知晓此属迎风坡雨,海风一吹,云层从东向西移动,经山体抬升,温度骤降,必凝雨滴。

曝头雨是夏天的雨,来得急,去得快。从天变到落雨着地,快的话,前后不到一刻钟,几乎没有一点过渡的时间。雨中甚至还夹带着阳光的气息,晴空而降,可谓迅雷不及掩耳之势,让人措手不及。童年我见惯了这种天气,即便上午还是烈日当空,而午后风云突变,大雨滂沱,都属寻常事了。这与老舍先生在《骆驼祥子》里描写的一段北平的烈日与暴风雨有些相像,但江南的暴雨更为急促些。

午后变天,还有一个明显标志就是轰雷。明明是晴朗天空,忽地几声炸雷,天空云丝游动加速。再放眼观望,立马觉得不对劲,天际线上有一片乌云伸入视野,并慢慢地向上蹿来。接着天空云影泰山压顶似,霎时天底下一片暗黑,令人滋生一份恐惧。幸好大伙都比较熟悉这种天气架势,多见不怪。

落雨之前,经常先刮风,地上的浮草和纸片被高高吹起,漫天飞扬。好在山岗、田野上的植被不错,风再大也扬不起多少沙尘。田埂上的一排排高粱长长的叶子就如吴带当风,相互碰擦噜噜作响。然而狂风不息,瘦细的高粱秸就被大风吹得滋生百态,有的摇头晃脑,有的弯了像一张弓,甚至拦腰折断。

大风扬起后,地面上霎时乱了,人们都在奋力地抢收正在晾晒的谷物,大人小孩齐动手,与风雨抢时间,拼速度。一时世界节奏变得急促了,人们脚步加快了许多。狗儿在跑,在外面觅食的小鸡也急匆匆地往回赶,或被混乱的场景惊吓乱叫。树上聒噪的蝉声一下子全消失了。风吼声、狗叫声、人的呼唤声混成一片。

路人行色匆匆,有人用手按着草帽在奔跑。如若肩上挑着担子,行走就越发艰难了。遇上逆风而行,还得用身体顶住保持平衡。

风儿刮起来,刚才炎热的天瞬间骤凉下来,变得凉丝丝的。

雨来了,随风急促地刷下。过路的行人只好就近到人家屋檐下避雨。大滴的雨点把地面淋潮了,屋檐下水帘渐成了,先是珠点似的,然后连成水柱,变粗,变急。雨落水面,溅起了朵朵水花,又顺着水面流动,也是颇有画面感。门前低洼处积水了,且四处涌来,似汪洋一片。瞬间水势积涨,一时如同起蛟一样,又涨又落。

有时,雨中还伴着雷电,强光快闪之后,轰隆隆一阵。随之雨越下越大,越大越急。套用什么滂沱大雨、倾盆大雨等名词术语,都难以述尽眼前雨大之景状。

小时候,观察过行路人即使是晴天也挎背着一把伞,伞自然不是用来遮阳的,想必是遵循"晴带雨伞,饱带干粮"的古训。但真的遇上这种曝头天气,就是带伞也是顾上顾不了下的。

刹那间,曝头雨似乎吞噬了大地,眼前只是雨的世界。有些正在田间劳作的人们,因田畴空旷无处避雨,只好退缩至田埂边的高粱或豆荚丛后面,卷曲身体蹲下,任凭雨打风吹。若有一顶草帽,还可勉强挡一下,反正最终都落个全身淋透。

不过,曝头雨之后,天迅速转晴。东边日出西边雨,太阳也从云层里露出脸来。地上的积水渐渐消退,只残留些枝叶杂物。刚才还有点潮凉的感觉,转而又回到了晴空下。

雨后的阳光似乎更为炽烈,骄阳炙烤着大地,热浪蒸溽,枝头上的蝉又开始重复它夏日的赞歌。此时人们依然顶着烈日,一如既往地劳作、晾晒,再大的曝头雨,也阻挡不了农家夏种秋收的步伐。

二〇一八年八月八日

包河晚霁

立秋前日傍晚,独行于包河南岸,忽遭遇雷暴,逗留于脚印潭。避雨间,随手将眼前所见,概记于便笺上。闲时辨识笺纸上的点画,将心迹逐一辑录,怀念那夜闷热中一份安然。

骤雨初歇,晚蝉嘶竭。

庐州城外,六水环合,宛若天开,誉之"翡翠项链"。环东南包河,河央有岛,岛中嵌潭。潭以形似谓之脚印,四周朦气如蒸。水鸟低掠,河面涟漪圈圈,鱼鳅浮游,吐故纳新,忽出水一跃,人惊而争望之。

秋前一通暴雨,短而促,漫天而降,斜扫败萎与暑气。湿润的石板小径,存留些许青苔与落叶。沿岸郁密的枝头,凝聚着水滴,不时钻穿叶间而坠下,落击枯叶或芭蕉;倘落向河面,近岸的莲荷以宽阔的叶面,挽住了如珠般的晶莹,又随风流散于叶间,情趣而上。

雨渐住,而游人未散,入园林喜占亭间廊檐,或立或坐,相互述喋喋。亦有淡定立于浓密的树荫下，飘零的雨滴轻落肌肤，只是清凉一瞬，毫无介意。

路灯亮起，光晕泛映于淡淡的湖面上。约莫水上只剩几只荡桨游船，划水与欢笑声忽近忽远。

夜穹初显清朗，似属雨意酝酿。河岸一侧是高坡，几棵修剪如球的海桐翠黄，叶上的雨水凝聚一团，正欲坠滴，而叶面随之而斜。就近寻张石椅坐下，偶听水珠滴答，节奏是自然的。越发觉得园子里人稀，安静了，往日的嘈杂喧嚣都消遁雨雾中。

风早息了，雨后丝丝清凉渐渐去了，阵阵袭来的，依然是一股燥热。狗儿撒欢于草地上，又跳上阶前。一群遛弯的翁妪有备而来，随手携提茶杯，蒲扇、折扇吧嗒地摇起来。天边外隐隐地传来几声闷雷。若是平日，月儿在头顶，水面上会晃荡着亮亮的映影。

园内的低洼处积水成凼，浅浅地摇映着树荫与天光。园子里越发阴暗了些，高悬的路灯将离去的三两游人影子拉长了。

临水的长廊栏杆边站列着游人，远观犹似一条长长的乐谱，每个音符如人相依俯栏、交耳低语，静观水面，又指点林梢。而荷花池外的步月桥，一只身影踯躅于桥上，安静水面的背景成就了一轮满月。

风起了，应该凉快了。

二〇一〇年八月六日

地图鱼

乔迁新居。寓所进门的玄关处天成一屏,朋友都建议此处置放一只鱼缸较好。众口良言,于是挑了一只亚克力大鱼缸。正思量放养什么鱼种时,售卖鱼缸的老板客气地赠送了两尾地图鱼,一大一小,大的近乎筷子长,小的也有十厘米左右。

鱼书上讲,学名为星丽鱼的地图鱼,原产于南美亚马孙河流域,属凶猛肉食性鱼类。此鱼行动比较笨拙,食量却惊人,平常懒洋洋地侧卧打盹如猪,因此又称猪崽鱼。虽然如此,但由于其色彩绚丽,身体斑纹形似地图,还是蛮叫人喜爱的。同时,地图鱼具有较强的环境适应能力,容易饲养。

两尾地图鱼刚开始有点认生的样子,蜷缩于鱼缸的一隅,不知是胆怯,还是慵懒,一副完全少了精神的模样,整日酣睡。偌大的一只鱼缸,看起来空若无物,缺少动感。一连数天都如此,即便供给美食,也难以引起鱼的兴奋与激动。失望一点点在心里累积,憎恨不游动只爱睡觉的鱼,真如猪也。

　　过些日子,发现地图鱼似乎度过了适应期,开始活泼好动,满缸蹿游。鱼身深黄的底色缀上艳红色的网纹,在水中游动时格外绚丽夺目。这种鱼虽体态显拙,但行动敏捷,畅游于碧水之中,忽左忽右,上下翻腾,犹如遨游于大海中。厚实的鱼体、艳丽的色彩、矫健的泳姿,使我常常躬身在鱼缸前,经常目不转睛地欣赏着它们,悠然忘记身外世界,感受一心观鱼的那份闲适与惬意。

　　不知不觉,地图鱼渐渐长大些了,从原先吃丁丁肉块尚卡在喉咙,难以下咽,到不加咀嚼地囫囵吞下,食量飞速增加。捕食的速度与技巧也提高了不少。虽说地图鱼体态比较粗笨,平时游起来慢腾腾,但捕食时反应敏捷,机灵精准。投食一些瘦肉块时,两条鱼竟等候不及,数度从水中高高跃出水面接食肉块,不等肉块落到水面,瞬间就被一尾独自吞入口中,而没有吃上的那尾则又馋又急,围着嘴含肉块的鱼儿转圈。

　　地图鱼虽然贪吃,但缸中两尾鱼友好和睦,共生共息,很少滋事。每当有人走近鱼缸,它们便摆动尾巴游来乞食,一副人鱼互动的场景,趣味横生。

　　由于地图鱼源自热带水域,其生活空间是有要求的,水温过低则无法生存。最适宜温度应该在二十摄氏度以上。如若变化水环境,也应该循序渐进,让地图鱼有足够的时间慢慢适应。

　　入冬后的某天晚上,整个社区突发性地停电,事前并无通知,让人措手不及。原来是高压电缆被道路施工机械挖断,正在努力抢修,只是无法明确修复好的时间。

没有电,家人都准备早早休息了,无意之中想到鱼缸的水温,想到了地图鱼。赶紧下楼来,顺着手电筒看过去,两尾鱼儿已挤在鱼缸的角落里。伸手一试水温,有些凉,温度计显示不足十摄氏度了。这样的温度,鱼儿是难以坚持的。可能是水凉之缘故,鱼儿看起来少了些精气神。看来必须要提升水温。

没有电,刚开始我想起暖瓶里的热水,就试着向鱼缸中添加一点,可对于偌大的鱼缸,这种做法无疑是杯水车薪,几乎没有作用,温度计的指针不见走动。我索性把满满一暖瓶热水悉数加入,才似乎提高了零点三摄氏度。但不管如何,这种做法也许能让鱼儿感受暖和一些。可这种热度,只维持了五六分钟,水温又回到了原点。当晚的天气预报最低温度是二度摄氏左右,这种温度地图鱼肯定坚持不下去的,必须想方设法为水缸增温。眼下因为没有电,电水壶也无法使用,只好用燃气炉来烧水。找来了一只大壶,烧开满满一壶水,缓缓地加入鱼缸中。又担心一下温度骤变,让鱼儿受不了。慢慢地一点点地加入,一壶热水让水温提升了三四摄氏度。这一下我看鱼儿似乎快活些,在水中游动起来了,一改刚才萎缩不动之状。

这时,我想让鱼儿吃点东西,增加能量与热量。这招还行,鱼儿吃得很欢。此时已是晚上十一点多钟了,观察了一下温度计,发现每过了半小时,水温就下降两三摄氏度,这样下去,提升的水温很快回到原点的。冬夜绵长,好的办法没有,唯有增补热量,还是烧热水注入。这只大鱼缸可容六七百升水,一壶热水注入进去,整体温度提升不明显。于是,我将鱼缸中的水先放掉一部分,只存留总容量的三分之一,保证鱼儿们能正常游动的水量。然后每一小时烧一壶热水,可保持水温提升十摄氏度左右。就这样坚持下来,到了凌晨一点钟,鱼儿没出现什么异常,但半夜里气温骤降,水温保持的时间更短了。我索性搬把椅子坐在鱼缸边,点着一支蜡烛,一边看书,一边观察水温变化。而燃气炉上,炉火熊熊,热水供应不间断。凌晨三点时,室温更低了,我却毫无睡意,因为只要一眯眼,恍惚中就感觉鱼儿受冻的样子,一定要给予它们温暖,这寒冷的冬夜,鱼儿是无助的,要用心陪伴它们。于是不时地逗逗鱼儿,看着它们轻松活动的模样,想象其精力还是充沛的,心中舒坦了些。

凌晨四五点了,慢慢地捱过了气温最低的两个时辰。一夜下来,虽然有些疲倦,手中的书也看不下去了,但持续的热水及时供应,鱼儿生存的小环境没有受到太大的影响,它们依然在欢乐地游动。我起身走走,向窗外看去,目及之处除了宁静,就是黑乎乎的一片。约莫早上五点半的光景,忽然屋内大放光明,电来了。鱼缸里控温的电水泵和增氧机都运转起来了,我终于松了一口气。

成功拯救了地图鱼,鱼儿依然快乐地游戏水中。

人鱼共处,给生活增添了无限的快乐。但伺鱼是件耐心、细致的事。平常每间隔一个月,就要一次大换水,这些事务都安排在双休日完成。因为换水动静颇大,程序也复杂,每次都需要把水抽干,清洗除尘,然后补充新水,让鱼儿拥有一个舒适的生存环境。

这种美好的时光前后延续了两年多。忽然一天,发现鱼儿的食欲下降了,先是那尾个大的,后来两尾都一样,我的感觉是不是有什么传染疾病困扰。随后,果然发现鱼鳞上出现了一些黑色的斑点。这种不正常的斑点,导致一个多月后,两尾鱼儿都停止了欢乐的游动,矫健的身影永远地消失了。说实话,面对寂静的鱼缸那种情形,让人不免有些伤感。

难过至极,只好用小网兜将平漂于水面的两条鱼儿捞起,轻轻装进了精致的盒子里,埋在院子西边一株桂花树下。这是二〇〇九年秋天的事。

自那以后,偌大的鱼缸空空。目及玄关处,水平如镜。

二〇一二年五月八日

探行有我，不负今日

晴同学发来一条短信。大意是说她已经抵达了甘南的夏河，此时此刻，已置身于海拔三千多米的青藏高原，抬眼就能远望四周高耸入云的雪峰，一座连一座，白莲并蒂般地绽放、守望着。

几天前她曾来电，与我谈及想去一趟青藏高原，可去拉卜楞寺听法会，也可在甘加草原探密那座八角城。她说出门走一走，真正诱惑的是外面广袤的天空。

电话这端的我，静静地听着，哑言无语。因为她说是独自一人出行，让我有些震惊。好游山水这一点，我们彼此都是知晓的。但一女生，能勇走天涯，实属不易。

说走就走！一个人无牵绊的出行，背后必然有一个强大的梦想在支撑。她坚守与向往的，只能在古人的诗句中才能隐约体味其意境。

每次行游归来，她必翔实地描述见闻与体会，和盘托出所触及的别样风景与民俗。若是值得一去,必会恳切地劝我脚踏实地地感受一番。反复强调,一定要有现场感。

她的话,我信。除了真诚与分享,无任何外在的企求。记得凤凰古城归来,她就劝我一定趁早去一趟,要不然会辜负了沈从文笔下的文字。因为凤凰的生态每况愈下,说不定传统的湘西文化就渐渐消弭了。要在特写人文的氛围里感受边城的山水,只有这般才算是体会一种心的清澈。她又补充了一句。

她所在的国企在张家界设有疗养院。度假期间,她曾以当地的巧石让人为我制刻了一枚印,让我对这处自然与文化双重遗产有了"印记",也平添了一个向往的理由。到了新疆阿克苏的库车,她立马邮寄来了一张手绘地图,加上一枚极限明信片,绚丽的画面足以说明她置身其间徜徉美景的喜悦,着实令人向往。

放下电话,少不了一番内疚,心儿久久不能平静。八尺男儿竟然不能如她一样,背上一只旅行包,怀揣自己的好心情,就能双脚走天涯。其实,我心中也自然怀有许多梦想,可这些都仍然停留在梦想里,规划调整与等待中。仰慕古人自由行走天下,哪怕是所谓的漂泊、苦行也好,但都毕竟在路上,经受人生一份体验。

而我,诸多美好的计划尚搁在梦中。有时无奈地反诘自己,何时再启航?

如今世人生活优渥,每每出门远行,必是兵马未动,粮草先行。人未走,就查好目的地资料,联系安顿食宿行程,还要关注天气水文,力求做到精准出行,丝毫没有闪失。没去之前,似乎心都走了一遍。人到了,也只是走过场似的。有人说,如今的旅行,许多人只不过是拍照打卡而已。

毋庸置疑,如此行游,看似安排得滴水不漏,实质上收获也大打折扣。因为难以将心放下,无法做到真正地徜徉山水间。

回想人在年少时,反而显得勇敢,有胆量。心中想出门,说走就走,毫无顾忌地享受外出的欢愉。人在途中,并不在乎什么。只要有车就挤上去,没有座位就席地而坐,心中只有一个愿望,我要出行。那年头也不怕中转换车什么的,反而心里多了一份期待,即便在哪换车,算是又感受了另一个城市,凡是所到之处,行旅便有收获。

十多年前读过一本书,从一位年轻作者清淡的文字里,知晓了国内有一个地方叫稻城,文字与图片的组合描述那里如同仙境,诱惑中跃跃欲试想去亲身体验,餐霞饮景。同学一听,立马便说那就去呗,莫等闲。可是,待她制订了较为周密的计划时,我却瞻前顾后,最终没有成行。究其原因,不是时间,不是金钱,而是担心顾虑的太多了。

其实,总是喜欢找一个抱怨的理由,来搪塞自己的错失良机。有钱的时候责怪没时间,有时间又抱怨没有机会。

这些原因的背后,关键是个人的心态。患得患失,这个地方不方便去,那个景点不值得去,或者季节不对,抑或交通不便,道听途说占了上风。其实,百闻不如一见。倘若没有身临其境,又如何能真切地感受。省广播电台有一位资深播音员,年届七十,却独自驾车前往恩施、亚丁一带欣赏美景,归来时他一脸幸福地畅谈行旅感受,虽然身体极度疲劳,但享受了最美风景。敬佩古稀之年的他依然能够自由放眼世界。

记得有年五一小长假,举家选择皖南仙寓山的大山村度假。傍晚时分,村口来了一群背包客,青春洋溢的驴友队伍群里,也夹有年过半百的同行者。原来他们在此宿营,就地支起一顶顶帐篷。而我就暂住在不远处村长家的木楼上,与之遥遥相望。不料夜来一场风雨,天明在雨声中醒来,心里惦记着帐篷里的背包客。开窗一望,村口早已空空如也。我撑把伞走过去一看,草地上洁净如初,仿佛这里什么都没有发生一样。虽遇有风雨,并不能阻挡他们的行程。这些背包客心中有目标,有愿景,他们以自己的坚实步履,去征服河山,也征服自己。脑海里挥之不去的是,昨天有一顶帐篷的门帘上竖写着两行字:探行有我,不负今日!虽日晒雨淋,字迹略有褪色,但依稀可辨。

　　岁月不停步,梦想始终有。心中向往的地方太多,回望曾经践行的轨迹,不论深浅,总留有大片空白。无奈常守着自己的圈子,只能倚窗仰看外面的天空。白云飘飘,蓝天依然,眼前风景依旧,树还是那棵树,只不过随春枝头荫绿,秋天又黄了,转眼入冬,寂寞树梢间,酝酿的又是一段来年春的梦想。

二〇一八年四月二十二日

窗外

站在阳台上,手扶窗沿,静静地凝望窗外,是近期时段居家的常态。

暂寄临河的公寓半年多了。所住的是顶层六楼,阳台朝南是一墙全景大开窗,视野敞开。眼前横过一条静静的南淝河,自西向东流去。不算宽的河流沿岸,尽是浓密的树林,树丛间穿行两条窄窄的车道,夹河而行。紧贴公寓楼下的这边名为沿河路,而对岸隐约于林间的是条环城马路。

之所以称为环城马路,是因为其环绕的就是一座老城。环城马路原为古城墙基,二十世纪五十年代拆除城墙后而生成的一条路。城墙早已淡出了人们的视野,却清晰地框定出史上庐州古城的区域。而我所处的淝河之阳,应该算是城外了。

一河之隔,对面尽是密匝匝的屋宇,阳光下楼群结构中显眼的金属体与玻璃折射光晕闪闪,鳞次栉比,垒起了今天城市的核心区。以蓝天为底色，高高耸耸的楼塔天际线，勾勒了城市上空的轮廓。说实话，还真的不曾如此闲暇静心地打量这座城市，虽然已在其间穿行了二十多个春秋。

疫情以来，宅家六十多天了。坐久了，须得起来走动走动。室内空间囿限，不由自主地来回踱着步子。一挨窗前，就收步凝视帘外。远近处，一动一静总关情。其实，眼前并非什么特别的场景，但依然喜欢一看就是大半个钟头。无论是清晨或午后，其实不分时段，都有大把的时间，以城外的视角，渐次给这座老城竖起了一张张外立面的画像。

每日于窗前静静地张望，几无目的，只见路上林间稀零的行人与车辆，似乎自由的水鸟也影单孤飞，深感世物节奏俱缓，时光犹如凝固了一样，而自己的思绪也都随景拉长。俯观清河，近水两岸并行一条圆卵石嵌铺的步行小道，规整而洁净，这是晨昏闲步的好去处。只是近日闭门宅家，无法自由涉足了。但见水边偶有独步之人，叹其奢行，羡其由在，唯以远远注目。白日行人稀少，喧嚣之声不再，夜晚亦是灯火隐隐，河面上总是拖拉着一条长长的光晕，冷静萧然。

择浉滨为邻，缘因女儿就近上学而迁居。自去年秋学期起，完全嵌入式地体验了浉上的秋、冬二季，每日携孩子穿行于林间、桥上，已将那一水秋色冬景，都打卡式地收藏并化成记忆美图。而最期待的将是浉滨春天，观一河春水，倒映近岸的绿树红花。

这幢二十多年前建成的公寓，房宇设计谈不上现代，却坐拥南方城市为数不多的暖气供给，冬天以来屋里暖意融融。久而置身室内，无以感觉有冷热之分，无以察觉有时令变化。若不是窗前间或一缕风吹，一洒杏雨，季节的更替易让人漠然忽视。只有透过这扇窗户，一些信息传递来辨识季节。

窗前的泐水，缓缓浅流如一的是清澈的模样。站在六楼俯瞰，较为平静的水面上天光云影相连，但少了人的踪迹，感觉有丝僵化的诗意。而两岸林木生长的样式，见证了时光的雕刻，好比绘图作画的分解步骤。起先勾勒的是树干枝丫，那属寒冬气质的线条画，疏朗有形；渐渐枝条稠密些，犹如一幅速写素描；而春风轻拂柳条，枝头与草地渐次返青的当儿，想必需用水粉了，淡淡清雅的那种。再往后，夹岸相应显眼的尽是海棠红梅，艳俏争春的一派景象，加上绿树荫庇，自然成就了一幅流彩的油画。

整个冬春交替的日子，无边的光景都是通过这扇窗户获悉的。有风，有雨，也会闪现一丝丝美丽的风景。借此见证过河边寒树丛丛、春雪纷飞，也远望绿荫渐成、春花灿烂的样子，而河边步道上如珠串的行人身影，倒映清水之上，动感里焕发的是一股春的气息。

其实，春天始终没有停住脚步。

移步下楼，欣喜地走进窗外，早已是春风微微，花枝甚俏，出门俱是踏青人。细阳下，水映天更蓝。泐滨春融，蝶舞莺飞，远远地看见一只只风筝飘升起来了，那根长长的细线牵连的是一片孩童的欢笑，还有许多双希望的目光。

今岁庚子，前几天在邮局领取了鼠年生肖邮票，一套两枚。其一枚是一只造型活泼、可爱的老鼠，题意写着"子鼠开天"，一时难以联想。朋友在一旁借助 AR 扫描，一帧动感画面呈现，看这只精灵虽处困仓，却逆行抗争，竟咬破混沌，使日月星辰缓缓上升形成了天、山川河流缓缓下降形成了地，最后太阳一跃而出，终现"鼠咬天开"之壮丽景象。感谢现代信息技术的高超诠释，寓图传达了一种美好的期盼与愿望。

我想窗外，应该正在迎接一个新的世界。

二〇二〇年三月二十九日

附录

俊农之俊译

十多年前,散文集《青轻行走》出版之初,关于书名的译法,我特地向同事许俊农先生请教。俊农先生二十世纪八十年代便在国家级出版社献上了哲学译著,三十五年如一日地勤勉于翻译创作。其作品刊行于海内外,前不久国际知名出版社 Springer Group 将其主持的国家基金中华学术外译项目付梓,展现了他的深厚学养与翻译才华。

俊农先生接过我的稿件,细心研读其间的篇章,与我深入交流。经过一番思索,他决定将书名译作"A young and agile pursuer"。此译法如清泉流淌,让读者在品味中感受到一股清新与灵动,无不为之惊叹、惊奇、惊艳。当然,这也正契合了我内心的期许。自《青轻行走》行世以来,已在社会上激起了圈圈涟漪,甚至亚马逊官网上也有不俗的外销业绩。这一切,或许与俊农先生那神来之笔的译法有着千丝万缕的联系。

俊农兄亦师亦友,我俩相当投缘,相识相交近三十年来一直关爱与鼓励我。他才思敏捷,博学善辩,处处表现的超凡智慧让人由衷敬佩,尤其在外译方面更是独树一帜。他对待翻译工作极为严谨,字斟句酌,力求鞭辟入里,以达到译文的极致表达。在翻译过程中,他不仅能精准地把握原文的语义和语境,更能通过妙语连连,让译文在准确性的基础上,焕发出灵性与张力。我时常称此等译法为"俊译",实是一种诗意与内涵的完美结合。此方法注重保持原文的风格与韵味,同时根据目标语言的表达习惯,进行适度的调整与创新,使译文既忠实于原文,又符合目标语言的审美标准。因此,俊译法不仅是一种翻译方法,更是一种翻译艺术,从中体现了译者对原文的尊重与对译文的热爱,是翻译领域中一种追求极致、注重内涵与诗意的翻译理念。

初冬时节,有幸在一次台湾友人来皖宴会上相逢,我俩对坐茶叙。当时正筹划新作《云溪间》书稿,于是向他陈述了"云溪间"的本义与构想,并恳请他对书名及翻译建议。他欣然应承,表示思忖再作回复。两周后,他回复了一段微信长文。大致意思是,他刚刚从马尼拉湾享受阳光归来,但脑子里一直思考如何表达"云溪间"。他认为这个书名确有创意,意味深长,只是一时很难找到恰当的英语翻译。他转而强调,"云溪间"应该是一种文化氛围的象征,若想用英语表达出这个词的多重含义,不仅要考虑字面意思,还要考虑文化背景和语言习惯。随后,他认真地提出了"云溪间"六种可能的翻译,以供参考:

Between Clouds and Streams:这个翻译比较直接,语词中保留了"云"和"溪"的意象,也表达了"间"的空间感。但整个"云溪间"所承载的文化内涵和书斋的意味没有体现出来。

Cloudstream Retreat：这个翻译比较有创造性,将"云"和"溪"合成一个新词,形成一个独特的景观,也暗示了"间"的隐逸之意,还可以作为一个书斋的名字。这种译法的最大问题是,不能完全忠于原文的结构和语气。

The Cloudy Brook：这个翻译相对简洁些,选用"brook"一词,既包含了"溪"的本义,又暗示了"间"的意蕴,因为"brook"可以指一条小溪,也可以指一间小屋,还有"忍受"的意思,可以借此寓意"云溪间"的人生态度,只是没有突出"云"的意象和"间"的空间感。

Cloud and Stream Studio：这个翻译显得比较文雅,用"studio"一词既表达了"间"的意思,又暗示了"云溪间"的文化气息和书斋的功能,还可以作为一个书名或者机构名,但在呈现"云"和"溪"的景观以及空间感方面有欠缺。

The Cloudy Streamlet：这个翻译比较有诗意,用"streamlet"一词既包含了"溪"的意思,又表达了"间"的意思,因为"streamlet"可以指一条小溪,也可以指一间小屋,还有"小流"的意思,寓意"云溪间"包含的人生哲学,问题依然是不能很好地突出"云"的意象和"间"的空间感。

The Cloudy Brookside：这个翻译比较生动,用"brookside"一词既既表达了"溪"的意思,又表达了"间"的意思。因为"brookside"可以指一条小溪的两岸,也可以指一间小屋的旁边,还有"溪边"的意思,寓意着"云溪间"的人生境界,但可能没有突出"云"的意象和"间"的空间感。

这六个段落文字,我逐字逐句、反复研读多遍,虽然翻译我是外行,但通过寻词比对与细微辨析,确实受益匪浅,俊农兄的"俊译法"

令人感动。随后,我俩开展了多轮交流。综合诸种译法,最终我请他裁决何种译文最为适切? 俊农先生坦称自己倾向于 Cloud brook Retreat,这也是他进一步思考的结果。

与之较为相像的是前面第二种译法 Cloudstream Retreat,但俊农先生认为 Cloudbrook Retreat 比 Cloudstream Retreat 更有画面感。具体分析理由:cloudbrook 是一个英语复合词,新构成的复合词"cloudbrook"极具创意和美感。首先,"cloudbrook"这个词将"cloud"(云)和"brook"(溪流)两个自然元素巧妙地结合在一起,形成了一个全新的意象。云,通常代表着高远、缥缈和无限的想象;而溪流,则寓意着流动、清澈和生命的活力。将这两者结合,便构成了一个既有高远之志又充满生机活力的意象,仿佛是一条从云端流淌下来的清澈溪流,充满了诗意和浪漫。其次,"cloudbrook"这个词的创造展现了一种词语的艺术美感。它不仅符合英语的构词规则,而且读起来流畅自然,富有节奏感。这种自造词的创新性也体现了语言的艺术性和灵活性,使得发展性语言能够更好地表达人们的情感和想象。如果将"cloudbrook"用作一个文学作品或画作的主题,它可以激发创作者的灵感,创作出富有意象和美感的作品。比如一幅画作可以描绘一条从云端流淌下来的清澈溪流,穿过山峦和森林,注入湖泊或大海,展现出大自然的壮丽和生命的活力。这样的作品无疑会引起观者的共鸣和想象,带给他们美的享受和心灵的启迪。"cloudbrook"这个复合词不仅丰富了语言的表达方式,还为艺术创作提供了新的灵感和可能性。而 Cloudbrook Retreat 的意思体现出"云溪之境"。这个短语读起来也有一种古典诗意和浪漫的感觉,可以让人读后脑海里随即想象出一个幽静和优美的境地,那里放眼一望,一定会有清澈的溪流和缥缈的烟霞。所以,这个词比较适合用作书名,因为细读它,可以引起读者广泛的联想和兴趣,让他们随之想了解云溪之境的故事,甚至背后可能隐逸的私密。俊农先生还说,这个书名还可以给读者以某种启示,比如说,人类应该珍惜自然的美丽和恩赐,或者说,我们应该寻找内心的平静和安宁,让人理想一个远离尘嚣,与自然和谐相处的地方,还可以激发读者珍惜和发现生活中的很多奇妙与美好。

一本新书即将出版,一个新词呱呱坠地,深感俊农兄"俊译"的智慧奉献。

2023 年 12 月 28 日

心灵内核中的行知精神
——从《云溪间》书名谈起

吴礼敬

听说钱立青教授的新作《云溪间》近期要出版了。

云溪间,第一次听到这个书名,我不禁想起了十九世纪英国浪漫派诗人华兹华斯(William Wordsworth,1770—1850),他的诗作《咏水仙》中有一句:"我似一朵云儿孤独地漫游……忽见一簇金色的水仙花迎风曼舞……它们沿着湖岸无尽地伸展,千万朵花儿弥望、摇曳生姿。"云、溪、间这三字组合确实充满诗意,内涵无穷。倘若让我以英文形式来表达,我想也许当初的思考为 Between the cloud and the bay,意即云和溪之间。

钱先生是一位知名的文化学者,多年前他出版了一本散文集《青轻行走》,记录身体的旅行和心灵的求索,一字一句地叩问生命的价值和人生的意义。那本书颇具影响,已经成为一种文化符号。念读书名"青轻行走",一时也令我联想到徐志摩的《再别康桥》,想起了那绝世名句"轻轻的我走了,正如我轻轻的来"。如今,《青轻行走》与《云溪间》两者俱来,一走一停,一动一静,一行一思,恰到好处地表现了实践与知识之间的关系。据说《青轻行走》这个书名由一位翻译界前辈翻译为 A young and agile pursuer,细思颇具创意,我忖度其内蕴"路漫漫其修远兮,吾将上下而求索"之精神。与之相对,我想今之"云溪间",也许还可以译为 A cloud and stream dweller(《年轻敏捷的追寻者》),前者寓意"读千卷书,行万里路"的求索行动,后者可以表达"去留无意宠辱不惊"的豁达精神。

书名的翻译,主要有"直译"和"意译"两种不同的方法。前者是根据作品内容的意译,后者是着眼于书名原文的直译,两者都发挥了极大的影响。总的来说,书名翻译除了考虑原文和作者用意之外,还涉及读者感受和市场反应等诸多因素,因此常会根据内容做出尺度不同的变通,有时甚至会进行改写。从翻译的原则来看,《云溪间》直译为 Between the cloud and the bay,虽有诗情画意,却不容易让读者窥见作品的内在精神;若意译成 A cloud and stream dweller,能凸显作者闲居静处时的所读所思,与《青轻行走》的译名对照,一则静处(dwell)以求知,一则羁旅(pursue)以践行,一定程度上可以表现贯穿钱教授心灵内核中的那种行知精神。

钱教授的求知践行精神,与中西文学和文化传统中不断出现的对知行关系的关注一脉相承。从北宋苏东坡的"莫听穿林打叶声,何妨吟啸且徐行。竹杖芒鞋轻胜马,谁怕?一蓑烟雨任平生"。上溯到盛唐李白的"行路难,行路难,多歧路,今安在?长风破浪会有时,直挂云帆济沧海"。从中可以管窥中国文人对"人生如逆旅"这一比喻的偏爱。从庄子的"吾生也有涯,而知也无涯,以有涯随无涯,殆已",

到荀子的"不登高山,不知天之高也;不临深渊,不知地之厚也;不闻先王之遗言,不知学问之大也"。可以看到古圣先哲对实践和行动的推重。中国人自古以来就很重视"知"与"行"。《尚书》中有"知之非艰,行之惟艰",当代人们总有感慨"天下事知易行难";王阳明推重"知行合一",强调"知中有行,行中有知";陶行知则从教育的角度提倡"做中学,学中做",强调"教学做合一"。寻常生活中,我们耳畔也经常听到"三思而后行""不入虎穴,焉得虎子""纸上得来终觉浅,绝知此事要躬行""熟读王叔和,不如临症多"这类格言俗语。从各种文献记载和日常谈话来看,虽然中国人对"知"和"行"的关系还存在一定争议,但如果在"知"和"行"之间做选择,绝大多数人更相信"行"的力量和效果。这或许是因为中国人自古相信"天人合一",不主张认识主体和客体之间的分离,因此,"知行合一"总是中国人不断追求的理想境界。

西方人也很看重"行路",荷马史诗《奥德赛》就描述了英雄奥德修斯海上漂泊十年的冒险历程,突出主人公自强不息的进取精神;但丁《神曲》通过作者幻游地狱、炼狱与天堂的经历来展现对现实的批判和对理想的追求;塞万提斯的《堂吉诃德》则通过主人公游走天下"行侠仗义"的反讽来揭示理想与现实之间的矛盾。但另一方面,从柏拉图开始,西方人就特别注重将知识从实践中分离出来,探究知识的本源问题,即"知识是什么"(What is knowledge)、"我们知道什么"(What do we know)和"我们怎么知道"(How do we know)。文艺复兴尤其是宗教改革以后,西方人不断强调人的"理性",注重对纯粹知识的追求。与中国人相比,西方人特别强调认识主体和认识客体之间的分离,人是认识的主体,那么认识的客体就包括人的经验以外的世界和人本身。因此,我们经常读到西方哲人关注"世界的本质是什么""万物的本质是什么""道德的本质是什么"以及"人的本质是什么"这样的问题。看到苏格拉底的名言"认识你自己"(Know yourself),柏拉图的名言"无知是不幸的根源"(Ignorance is the root of evil),或者康德的名言"勇敢运用你的理智"(Have courage to use your own reason),我们也就不难理解他们的出发点是什么。"哲学(Philosophy)"这个词在希腊语中的意思是"爱智慧",从这点来看,西方人偏重"知识"更甚于"实践",或者说,西方人把纯粹的"知"和实践的"行"区分开来,强调"主客分离",这和中国人重视的"天人合一"有着本质的区别。

华兹华斯认为诗歌是强烈感情的自然流露,诗人在宁静独处时细细回味,往日经历一一浮现,诗作即告浑然天成。那首《咏水仙》,正是他和胞妹一起散步归来后朝花夕拾,妙手偶得之。可见诗人的"行"与"知"与哲人相比,还是存在较大区别:他们的想象力纵然天马行空、汪洋恣肆,背后总有一丝现实的影子与之若即若离、若隐若现。而《青轻行走》《云溪间》的作者钱教授兼具学者、文人和教育家的身份,更有诗人的浪漫气质,他在青轻行走中不断增知、验知和践知,栖居云溪间则笃行博学、慎思与明辨,因此评判这两本书的价值,我们不应停留在文学和美学的层面上来理解,其深意更应在社会学及教育学的层面细加体会。钱先生身处高校,多年来依然爱读书,乐行走,身体力行推动各种读书活动,实则弘扬知行合一,真正将行知精神内化于生命。作为读者,我们应将他的文字放在中西文学和文化比较的背景中来阅读、思索,也许能对贯穿钱先生心灵内核的行知精神有更深一层的理解和体会。

2022 年 2 月 5 日

(作者吴礼敬,安徽桐城人,文学博士,合肥师范学院外国语学院副院长、副教授,德国波恩大学访问学者。)

后记

阅+历：求知，修身亦致远

一

童年印象中的父亲，多数时候身着一件湛蓝色的中山装，口袋里少不了一个记事本，塑料封皮小开本的那种，朴实而小巧。我注意到，父亲经常掏出本子，时不时在上面写画些什么。我曾好奇地翻看过，本子上用红蓝墨水记载着许多文字信息，皆为他所见所思，点点滴滴，有寥寥数语的，有细致刻画的，甚至还有简略的示意图。我还注意到，父亲一有空就翻看这些笔记内容，凝神研读，有时也整理誊抄下来。

好学勤思，是父亲生活与工作的一番写照，也是他一以贯之教育子女的要求与嘱咐。父亲平日言语不多，爱深耕文字，愿将情感事理融于字里行间。他一生笃定的意识里，读书、习字、写文章，方为正事。

　　影响深远的教育是榜样。敬业乐教的父亲,如同树立了一个高位标杆,有形无形地引导我、激励我。受父亲熏陶,自小"文学"这个词总是闪耀于眼前。从孩提识事,到专业学习,通过多种路径的阅读与体验,我有了一段文学的初始积累,其间"也傍桑阴学种瓜",或多或少留些青涩的文字,算是一番文学萌芽。时常学着父亲模样,将一些随感随悟悄悄地记录于小本子上,或摘录一些认为重要或精彩的话语。这种通过文字记录眼中的世界与个人成长的轨迹,长期丰富与营养着我。

　　三十多年来,始终累积与坚持,将随行述作培育成一种习惯。有记而思,因记深思。每次书读写作时,心中总是浮现信仰与感恩,凭以平和、朴实的文字,静然中践行博学、审问和慎思。

二

　　有趣的人生,一半是山川湖海。纵观古今名篇,无论是感怀还是哲思,多寄情于山水风物之中。年少时,爱读汪国真的《旅行》,几行长短文字,却驿动了一颗年轻的心。

　　　　凡是遥远的地方
　　　　对我们都有一种诱惑
　　　　不是诱惑于美丽
　　　　就是诱惑于传说……

读着诗行,心底滋生出一份渴望,到远方去,远方在呼唤!

自小喜欢行游山水。画报影视上古迹胜景的画面,总是令人向往。在师大读书时,课程论老师要求我们自选内容试讲,我准备了区域地理"皖南游"。先用彩笔绘制一幅皖南景点示意图,河流、山脉、胜迹和交通线路一一标明,颇似如今流行的地图手作。挂在黑板上,顺着教鞭领着大家沿途而行,配上讲解词,其中融入了相关的名人逸事、诗章颂句。这通表达得到老师的褒扬,说比导游更能展现景点背后的内涵。同学们惊奇我"这些地方都去过"。其实,除涉足一两处,大多数地方都期待前往。听我的回答,他们难以置信。殊不知,那时的我不过是纸上神游而已。

毕竟,不经历真实场景的体验,仅凭道听途说,是不会深刻的、至心的。

读万卷书,行万里路。为践行这个理念,以书读指引,我走过了不少地方,一路走一路长见识。大学时代利用假期,把兼职家教的劳酬与少量的奖学金凑聚起来,精心策划出行。大好河山于我有着非凡的吸引力,只是感觉门票价格不菲,每每掏钱买门票时总是痛心、不舍。但美景当前不容错过,心里盘算着这钱不能白花,暗自表下一个决心:无论行游何处,回来都要写一篇文章,以稿费的方式把门票给挣回来!

这项机制铭刻于心,也一直敦促着我,颇具警醒与实效。每次行旅归来,及时梳理、拟写记游或感怀的文字。大三暑假,独自乘船溯江而上,游经皖、赣、鄂、湘、川五省,并过三峡,一路上学习与感悟良多。返航途中,面对江上风景,仰望与诵吟李白、杜甫、范仲淹等先贤的诗文。就着船舱里窄窄的小方桌,行思结合撰写了《拜谒白帝城》

《巴山泪雨》《波漾岳阳楼》等，先后发表在报刊上，一张张稿费汇款单来了，数额虽不多，但其价值远远超过了门票的面值。日久天长，走遍了大好河山，也积淀一沓行游的文章，如实地记载了我的笔耕收获。待有了工资薪水，购买景点门票的支出就不再那么让人惦念了，然而这种行记述作的习惯却养成了。每每回首往日行走的文字，让我无形中陡增了写作信心，也多了一份生活的乐趣。

常督促自己，凡到之处，做到心绪留痕。见闻固然重要，心情记录更为珍贵。记得在桐乡乌镇，坐在临水的长廊上，抚着旧色的木质靠椅，口占一句"美人靠上有余温"，聊以概之此行的愉悦心情；眼观染坊后院里蓝印花布迎风轻飘，心随放飞，边走边琢磨如何将此等心情汇之笔端。而赴遍地鲜花的泰国，异域行旅大开眼界，印象至深的则是同华侨叙谈创业与桑梓之情，感慨万分，欲说还休，归来将此融入《桂河上，架起一座桥》《畅游湄南河》等文字当中。

行走，便是述作之源。

有人说，山水文章，不过是顺着行走线路与认知视角描述，写景记事、描绘旖旎风光而已。其实，我主张一路啧啧称奇的行游中，不必一味地在景观描写上过多地铺陈笔墨，而应学会透视，钻研自然景致背后的文化意蕴。可感怀历史的沧桑巨变，抑或寄情于山水之间，笔墨飞扬中动静交互，将眼前的风景深层关联人世间的言行，以致趋向真、善、美的价值追求。

三

古人好笔记。晚清曾国藩坚持随笔记事，记录所作所为，记录思想流变，此举对往后了解心事脉络甚为重要。笔记乍一看是文字的影子，留下的是事略，透析的是心事。周国平指出，作家并非仅仅在写一个具体的作品时才是写作，其实是无时无刻不在写作。心路历程，是一个人成长变迁的重要形式，写作者先要成为自己思想和感受的搜集者。偶时文思，或有灵感，稍纵即逝，切需及时随记于文字中。

游而有心，记而有法。即行即记，才能表达内心真情。我曾自语，写作是一种对话世界的方式，一种生活体味的钩沉，也是心态与情怀的坦露。写作的氛围与境界很重要，那时那刻最为真实，可以简明朴素地表达出绵延的思绪。提笔记述即为心灵定格留影，留下自己对人生、对世界的领悟和思索。

十多年前，我辟设"青轻行走"标识的新浪博客，算是一块自留地，将行走的心情、步履及路遇记录如斯。走过每一座城市、每一处乡村，惯以笔记，更用心体会。和大自然对话，与智者邂逅，感悟自然之精粹，体悟生命之厚重，让自觉和他觉的活动交互，努力传递"只要心怀美好，世界处处皆有风景"的深刻意蕴。

前年清明时节回乡祭祖，望着车窗外的家乡山水，心中往事翻涌，激情万分。总想写写过往，写写亲情。途中绕道于古城安庆，在劝业场"前言后记"书店里挑了一本季羡林的散文集，一路车行一路阅读，季老质朴、自然的文字燃起了我的回忆，让人读之亲切，一种文而不腻的味道。由此觉得写作要立个腔调，清新、淡然和低敛的同时，还要无声无息地触动读者柔软的心。通篇不必纯粹的文字铺陈，而要让人调动感官，眼心同步，只有这样，作品许能引人注目。希望自己笔下的文字能延展文化底蕴，更显现思想的张力，借以智慧地启悟和导引。

四

信息多元视域下学问不应止于知识的堆砌。新知迭代,可今人不愿"自寻烦恼"地去探求其本源,也就自然难以融会贯通,无以达及"一叶知秋"的视界。

相马须相骨,探水须探源。真正地掌握知识,在于求真、追根。古人早已探索了一种有效的学习方式,即云游四方,拜访贤达,喻事明理。行游,不单是耳闻目睹,更是人文体验和思想交流,还促进与引导人格养成。

职业使然,近些年授业解惑中,经常鼓励身边的青年人和大学生坚持读书与行走相伴。置身于新境地,在不同文明的境遇中去探访,沉浸和体验,感受风习人文,增知益智。我一直深信"见多识广"对个人发展的重要性,绝不能单一地徘徊于书本典籍当中。

发轫并兴盛于春秋时期的"游学"意即如此。孔子可谓开游学风气之先,他率弟子周游列国,凡事洞明,必有启发。偶遇"两小儿辩日",聆听稚童一番对话而析事明理。再甘肃慎文献可知,孔夫子竟能识别捕杀天鹅的海东青,世人由衷敬佩圣人的博学与广识。当然,游历中孔子依然能教学相长,并将种种体悟传递给追随他的弟子。而兴之所至,时而幕天席地开坛讲学,杏花纷飞处,渐渐地传播了《论语》。

自孔孟以来,士未有不游。墨子、庄子、荀子、韩非子等都是著名"游士"。汉魏游学之风更盛。司马迁二十岁时即开始远游名山大川,足迹遍布大半个中国。他在《史记·春申君列传》中称"游学博闻,盖谓其因游学所以能博闻也"。及至唐宋,社会兴起了遍访名师、负笈游学的风尚。史学家吕思勉评价"游学实于学术大有裨益者也"。

不登高山,不知天之高也;不临深溪,不知地之厚也。有人作喻比年轻人的视野与见识,乃至学养,取决于他离家行走空间的半径。文化学者余秋雨则提出行者无疆,他踏遍神州,走向海外,虔诚地去拜谒那些遥远而陌生的城市,处处追根溯源,剖析思想,不竭地去思索、解释那些深邃而神秘的文化。

我梦想,梦想成为一个自由行者。在路上,不限于走马观花感性的认知,而用双脚丈量土地,让自己博览无穷的远方,明白世界之大和生命之大的内涵远不止于眼前这些。因为读书行走,才有所阅历。经过一番艰辛困苦与人生体验,置身于繁芜中不迷失自己,既要行为拓展,更需精神自省,身临其境中发出那份灵魂震颤。

淡观山水闲看月,只读诗书不念愁。人生犹如一场羁旅,也许青轻行走,也可能跌宕起伏,期望能与不同的生命形态进行碰撞和交融,容纳自然万物及温暖的心声。或许,这就是遥远征程之于行者的价值与意义所在。

2022 年 12 月 3 日 定稿于南艳湖畔